한국의 고전을 읽는다

1

고전문학 上 신화·민담·여행기

한국의 고전을 읽는다

1

고전문학 上

신화·민담·여행기

휴머니스트

■ 일러두기

- 이 시리즈는 '오늘의 눈으로 고전을 다시 읽자'를 모토로 휴머니스트 창립 5주년을 기념하여 기획한
  것이다. 안광복(중동고 교사), 우찬제(서강대 교수), 이재민(휴머니스트 편집주간), 이종묵(서울대
  교수), 정재서(이화여대 교수), 표정훈(출판 평론가), 한형조(한국학중앙연구원 교수) 등 7인이
  편찬위원을 맡아 고전 및 필진의 선정에서 편집에 이르는 과정을 조율하였다.
- 이 시리즈는 서양과 동양 그리고 한국 등 3종으로 나누었고 문학과 사상 등 모두 16권으로
  구성하였다. 말 그대로 동서고금의 고전 250여 종을 망라하였다. 이 기획의 가장 흥미로운 특징은 각
  분야에서 돋보이는 역량과 필력을 자랑하는 250여 명의 당대 지식인과 작가들이 저자로 참여했다는
  점이다.

한국의 고전문학을 읽는다

1

고전은 인생의 단계에 따라 새로운 생각과 느낌을 줄 수 있어야 한다. 유년 시절에 읽은 글을 청년 시절에 읽으면 생각과 느낌이 다르고, 다시 그 장년이나 노년의 나이가 되어 읽더라도 생각과 느낌이 달라져야 한다. 그것이 고전이다. 이 때문에 고전은 한 번 읽는 것으로 끝나지 않는다.

고전은 기본적으로 옛것 중에 전범이 될 만한 것을 이른다. 하필 왜 옛것이라야 고전이 될 수 있는가? 불과 얼마 전에 씌어진 글도 읽을 때마다 새로운 생각과 느낌을 줄 수 있으면 고전이 될 수 있지 않겠는가? 물론 그렇지만 몇몇 사람이 읽어보고 새로운 생각과 느낌이 든다 하여 그 글에 정전으로서의 지위를 부여할 수는 없다. 정전으로서의 지위를 부여하기 위해서는 객관적으로 평가하기 위한 시간적 거리가 필요하다. 이념적인 목적을 가진 몇몇 연구자가 관여하여 정전으로서의 지위를 부여하기 위해 노력할 수는 있지만, 그러한 연구자가 아무리 고전이라 떠든들 읽는 사람의 생각과 느낌을 새롭게 해주지 못한다면 절로 도태될 것이다.

많은 사람이 고전을 읽고 나서 생각과 느낌이 새로워진다는 것은, 고전이 보편성을 지니고 있다는 뜻이기도 하다. 읽는 사람들이 서로 다른 조건을 가지고 있더라도, 모두가 그것이 읽을 만한 것이라고 인정할 정도에 이르려면 그 안에 누구나 공감할 만한 무엇이 있어야 한다. 공감할 무엇은 바로 인류 공통의 체험적인 진실이다. 시간적으로 수백 년, 수천 년 전의 글을 읽거나 공간적으로 수십만 리 떨어져 있는 곳에서 지어진 글을 읽더라도 공감하게 되는 것은 그 글에 인간으로서의 체험적인 진실을 담지하고 있기 때문이다. 고전은 제작된 시대와 공간이 다르기 때문에 오히려 오늘날 우리의 생각과 느낌을 새롭게 해줄 수 있다.

이와 함께 고전은 글을 읽는 사람으로 하여금 과거와 현재의 소통을 통하여 자신의 삶을 반추하게 하는 계기를 제공한다. 고전 속의 과거는 현재 글을 읽는 사람이 처해 있는 환경과 처지에 따라 새로운 의미로 떠오른다. 고전은 보편적인 성격이므로, 특수한 역사적 배경이 크게 중요하지 않을 수 있다. 그러나 고전에서의 과거를 구체화해놓고 현재와 소통시킬 때 더욱 의미가 있다. 『일리아드』를 읽을 때 고대 그리스 역사의 미시적인 부분까지 알면 그리스의 과거와 대한민국의 현재를 소통시키는 데 더욱 의미가 있을 것이다.

2

문학은 더욱 그러하다. 문학은 거대한 역사의 틀을 담기보다는 일상의 역사, 심성의 역사 등 미시적인 것을 담고 있다. 고전문학은 과거의 미시적인 것을 토대로 현재와 소통하기 때문에 과거를 잘 알아야 한다. 일반적인 교육을 받은 한국인이라면 『햄릿』의 배경이 되는 영국의 역사보다 『춘향전』의 배경이 되는 조선시대 후기에 대해 더 잘 알고 있다. 더 잘 알고 있는 과거로 현재와 소통하는 것이 더욱 용이할 것이다. 이것이 바로 우리가 한국의 고전을 주목하는 이유이다. 이러한 의미에서 옛사람들이 어떻게 살고 어떻게 생각하였는지 그 과거를 알고 이를 통하여 우리의 현재와 소통하며, 또 이러한 과정에서 독자들로 하여금 지속적으로 생각과 느낌을 새롭게 할 수 있는 우리의 고전문학을 선별해보았다. 전체를 8장으로 나누고 그것을 다시 상·중·하편의 3권으로 나누어 묶었다.

3

여기 상편에서는 한국 고전 문학사를 대표할 수 있는 작품 14편을 뽑았다. 먼저 5편의 신화는 세상이 열리는 과정을 풀이한 것이라 할 수 있다. 민간에서 입과 입으로 전승되는 것도 있고, 그러다가 후대 문헌에 정착된 것도 있으며, 때로는 무당의 입으로 전승되기도 한다. 이를 통하여 아주 먼 옛날 세상에 대해 어떻게 생각하였는지, 또 후대 선비나 무당에 의하여 어떠한 변화가 일어나는지를 이해하면서 신화의 상상력에 대해 생각할 수 있을 것이다. 이와 함께 이데올로기적인 조작을 동원하여 세상을 설명하는 방식의 신화가 갖는 의미도 생각하게 될 것이다.

민담과 야담은 4편인데, 백성들 사이에 전해오는 이야기로, 그 중 상당수는 신화가 현실공간에서 속화되어 바뀐 것이다. 어린이부터 늙은이까지 두루 아는 이야기고, 또 우리나라에만 있는 것도 아니어서 비슷한 이야기가 서양에서도 보이니 가장 보편적인 삶의 이야기라 하겠다. 이에 비하여 야담은 선비들의 사랑방에 전해지는 재미난 이야기를 모은 것이어서 민담과 유사한 것도 있지만, 대부분 당대 사회를 배경으로 한 신변잡사를 구체적으로 다룬 이야기다. 두 가지 이야기 방식 중 가장 널리 알려진 작품을 둘씩 들어, 이야기를 통한 현대와의 대화를 시도하였다.

끝으로, 고전문학이라는 과거를 통하여 현재를 보고자 할 때 해외의 기행문학이 중요한 자료로 부각되는데, 이에 관련한 작품을 5편 선정하였다. 불법을 구하여 중국을 경유하여 인도에까지 다녀오고, 바다에 표류하여 일본과 중국을 떠돌다 돌아오면서 그들이 본 세상을 어떻게 생각했는지, 18세기 공무로 중국과 일본을 다녀온 문인들이 세상을 어떻게 바꾸어야 한다고 생각했는지, 이런 문제에 대해 세계화와 신자유주의 시대 온고지신의 정신으로 꼼꼼히 따져 보아야 할 것이다.

4

우리의 고전문학은 어렵다. 고전문학은 현재 우리가 사용하고 있는 언어로 이루어진 것이 아니거나 아예 한문으로 되어 있어 번역이라는 한 단계를 더 거쳐야 하기 때문에 접근하기가 쉽지 않거니와, 이에 더하여 과거 우리 역사의 미시적인 것까지 알아야 온전한 이해에 도달할 수 있다. 이 때문에 일반인이 고전 문학을 읽기 위해서는 전문적인 연구자들의 도움이 필요하다. 어설픈 아마추어가 전문가들이 연구해놓은 것을 적당하게 가공하여 읽을거리를 제공한 것으로는 새로운 생각과 느낌을 가질 수 없다. 정전으로서의 지위를 확보하고 있는 고전 문학에 대해 최고의 수준을 갖춘 연구자들이 이 책을 엮는 데 참여하였다고 자부한다. 이 책은 우리의 고전문학을 통하여 과거의 우리와 현재의 우리를 소통하고자 한다. 뛰어난 연구자의 도움을 받았기에 이 책이 이러한 구실을 충실히 해낼 수 있을 것이라 기대한다.

2006년 9월
편찬위원을 대신하여 이종묵

차례

III. 여행기와 세계로 향한 눈

《한국의 고전을 읽는다》 5권-문화·사상

I

신화의 상상력과 상징

옛날 옛 시절에

미륵님이 한짝 손에 은쟁반 들고

한짝 손에 금쟁반 들고

한을에 축사하니

한을에서 벌기 떠러저

금쟁반에도 다섯이오.

은쟁반에도 다섯이라.

그 벌기 질이와서

금벌기는 사나희 되고

은벌기는 계집으로 마련하고

은벌기 금벌기 자리와서

부부로 마련하야

세상사람이 나엿서라

— 「창세가」 (김쌍돌이본) 중에서

「창세가」의 채록

무속 의례에서 연행되는 「창세가」는 원저자를 알 수 없다. 이 글에서 다루는 「창세가」는 함경도 함흥 지역의 큰 무당이었던 무녀(巫女) 김쌍돌이(金雙石伊)가 구연한 것을 손진태 선생이 1923년에 채록하여 1930년에 『조선신가유편(朝鮮神歌遺篇)』이라는 책에 그 내용을 소개한 것이다. 김쌍돌이에 의하면, 이 노래(巫歌)는 대규모의 굿에서만 부르는 노래로서 보통 무녀들은 알지 못하며 그 자신은 특별히 학습하여 알게 된 것이라고 한다.

창세(創世)의 시절을 노래하다
「창세가(創世歌)」

박종성 | 한국방송통신대학교 국어국문학과 교수

미륵님, 구리기둥으로 하늘과 땅을 갈라놓다

한국에는 창세신화가 있는가? 지난 몇 년 동안 적지 않게 들었던 질문이다. 희랍 신화의 열풍이 지나간 자리에 한국의 창세신화는 여전히 자신의 존재를 오롯하게 드러내지 못하고 있다. 우리의 창세신화는 함경도, 평안도, 경기도, 동해안, 제주도 등지에서 무가(巫歌)의 형태로 전승된다. 천지개벽과 인간 창조, 인간세상을 차지하기 위한 신들의 경쟁 등 다채로운 내용이 그 속에 전한다. 적지 않은 창세신화의 자료 가운데 가장 이른 형태의 모습을 간직했다고 평가받는 함흥지역 무녀(巫女) 김쌍돌이(金雙石伊)의 노래(巫歌)를 통해 창세의 시절로 돌아가 보기로 하자.

하늘과 땅이 생길 적에
미륵님이 탄생한 즉
하늘과 땅이 서로 붙어
떨어지지 아니하여
하늘은 북개꼭지처럼 도드라지고
땅은 네 귀퉁이에 구리 기둥을 세우고 …

창세신화는 천지의 개벽에서 비롯한다. 하늘과 땅이 생겨날 적에 '미륵님'[1]이 태어났다고 했다. 그러니 미륵님은 천지의 생성과 더불어 존재했던 창세의 주역신이 되는 셈이다. 그 시절 하늘과 땅이 들어붙어 있었는데, 어느 순간에 하늘이 점점 가마솥 뚜껑의 손잡이처럼 볼록해졌다고 했다. 하늘과 땅 사이에 비로소 틈이 생긴 것이다. 가마솥 뚜껑 손잡이처럼 볼록해졌으니 네 귀퉁이 부분에 틈새가 생겼다는 뜻이다. 이 때 미륵님이 구리 기둥 넷을 가지고 땅의 네 귀퉁이마다 받쳐 세워 놓으니 하늘과 땅이 완전하게 분리되었다고 했다. 구리 기둥 넷으로 땅과 하늘을 나누었으니 흔히 말하는 천원지방(天圓地方), 곧 하늘은 둥근 형상을, 땅은 네모난 형상을 하고 있었다고 하는 인식을 드러낸 셈이다.

하늘과 땅이 분리되었으니 그 다음 순서는 무엇인가? 그렇다. 당

---

1) 석가모니불의 뒤를 이어 57억 년 후에 세상에 출현하여 석가모니불이 구제하지 못한 중생을 구제할 미래의 부처다. 「창세가」의 미륵은 우선 무속신앙에서 불교의 신을 받아들인 결과로 이해하는 편이 자연스럽다.

고대 신화의 구전자인 무녀.

연히 일월성신(日月星辰)이 어찌 어찌 되었다고 하는 내력이 등장
해야 자연스럽다.

    그때는 해도 둘이요, 달도 둘이요

    달 하나 떼어서 북두칠성(北斗七星), 남두칠성(南斗七星) 마련하고

    해 하나 떼어서 큰 별을 마련하고

    잔 별은 백성의 직성(直星)별을 마련하고

    큰 별은 임금과 대신(大臣)별로 마련하고

그 시절에는 해도 둘이요 달도 둘이었다. 해와 달을 하나씩 조정해야 오늘날 인간세상의 이치와 같아지는 까닭에 달 하나를 떼어내어 칠성별을 만들고 해 하나를 떼어내어 임금과 대신, 그리고 백성의 별을 만들었다고 했으니, 뭇 별들은 해와 달에서 비롯했다는 발상이다. 그런데 해와 달을 하나씩 조정해야 하는 연유가 있다. 제주도 심방 — 즉, 무당 — 박봉춘의 노래에서는 "해가 둘이어서 사람들이 뜨거워 살 수 없고 달이 둘이어서 추워 죽으니" 해와 달의 수를 조정해야 한단다.[2] 낮에 해가 둘이면 사람이 뜨거워서 못 살고, 밤에 달이 둘이면 추워 살 수 없다는 것이니 응당 해와 달을 하나씩 만들어야 하는 것이 아닌가. 해와 달이 여럿이어서 하나로 만들어야 했다는 이야기는 여러 민족의 창세신화에서 전승되지만, 해와 달을 완전히 제거하지 않고 그것으로 별을 만들었다는 이야기도 있다. 또는 그 해와 달을 제석궁[3]이나 명도궁[4] 같은 곳에 걸어두기도 하고[5] 동해 용궁에 두었다는 경우[6]도 있으니 특별한 발상을 엿보게 된다.

---

2) 박봉춘의 노래는 적송지성과 추엽융이 지은 『조선무속의 연구(上)』(조선총독부, 1937)에 '천지왕본풀이'라는 이름으로 전한다.

3) 제석궁은 천상계를 뜻하는 것으로 추정된다.

4) 명도궁(明圖宮)은 저승을 뜻하는 것으로 추정된다.

5) 경기도 오산의 이종만의 노래. '시루말'이라는 이름으로 불린다. 시루말은 시루성신 증성신(甑聖神)을 제사하는 일종의 도사(禱祠)이다. 시루에 찐 떡을 시루째 신전에 바치는데, 시루에 머무르는 신을 시루성신이라 한다. 「시루말」 역시 적송지성과 추엽융이 지은 『조선무속의 연구(上)』(조선총독부, 1937)에 실려 있다.

6) 제주대학교 탐라문화연구소에서 나온 『풍속좌음(風俗巫音)』(1994)에 필사본 「천지왕본(天地王本)」으로 전한다.

일월도(日月圖)를 상징하는 청동거울 '명두'.

　　하늘과 땅이 분리되고 일월성신이 생겨난 내력을 알아보니 불현
듯 무당들이 지니고 있는 무구(巫具) 가운데 신경(神鏡)이라 부르
는 청동거울이 떠오른다. 이것을 다른 말로 '곤을' 또는 '명도(明
圖)' — 대부분 일월도(日月圖)가 새겨져 있기 때문에 이런 이름, 즉
일(日)과 월(月)의 합자인 '명(明)'이 붙었다고 할 수 있다 — 라 하
기도 하는데, 그 뒷면에는 해와 달, 칠성(七星) 따위의 소박한 문양
이나 '일월대명두(日月大明斗)'라는 문자가 새겨져 있다. 명도의
뒷면은 일월천(日月天)의 문양을 새겨 놓아 천체(天體)의 형상을
드러내고 있으며, 그것의 특징은 주로 천궁경(天穹鏡)에 있다고 할
것이다. 그것이 볼록 거울의 형상을 하는 것은 그 표면으로 일월을
나타내고 그 뒷면으로 하늘의 궁륭(穹窿)을 나타낸 것으로 볼 수 있
기 때문이다 — 이것이 자생적 인식인지 외부의 영향에 의한 것이
지는 판단을 유보하기로 한다. 다만 무당들이 사용하는 곤을 혹은

명도가 이러한 천체의 형상을 하고 있으므로 하늘이 가마솥 뚜껑처럼 볼록하게 도드라졌다고 하고, 그 둥근 하늘에 일월성신이 존재한다고 하는 발상은 곤을의 형상과도 흡사하니 무속에서는 극히 자연스러운 인식이 아니겠는가.

　세상을 창조한 주역신인 미륵님은 대단한 과업을 이루었으니, 그에 걸맞는 특별한 형상이 필요했을 것이다. 미륵님이 입을 옷을 짓는데 그 시절에는 옷감이 없어서 이 산 저산으로 뻗어 있는 어마어마하게 큰 칡을 캐어 껍질을 벗겨내고 삶아낸 후 하늘 아래에 베틀을 걸고 구름에 잉앗대를 걸어 장삼(長衫)을 만들어 내니 그 크기가 대단하다. 등만 덮을 만하게 걸쳐 입는 홑옷이 전필(全匹)이나 되고, 소매만 해도 반 필이며, 섶의 크기만 다섯 자요, 옷깃만 해도 세 자나 된다. 또한 머리에 쓰는 고깔은 석 자하고도 세 치를 더 해야 턱 아래에 겨우 내려올 만하다고 했으니 미륵님의 거인신적 면모가 완연하다.

불과 물을 찾아 나서다

미륵님이 인간세상을 그럭저럭 만들어 놓고 옷도 해 입었지만 할 일은 여전히 많다. 미륵님 시절에는 불(火)이 없어 음식을 날 것으로 먹었기에 불의 근본, 물의 근본을 찾아야 했다. 풀메뚜기를 잡아다가 형틀에 올려놓고 무릎 뼈를 세 차례 때리며 불의 근본, 물의 근본을 탐문하니 풀메뚜기가 풀개구리에게 가보란다. 풀개구리 잡아다가 똑같이 치니 생쥐에게 가보란다. 생쥐를 잡아다가 똑같이 치니 대가를 달란다. 미륵님이 천하의 뒤주를 차지하라 하니 그제야 금덩산[7)]에 들어가 한 손에 차돌 들고 한 손에 쇠붙이 들고 툭툭 치니 불이 생기더라 하고, 소하산[8)]에 들어가면 샘물이 솔솔 나오는데 물의 근본이라 했다.

쥐가 불의 근원을 알았다고 하는 것은 앞서 말한 부단하고도 무분별한 움직임의 속성과 여기에서 파생된 훔쳐오기의 속성이 결부되어 나타난 현상이겠다. 개구리는 달의 동물로 물을 의미하니 오행사상(五行思想)에 비추어도 음(陰)에 해당하여 여성을 뜻하고, 쥐는 불을 의미하니 오행 중에 양(陽)에 해당하여 남성을 뜻한다. 여기서 물과 불의 근본이 각각 개구리와 쥐로 인지되지 않고, 쥐가 물과 불의 근본을 미륵님에게 알려주었다고 하는 점에 주목해볼 필요가 있다. 생식에서 화식으로 전환하는 음식의 발전과정은 그에 상응하는 문화적 발전의 단계를 의미한다. 개구리와 쥐가 각각 물과 불의 근본을 양분하는 대립항(對立項)으로 구분되지 않는 현상은 기후와 관련하여 우기(雨期)와 건기(乾期)의 대립이 불필요한 상황임을 암시한다. 우기와 건기가 대립적으로 인식되지 못하는 것은 이 서사시에서 보여주는 삶의 방식이 기후의 변화와 밀접한 관련을 맺지 못하고 있음을 의미할 터이다. 채집과 수렵 혹은 농경의

---

7) 구체적인 지명 확인이 어렵다. 쇠붙이를 들고 쳐서 불의 근본을 알아내었다고 하는 의미에서 보면 금정산(金頂山) 정도로 표기할 수도 있다. 중국 사천성 부쪽의 아미산(峨眉山) 정상을 금정봉(金頂峯)이라 하는데 이 지명을 가져다 쓴 것일 수도 있으나 확실하지는 않다. 참고로 아미산은 4대 불교 성산 가운데 하나로 보현보살(普賢菩薩)의 도량으로 알려져 있다.

8) 구체적 지명 확인이 어렵다. 다만 물의 근본을 찾아낸 산이라 의미로 수하산(水下山) 정도의 의미로 생각해볼 수 있다.

경제적 기반이 모호한 상태에서 자연의 변화에 절대적으로 순응하고 복종하는 삶의 양태를 감지할 수 있을 듯하다.

금벌레·은벌레에서 인류가 시작되다

인간세상을 이렇게 갖추었으나 인간이 없으면 인간세상이 아닐 터, 인간이 생겨난 내력을 노래해야 마땅하지 않겠는가. 미륵님이 한 손에 금쟁반을, 다른 한 손에 은쟁반을 들고 하늘에 기원하자, 금쟁반에 금벌레 다섯이 떨어지고 은쟁반에 은벌레 다섯이 떨어졌다. 금벌레는 점점 자라서 남자가 되고 은벌레는 점점 자라서 여자가 되어 인류의 시조가 되었다. 그 다섯은 각기 짝을 맺어 부부가 되었으니 우리 민족은 벌레에서 비롯된 셈이다. 그 많고도 많은 신성한 동물은 다 어디가고 하필이면 벌레란 말인가. 어찌 보면 벌레가 점점 자라서 인간이 되었으니 무슨 진화론의 한 부분을 보는 듯도 하다. 여기서 미륵님이 불과 물의 근본을 알아내는 과정을 노래한 대목, 곧 메뚜기에서 개구리로, 다시 생쥐로 이어지는 꼴이 마치 곤충에서 양서류를 거쳐 포유류로 가는 형국인데, 벌레가 자라서 인간이 되었다고 한 설정과 아울러 생각해보면, 저 김쌍돌이 무녀가 혹시 다윈의 진화론 같은 것을 알고 있었던 것은 아닐까 궁금해지기도 한다.

금벌레·은벌레가 자연적으로 인간이 된 게 아니라, 미륵님의 양 손에 들린 금쟁반·은쟁반에 떨어져서 남녀가 되었다고 했다. 그러므로 미륵에 의해 벌레가 인간으로 바뀌었다고 이해할 수 있다. 진화론적 사고와 창조론적 사고가 겹쳐진 양상이다. 그렇다고 해서 미륵이 전지전능한 인간의 창조주는 아니다. 하늘에 기원하여 금벌레와 은벌레를 얻었다고 했기 때문에, 미륵의 상위에 천신이 있다는 논리가 된다. 그런데 미륵이 벌레를 인간으로 화생시켰다면 인간 창조의 기능을 전혀 수행하지 않은 것은 아니다. 벌레가 자연적으로 인간이 되었다고 하기는 어렵고 미륵의 기원에 의해 금벌레·은벌레가 인간으로 화생하였기에, 벌레가 자라는 과정에 미륵이 인간 창조의 기능을 수행했다고 추정하는 것이 자연스러울 수 있다. 진화론적 사고란 창조주의 개입 없이 자연적으로 벌레가 인간으로 진화한 경우를 지칭하므로 이 신화의 내용과는 다른 측면이 있다고 할 것이다.

하등한 벌레가 자라서 고등한 인간이 되었으니 둘 사이에는 무분별한 상황에서 차별적인 상황이 되었다고 하는, 구별 짓기의 과정이 일단 개입되어 있다고 하겠다. 인간으로 화생하여 다시 분별이 생겨나 남녀가 되고 다시 분별이 생겨 부부가 되었다는 것은 이제 근원적인 동질성을 넘어섰음을 의미한다.

금쟁반·은쟁반은 해와 달의 상징적 표현으로 보는 것이 일반적이다. 그렇게 보면, 금벌레·은벌레는 곧 해벌레·달벌레가 된다. 벌레가 이미 해와 달의 정기를 받아 하늘에서 내려왔으니 인간세상의 하찮은 벌레가 아니라 신이(神異)한 성격을 가진 존재로 이해할 수 있다. 특별한 사정이 있어서 벌레와 같은 형상을 지닌 신이한 존재가 하강하여 인간이 되었다고 하는 설정인 셈이다. 그렇다면 해와 달에 관련이 있으면서 인간세상의 벌레와 상통할 수 있는 존재는 무엇일까? 벌레의 본래적 의미가 무엇인지 거듭 추론하는 데에 동북아시아의 고대 민족의 관념이 활용될 수 있을 듯하다.

서기 6~8세기에 남러시아와 유럽에서 큰 세력을 형성하였던 유목민족인 아바스(Avars)는 유연(柔然)의 후예로 인정되는 민족이다. 그런데 돌궐이나 페르시아는 아바스를 케름(Kerm), 곧 벌레라고 부른다는 사실이 관심을 끈다. 특히 하우시히(H.W.Haussig)라는 학자는 '벌레'라는 말을 늑대의 은어로 간주하여 '연연(蠕蠕)'이 늑대토템을 지닌 유연을 빗대는 말이라고 해석한다. 서기 576년 사산(Sasan)조 페르시아의 견제를 위해 동로마에서 서돌궐로 파견된 왈렌티노스(Oualentinos)의 보고서에는, 늑대의 토템을 가지고 있는 서돌궐의 달두가한(達頭可汗) — 타르두스 카간(Tardus Khagan) — 의 아우가 유연을 벌레라고 호칭한다는 기록이 있는데, 이러한 점을 미루어보면 그 '벌레'는 늑대가 아닌 다른 동물, 곧 뱀을 상징하고 있을 가능성이 크다.[9]

이 점에 있어서 쉐더(Schaeder)는 오늘날 동몽골지역의 샤머니즘과 연관시켜 볼 때 매우 흥미로운 견해를 제시하고 있다. 오늘날 몽골인들은 뱀을 '아브르가'라 부르며 지방신이나 용왕을 대표하는 성물로 간주하여 죽이지 않는 습속이 있다는 것이다. 이렇게 보면, 우리는 금벌레·은벌레가 어떤 성스러운 동물의 다른 표현일 수 있다는 것을 생각해 보게 된다. 그 동물의 원래적 의미가 전승의 과정에서 잊혀짐으로써 오늘날 누구나 생각하는 그런 벌레로 인식하게

---

9) 쉐더는 아바스(Avars)가 뱀(aburgu > æara) 의 음역일 가능성이 크다는 견해를 제시했다.

되었던 것은 아닌가 하는 의구심이 드는 것이다. 우리네 창세신화에 등장하는 금벌레와 은벌레가 사신류(蛇神類) 혹은 용사류(龍蛇類) 같은 신비스러운 동물과 밀접한 관련이 있을 것이라고 해석할 수 있는 여지가 충분히 있는 것이다.

다시 신화의 내용으로 돌아가 보자. 다섯 쌍의 부부가 있어 인간이 태어났으니 이 땅의 사람들은 다섯 조상 혹은 다섯 개의 족원(族源)에게서 나온 셈이 된다. 그런데 고대 한반도의 삼국 가운데 다섯이라는 숫자를 특별하게 인식한 나라는 고구려였다. 건국시조인 주몽의 아버지 해모수가 지상에 강림할 때 타고 왔던 수레를 오룡거(五龍車)라 칭했던 것과, 고구려의 연맹체가 오부(五部)였다는 점을 생각해본다면, 다섯 쌍의 금벌레·은벌레가 다섯 쌍의 용, 즉 오룡거와 의미상으로 통한다는 점을 지적하는 데 큰 불편함이 없다. 이렇게 보면 김쌍돌이본 「창세가」는 고구려의 신화의식과 연계되어 있을 가능성이 높다.

하늘에서 내려온 한 쌍의 벌레가 부부가 되어 인류를 퍼뜨렸다고 하지 않고 다섯 쌍의 부부에게서 다시 인류가 비롯했다고 하는 설정은, 이 땅의 사람들이 하늘의 후손이면서 동시에 서로 다른 다섯 시조를 가졌다고 하는, 동질성과 개별성을 동시에 드러낸 것으로 볼 수 있다. 고구려는 천신의 후예인 주몽이 세운 나라여서 그 백성들은 천신(天神)의 후손들이다. 그러면서 각기 다른 다섯 연맹이 있었으므로 서로 다른 시조를 가지고 있었다고 해야 할 것이다. 더욱이 김쌍돌이가 구연한 「창세신화」는 고구려의 옛 영토인 함흥지역에서 전승되는 노래라고 하는 사실은 우연의 일치이기만 한 것일까.

민간신앙의 채취를 강하게 풍기는 미륵부처.

신들이 다투다

이리하여 미륵님이 다스리던 세월은 태평하였는데, 석가(釋迦)님
이 내려와서 미륵님의 인간 세상을 빼앗고자 했다.

> (미륵님이 다스리던)인간 세월에는 태평하고, 그랬는데, 석가(釋迦)님
> 이 내려오셔서,
> 이 세월을 앗아 뺏고자 마련하여(작정하여), 미륵님의 말씀이,
> 아직은 내 세월이지, 너 세월은 못된다.
> 석가님의 말씀이, 미륵님 세월은 다 갔다, 이제는 내 세월을 만들겠다.

미륵님의 말씀이, 너 내 세월을 앗겠거든, 너와 나와 내기 시행하자.

미륵님과 석가님이 대결을 벌인다.

미륵님의 말씀이, 너와 나와 내기 시행하자,
더럽고 축축한 석가야,
그러거든, 동해 중에 금병에 금줄 달고, 석가님은 은병에 은줄 달고,
석가님의 말씀이 내 병에 줄이 끊어지면 너 세월이 되고,
너 병에 줄이 끊어지면 너 세월 아직 아니라.
동해 중에 석가 줄이 끊어졌다.

첫 번째 시합은 동해 한 가운데에 미륵님이 금병에, 석가님이 은병에 각각 줄을 매달아 넣고서는 끊어지지 않는 쪽이 승리하는 것이었다. 미륵과 석가의 대결이 함축하는 신화적 의미는 동해의 이상향을 둘 가운데서 누가 자유로이 왕래할 수 있느냐 하는 것으로 추정된다. 결국 동해 한 가운데에 줄을 매단 병을 넣어 줄이 끊어지지 않는 대결을 펼치는 것은 이승과 저승의 경계를 넘나드는 신적인 능력의 대결로 이해할 여지가 있다. 수망(水亡)굿에서 보이는 일종의 넋건지기가 이승과 저승의 경계를 교통하는 행위인 점과 견주어 보면 두 행위 간의 유사성이 인정된다.[10] 줄을 매단 병을 물속에 넣어 끊어지지 않음을 과시하는 행위는 이승과 저승을 교통할 수 있는 능력의 시험은 아닐까. 『열자(列子)』에 보면 동해에는 5개의 이상향을 상징하는 섬이 있는데, 그 가운데 병을 뜻하는 호(壺)

가 있다고 한 점과 여기의 신화적 인식이 겹쳐지기도 한다.

한편으로, 신화에서 병(甁)은 일반적으로 자궁(子宮)을 상징하기도 한다. 불교에서는 불성(佛性)의 태(胎)가 들어 있는 자궁으로 상징된다. 더욱이 물과 관련하여서는 여성적 원리의 함축적 의미가 분명해진다. 이를 문화적으로 해석하여 어로단계의 표현으로 보아도 해석은 자연스럽다. 레비-스트로스(Levi-Strauss)[11]에 의하면, 물고기가 그려진 원시적 물병은 뱀을 표상하는데, 여기에는 물고기를 다량으로 포획하려는 제의적 의미가 내재해 있다. 많은 물고기가 들어 있는 물병은 곧 여성의 상징으로서 자궁의 의미와 연결되어 어로 생산력의 증대를 기원하는 제의적 기능을 담당하는 것이다. 그렇다면 미륵님은 수렵이나 채집, 어로 따위와 같은 농경 이전의 시대를 상징하고 석가님은 농경시대를 상징하는 것은 아닐까?

석가님이 내밀어서(승복하지 않아서),

또 내기 시행 한번 더하자.

성천강 여름에 강을 붙이겠느냐.

미륵님은 동지채를 올리고, 석가님은 입춘채를 올려서,

미륵님은 강이 맞붙고, 석가님이 져서.

---

10) 수망굿은 물에 빠져 죽은 이의 넋을 건져 내어 저승으로 천도하는 굿이다. 넋병을 바다에 넣어 망자의 넋을 건져내는 의식을 넋건지기라 한다.

11) 프랑스의 인류학자. 문화체계를 이루는 요소들의 구조적 관계라는 관점에서 문화체계를 분석하는 구조주의의 선구자로 평가받는다. 주요 저서로『슬픈열대(*Tristes tropiques*)』(1955),『구조인류학(*Anthropologie structurale*) (1958) 등이 있다.

두 번째는 미륵님과 석가님이 여름철에 성천강이라는 강에서 강물을 얼어붙게 하는 능력을 겨루는 시합이다. 미륵님은 동지채를 올리고 석가님은 입춘채를 올렸다. 동지채니 입춘채니 하는 것은 아마도 동지의 기운과 입춘의 기운을 담은 일종의 문서를 말하는 듯하다. 어떤 의미를 지닌 시합인지 분명하지 않으나 몽골의 창세신화에서 유사한 내용이 전승되고 있어서 그 의미를 미루어 짐작할 수 있다. 바로 강을 얼게 하고 녹게 하는 과정은 사계절의 순환을 말하는 것이다. 석가님은 입춘채를 가지고 능력을 발휘하지만 입춘채는 언 강을 녹이는 데에 소용되는 것이지 얼게 하는 데에 소용되는 것은 아니다. 오히려 입춘채는 언 강을 녹여 농사일을 시작하게 하는 기능을 가지므로 석가님은 농경생활을 영위하는 데에 필요한 능력을 가졌다고 이해할 수 있다. 미륵님과 석가님은 분명하게 서로 다른 생활 방식의 특징을 보여주는 신으로 등장한다. 석가님의 농경적 면모는 마지막 대결인 모란꽃 피우기 시합에서도 확인된다. 여하튼 두 번의 대결에서 미륵님이 이겼다. 그러나 석가님은 승복하지 않고 마지막 시합을 제안했다.

> 석가님이, 또 한번 더하지.
> 너와 나와 한 방에서 누워서, 모란꽃이 모랑모랑 피어서,
> 내 무릎에 올라오면 내 세월이오, 너 무릎에 올라오면 너 세월이라.
> 석가는 도적심사를 먹고 반잠 자고, 미륵님은 찬 잠을 잤다.[12]
> 미륵님 무릎위에, 모란꽃이 피어올라서,
> 석가가 중등사리로 꺾어다가, 자기 무릎에 꽂았다.

일어나서, 축축하고 더러운 이 석가야,

내 무릎에 꽃이 피었음을, 너 무릎에 꺾어 꽂았으니,

꽃이 피어 열흘이 못가고, 심어 십년이 못가리라.

왜 하필이면 무릎에 모란꽃을 피울까? 무릎은 보편적으로 사물을 생성하는 힘, 활력과 강인함을 의미하는 신화소(神話素)다. 자식을 무릎에 앉히는 것은 부권을 뜻하기도 하고 어머니의 진정한 보살핌을 의미하기도 한다. '슬하(膝下)'라고 하는 용어 역시 같은 뜻으로 사용됨은 주지의 사실이다. 슬하의 자식이란 친자(親子)의 확인이면서 양육을 의미한다. 따라서 무릎은 남성의 권위와 여성의 생산력을 포괄하고 있는 신화적 상징인 셈이다. 사물을 생성하는 힘의 원천이 무릎에 있다고 인식하면 무릎에서 꽃을 피우는 행위 자체가 이해될 수 있다.

모란꽃은 어떤 의미인가? 창세의 내력을 노래하는 다른 자료를 보면, 그저 꽃이라 하거나 불교와 관련된 연꽃이 등장하기도 하고, 배꼽에 피운 꽃이라 하여 배꽃이라 하는 것도 있으나 이는 후대에 변모된 것이며, 본래는 신화적 성격을 함축한 것이었다고 생각된다. 모란꽃은 양(陽)에 속하는 몇 안 되는 꽃 가운데 하나로서 남성적 자질이나 행복을 상징하며, 꿀벌 이외에는 범접하는 곤충이 없기 때문에 황제의 꽃으로도 인식된다. 실제로 꿀벌만이 날아드는

---

12) 반잠은 가수면(假睡眠) 상태를 말한다. 반쯤 드는 잠 혹은 잠을 자는 체 하다는 뜻이다. 찬 잠은 완전히 잠을 자다 곧, 한잠을 잤다는 의미이다.

꽃이고 꿀벌은 남성을, 나비는 대체로 여성을 의미하므로 모란꽃은 양의 정기만이 가득한 꽃으로 인식되는 것이다. 「창세가」에서 남녀 인간 중 남자가 탄생하게 되는 과정, 즉 태양의 정기를 받은 금벌레가 금쟁반에 떨어져 남자가 되었다는 점을 함께 고려하면, 미륵은 태양신적 성격을 간직한 신으로 이해할 여지가 충분하다. 따라서 태양의 원리를 구현하여 자연의 상태에서 식물이 자라나는 양상을 어느 신이 더 온전하게 구현하는가 하는 것이 모란꽃 피우기 시합이라고 이해할 수 있겠다.

그런데 잠을 자면서 무릎에 꽃을 피운다는 행위는 또 무엇을 말하려는 것일까? 잠을 자면서 꽃을 피우는 행위는 인위적인 경작이나 노동 없이 결과물을 얻게 됨을 말하는 것이 아닐까 싶다. 그것도 인체의 가장 단단한 부위인 무릎에서 꽃을 피운다는 것은, 식물이 잘 생장할 수 있는 터를 골라 경작하는 농경의 원리를 부정하고 자연의 이치에 따라 생겨나 생장하는 과정을 신화적으로 형상화한 것이라 할 수 있겠다. 그러나 석가의 행위는 대조적이다. 잠을 자는 내기를 하면서도 선잠을 자며 미륵의 무릎에 피어 있는 모란꽃을 자기에게로 옮겨온다. 이는 자연 상태에서 생장한 식물을 이식하여 인위적인 경작을 통해 식물을 취하는 농경생활의 면모를 드러내는 것이다. 잠을 자지 않는 것은 식물이 저절로 생장하도록 내버려두지 않고 필요한 때에 그것을 이식·경작하여 수확에 이르는 농경생활의 원리를 구현하는 것으로 그 의미를 짚어볼 수 있다. 그리고 이와 같은 인위적인 농경은 수렵과 채집의 단계 또는 자연 상태로 자라난 목초를 가축의 먹이로 이용하는 유목적 생활 방식에서 보자면, 일종의 속임수의 원리가 작용하는 것이다.

미륵님과 석가님은 오늘날 우리의 상식으로는 그 의미를 명확하게 알기 어려운 이상한 시합을 통해 우열을 가렸다. 석가님은 부당한 방법으로 인간 세상을 차지했다. 미륵님은 능력의 우위에도 불구하고 패배를 인정했으니 무엇인가 석연치 않은 점이 있음은 분명하다. 그 연유가 무엇인가? 미륵님이 성화에 못 이겨 인간 세상을 내어 주면서 이렇게 말한다.

> 미륵님이 석가의 나머지 성화를 받기 싫어, 석가에게 세월을 주기로
> 마련하고(작정하고),
> 축축하고 더러운 석가야, 너 세월이 될라치면,
> 문쩌귀마다 — 집집마다 — 솟대 서고, 너 세월이 될라치면,
> 가문(家門)마다 기생(妓生) 나고, 가문마다 과부 나고, 가문마다 무당
> 나고,
> 가문마다 역적(逆賊) 나고, 가문마다 백정(白丁) 나고, 너 세월이 될라
> 치면,
> 합둘[13]이 치들이[14] 나고, 너 세월이 될라치면, 三千 중에 일천거
> 사(一千居士) 나느니라.
> 세월이 그런즉 말세(末世)가 된다.

여기서 기생이니 과부니 무당이니 역적이니 백정이니 하는 따위

---

13) 의미를 알 수 없으나 문맥상 "아랫사람으로 윗사람에게 영합하는 자" 정도로 이해된다.

는 인간세상에 죄악이 만연하게 됨을 뜻한다. 인간은 본래 선하고 정직한데 신이 부정한 까닭에 인간세상에 죄악이 생겼다는 것이다. 즉, 인간의 원죄는 부정한 신에게서 비롯된 것이라는 인식이다. 이제 미륵님은 사라졌고 인간세상은 마침내 석가님의 차지가 되었다.

---

14) 문맥상 "아랫사람으로 윗사람에게 반역하는 자" 정도로 이해된다.

더 생각해볼 문제들

1. 창세의 주역신인 미륵님의 신적인 성격에 관하여 포괄적으로 검토해 보자.

   「창세가」의 내용에 제시된 사항들을 우선 정리하고 이들을 연계시켜 그 신적인 성격을 검토할 필요가 있다. 천지를 분리시키는 데 활용한 구리기둥은 태양을 상징한다. 한국의 창세신화와 유사한 몽골의 신화에 구리(銅)는 태양을 상징하는 것으로 등장하기 때문이다. 또한 미륵님은 거인신적인 면모를 지니고 있으며, 석가님과의 대결에서 보여준 양상들이 태양·남성·유목·채집·어로 등과 관련된 원리를 구현하고 있다는 점에 주목할 필요가 있다.

2. 부당한 방식으로 승리한 석가님이 인간 세상을 맡아 다스리는 신으로 좌정(坐定)한 양상을 통해 창세신화의 특징 하나를 생각해 보자.

   부당한 방식이라 하더라도 최종적으로 승리한 신이 인간세상을 다스리게 되었다는 인식에서, 우리는 윤리적·도덕적 준거보다는 최종적인 승리의 쟁취를 중요하게 여겼다는 것을 알 수 있다. 결국 창세신화와 같은 아주 오랜 옛날의 신화에서는, 두 신의 대결 혹은 두 영웅 사이의 대결에서 누가 최종적으로 승리를 거두는지가 중요했음을 알 수 있는 것이다. 윤리·도덕적 준거가 중요한 것으로 인정받는 신화는 다분히 보편적 윤리의식을 앞세운 중세적 신화에서나 유효한 것이다.

3. 태양을 남성에 빗대고 여성을 달에 빗대는 「창세가」의 발상과 다른 사례를 찾아 비교·대조해 보자. 태양을 여성에, 달을 남성에 빗대는 다른 설화 자료가 있으면 함께 생각해보고 그 연유에 관해서 추론해 보자.

   「해와 달이 된 오누이」의 여러 자료들을 살펴보면 누이가 태양이 되고, 남동생이 달이 되는 양상이 빈번하게 나타난다. 「창세가」는 신화이고 「해와 달이 된 오누이」는 민담적 성격을 지닌 채 전승되므로 둘 사이의 차이점을 이런 관점에서 생각해 볼 수 있다. 또한 「창세가」를 비롯한 신화적 인식에서는 천상에서 태양과 달의 정기를 받은 존재가 인간세상으로 하강하는 반면, 「해와 달이 된 오누이」와 같은 민담적 인식에서는 인간세상의 존재가 특별한 계기에 의하여 하늘로 올라가 해와 달이 되었다고 함으로써 상반되는 인식을 드러낸다. 신화는 신성한 의식을 담아내야 하므로 천상의 해와 달을 통해 인간세상에 신성한 혈통을 강조하는 반면, 민담에서는 인간세상의 삶의 양상을 극복하려는 소박한 의식이 작용하여 천상으로 올라가려는 의식을 보여준다고도 생각해 볼 수 있을 것이다.

추천할 만한 텍스트

『조선신가유편(朝鮮神歌遺篇)』, 손진태, 향토문화사, 1930.

박종성(朴鍾聲)

한국방송통신대학교 국어국문학과 교수.

서울대학교 국어국문학과를 졸업하고 동 대학원에서 박사학위를 취득했으며, 한국 외국어대학교 동유럽·발칸연구소 연구교수를 지냈다. 한국구비문학회 총무이사 및 연구이사를 역임했으며 현재는 동 학회의 출판이사를 맡고 있다. 그리고 현재 국어국문학회의 홍보이사이자 한국웃음문화학회의 총무이사를 맡고 있다. 한국 신화에서 출발하여 현재는 몽골, 중국 내 소수민족, 동유럽·발칸 지역의 신화와 구비영웅서사시를 포괄적으로 다루는 비교연구를 진행하고 있다.

저서로『한국창세서사시연구』(1999), 『구비문학, 분석과 해석의 실제』(2001), 『한국·동유럽 구비문학 비교연구(공저)』(2003)가 있다.

...

굴 앞에 가서 칠공주를 내려놓고

가랑잎을 이리저리 가져다가 뺑 돌아 깔고 칠공주를 눕혀 놓고

돌아서려니 발이 안 떨어져 길대부인이 소리 내어 통곡을 하는구나.

"애야, 내 딸아, 네가 이 세상에서 나와 인연이 없는가 보다.

내가 이 세상에 아들자식 없을 팔자인데,

너를 낳자 이틀 만에 너를 이리 깊은 산중에 갖다 버리는구나.

대왕님 분부가 그러하니, 할 수 없다, 할 수 없다.

너와 나는 이 시간부터 이별이다.

내 딸아, 내 딸아, 좋은 세상 좋은 가문에 다시 태어나서

아들자식 되어 고이고이 자라나길 바란다. 내 딸아, 고이고이 잠들어라."

— 「바리공주」(영일 김석출본) 중에서

「바리공주」의 채록

서사무가(敍事巫歌) 「바리공주」는 문학 장르로 말하면 구비서사시에 속한다. 구비서사시는 오랜 세월 동안 여러 사람의 입을 거치면서 계속해서 변화를 거듭해 온 구비문학이다. 전승과 변이를 핵심으로 한 구비문학에는 원저자가 따로 있을 수 없다. 무가를 불렀던 무당은 물론이고 굿판에 참여해 무가를 향유했던 사람들이 모두 「바리공주」의 전승과 변이에 일정한 역할을 담당했다고 할 수 있다.

원저자가 없듯이 구비문학에서는 원본의 개념도 성립하지 않는다. '바리공주', '바리데기', '비리덕이' 등 제목이 다양한 것도 그 때문이다. 입으로 전승되던 「바리공주」가 문자로 처음 정착되기 시작한 것은 20세기에 민속학자와 국문학자들의 채록에 의해서였다. 그렇게 해서 마련된 「바리공주」 각 편의 수는 현재 70여 편에 달한다.

02

여성성의 신화적 상상
「바리공주」

이경하 | 서울대학교 국어국문학과 강사

고전의 재창조, 바리의 노래

그렇다 旅行이다. / 가장 가까운 곳에서 / 눈물 하나가 바다를 일으
킨다. / 바다를 일으켜서는 / 또 다른 바다로 끄을고 간다. / 부끄럽
게 가만가만 / 暴風 속에서도 새우를 키우며 / 돌아오지 않으려고 /
바다에서 자는 물, / 잠자리가 불편하다고 / 곳곳에서 女子들은 / 무
덤을 가리키며 울었다.
— 강은교, 「비리데기의 여행(旅行) 노래 이곡(二曲)·어제 밤」 중에서

　1970년대에 강은교 시인이 서사무가(敍事巫歌) 「바리공주」를
시의 소재로 삼았을 때까지만 해도 바리데기란 이름은 세상에 그다

지 많이 알려지지 않았다. 물론 학계에서 「바리공주」는 한국의 대표적인 서사무가로 주목받으면서 그에 대한 중요한 연구 성과들이 쌓여가고 있었지만, 대개 그렇듯, 학술적인 논의들이 대중의 귀에 전달되기까지는 꽤 시간이 걸리는 법이다. 더구나 「바리공주」는 이제는 거의 소멸해버린 무가가 아닌가?

무가! 무당들이 굿할 때 부르던 노래. 무당이니 굿이니 하는 것들은 구시대의 산물로 더 이상 현대인들에게는 큰 의미를 갖지 못하는 존재이다. 「바리공주」가 과거에 한반도 전역에서 불리던 인기 있는 무가의 레퍼토리였다 한들, 그것이 오늘날 현대인들에게 무슨 의미가 있을 것인가.

그런데 놀랍게도, 「바리공주」는 최근 몇 년 동안 가장 빈번하게 현대 예술로 재창조된 한국 고전의 으뜸이었다. 이 한 편의 무가는 3부작 소설을 비롯해, 뮤지컬과 발레로, 희곡과 동화로 재창작되었고, 미완성으로 끝나기는 했지만 바리데기를 주인공으로 한 만화영화가 기획되기도 했다. 어떤 여성 시인은 자신의 글쓰기 원천을 이 무가에서 찾기도 한다. 어린이와 대중을 상대로 한 각종 도서와 신문의 칼럼에서 보듯, 이제 「바리공주」는 한국 신화의 대표 주자로 확고한 자리를 차지하고 있다. 도대체 「바리공주」의 무엇이 현대를 사는 문학인들에게 예술적 영감을 주는 것일까? 이 거듭 불리는 '바리의 노래'가 우리에게 전하는 메시지는 무엇일까?

구비서사시로서의 「바리공주」

옛날 옛적 불라국이란 나라에 오구대왕과 길대부인이 살고 있었다.

이들은 결혼해서 딸만 내리 일곱을 낳았다. 오구대왕은 너무 화가 나서 막내딸 바리를 내다버리게 했다. 길대부인은 울면서 바리를 내다버렸고, 비리공덕 할멈 내외가 버려진 바리를 데려다 길렀다. 바리가 열다섯 살이 되었을 때, 오구대왕은 병이 들었다. 그 병은 오직 서천서역(西天西域)의 생명수를 먹어야만 낳을 수 있다고 했다. 여섯 명의 딸들은 모두 이런저런 핑계를 대며 생명수 구해오기를 거절하는데, 소식을 듣고 찾아온 바리가 그 임무를 자청한다. 서천으로 가는 길은 모르지만 오직 생명수를 구해 오겠다는 일념으로, 바리는 외롭고 고된 여행을 계속한다. 서천에 도착해서는 생명수 관리자의 요구에 따라 아들 형제를 낳아준다. 드디어 생명수를 얻어 불라국으로 돌아온 바리는 이미 죽어버린 오구대왕의 뼈와 살에 숨을 불어 넣는다. 그 공으로 바리는 저승신이 된다.

무가 「바리공주」의 줄거리는 대강 이렇다. 말하자면 이것이 바리 이야기의 기본 뼈대인데, 실제로 굿판에서 불리던 「바리공주」의 내용은 그때그때 크고 작은 차이를 보인다. 오구대왕만 병들었다고 하지 않고 길대부인도 함께 병들었다고 하는 경우도 있고, 바리가 생명수를 구해 돌아올 때 남편과 아들형제를 대동했다고 하기도 하고 아이들만 데려왔다고 하는 경우도 있다. 서천서역으로 가는 노정에서 바리가 겪는 구체적인 경험들의 내용에도 편차가 적지 않다. 서울 지역에서는 바리의 여행 중에 지나게 되는 지옥의 모습이라든가 그곳에서 고통 받는 영혼들을 좋은 곳으로 인도하는 내용이 비중 있게 다루어진다. 반면에 경상도 동해안 지역에서는 바리의 고생스런 여행이 여성적 경험으로 더 많이 채워진다. 호남

지역에서 전해지는 「바리공주」는 아예 기본 뼈대에서부터 큰 차이가 난다.

그렇게 차이가 나는 이유는 「바리공주」가 입을 통해 전해지던 이야기 노래, 즉 구비서사시이기 때문이다. 현재 우리가 알고 있는 바리이야기의 줄거리는 20세기에 불렸던 무가를 기준으로 한 것이다. 입에서 입으로만 전해지던 무가를 채록해서 기록으로 남기기 시작한 것은 20세기에 무속과 구비문학이 학문의 영역으로 자리 잡으면서부터였다. 그러니 20세기 이전, 훨씬 오래 전의 바리이야기가 과연 어떤 모습이었는지, 그 세세한 부분은 물론이고 기본 뼈대도 얼마나 변형된 것인지, 현재로서는 정확하게 알 수 없다. 다만 무가 「바리공주」에는 저 멀리 원시시대로부터 고대와 중세를 거쳐 근대에 이르는 오랜 기억이 켜켜이 쌓여 있다는 것, 「바리공주」의 메시지에 대해 이야기하기 전에 우선 이 점을 기억해 두자.

망자를 위한 노래

모든 종교에는 인간이 죽음에 임하는 전통적인 의례행위가 있기 마련이다. 예를 들어, 사십구재는 사람이 죽었을 때 그 자손이나 친척이 망자가 살아서 지은 업을 소멸하고 좋은 세상에 다시 태어날 수 있도록 기원하는 불교의 영혼천도의례로 많이 알려져 있다. 특별히 7일마다 49일째까지 재를 지내는 이유는 "사람이 죽고 7·7일 만에 공덕을 지어주면 망자는 영원히 악도를 면하고 그 가족에게도 모두 이익이 된다"는 믿음 때문이다. 사십구재와 수륙재, 우란분회 등이 망자천도(亡者薦度)를 위한 불교의 의례라면, 무속에는 사령굿이 있다.

사령굿은 물에 빠져 죽은 사람, 갑작스런 사고나 병으로 죽은 사람처럼, 특히 원통한 죽음을 맞은 영혼들을 좋은 곳으로 인도하기 위해 그 가족들이 베푸는 위로의 자리다. 사령굿은 지역에 따라 그 명칭이 조금씩 다른데, 흔히 서울 지역에서는 '진오기', 동해안 지역에서는 '오구굿'이라 불린다. 「바리공주」는 그런 굿에서 불리던 무가였다.

사령굿에서 불리던 노래인 만큼, 「바리공주」에는 '죽음'에 대한 문제의식이 담겨 있다. 삶과 죽음의 문제는 인간이라면 누구나 벗어날 수 없는 근원적인 것이다. 죽음이 바로 나와 내 가족의 문제로 현실화될 때, 우리는 사후 세계와 영혼의 구원에 대해 한번쯤 절실히 자문하게 된다. 바리의 구약여행은 바로 그 죽음의 문제에 해답을 찾는 긴 여정이라고 할 수 있다.

오구대왕을 살릴 수 있는 생명수가 서천서역에 있다고 하는데, 바리는 그 곳으로 가는 길을 알지 못한다. 하지만 생명수를 구해다 아버지를 살리겠다는 일념 하나로 무조건 길을 나선다. 그런 바리를 인도하는 신들이 있었으니, 길에서 만난 지장보살은 바리에게 낭화와 지팡이를 준다. 낭화가 무엇인지는 확실하지 않지만, 신이한 힘을 발휘하는 꽃이거나 지옥의 어둠을 밝히는 횃불 같은 것으로 짐작할 수 있다. 지팡이는 아마도 지장보살이 가지고 있는 석장처럼 지옥문을 깨뜨리는 힘이 있을지 모른다. 서천서역으로 바리를 인도하는 것은 이들만이 아니다. 바리가 멀고 험한 여행에 지칠 때

불교에서 말하는 지옥을 그린 탱화 「지옥도」. 17세기 후반에 제작되었다.

면 커다란 백호(白虎)가 나타나 바리를 등에 업고 천 리 길을 단숨
에 달리고, 배 한 척 없는 강가에서 발을 동동 구를 때면 거북이가
나타나 물을 건네준다.

그렇게 서천서역으로 향하는 길에 바리는 황천강을 건너고 지옥
을 지난다. 황천강에는 죽은 영혼들이 탄 영가(靈駕)가 사방에 둥
둥 떠 있다. 꽃으로 장식된 화려한 영가도 있지만, 등불도 없이 길
을 잃고 헤매는 영가도 있다. 자식 없이 죽은 영혼, 해산을 하다 죽

은 영혼들은 그렇게 황천 가는 길에서도 외롭고 슬프다. 바리는 낭화를 흔들어 불을 밝히고 그런 영가들에게 길을 안내한다.

바리는 죄인 다스리는 소리가 "6·7월 악마구리 우는 소리"처럼 들리는 팔만사천 지옥의 끔찍한 광경도 목도하게 된다. 뾰족하게 솟은 무수한 칼날에 살이 베이는 고통을 당하는 도산(刀山) 지옥, 펄펄 끓는 무쇠솥이 걸린 화탕(火蕩) 지옥, 형틀에 매단 사람의 혀를 길게 뽑아서 맷돌에 갈게 하는 발설(拔舌) 지옥…. 발설지옥에서 생전의 구업(口業)에 대한 형벌을 받듯이, 망자들은 각기 자신이 생전에 지은 업보에 따라 이곳에서 고통 받는 것이다. 그 고통을 목도한 바리는 가엾은 영혼들을 위해 지옥의 문을 열고 불을 밝힌다.

「바리공주」에서 망자의 영혼을 인도하는 존재가 바리라면, 불교에는 지장보살이 있다. 사십구재나 수륙재 등을 통해 신앙되는 지장보살은 "중생들 모두가 해탈에 이르러 보리(菩提)를 얻고 지옥이 비지 않으면 맹세코 성불하지 않겠다"는 대서원(大誓願)을 세운 것으로 유명하다. 그 서원에 따라 지옥, 아귀, 축생, 수라, 인간, 하늘 등 육도(六道)를 끝없이 윤회하며 방황하는 중생들을 구제하여 정토의 극락세계로 이끈다. 지장보살이 바리에게 낭화와 지팡이를 주었다는 설정은 공연한 것이 아니다.

무속의 세계에서 무당은 삶과 죽음의 문제에 대해 가장 절실한 답을 구하는 존재이며, 산 자의 세계와 죽은 자의 세계를 연결해 주는 중계자이다. 망자들이 이승을 떠나 저승의 좋은 곳으로 갈 수 있도록 도와주는 것이 무당의 역할이다. 생명수를 구하기 위해 서천

서역으로 떠나는 길, 그 과정에서 온갖 시련을 이겨내고 결국 생명
수를 구해다가 죽은 아버지를 살려낸 바리는 그 공으로 저승신이
되었다고 했다. 바리는 나라의 반을 떼어준다는 오구대왕의 제안을
사양하고 산 자들만의 세계를 떠나 죽은 자들의 세계에 관여하는
존재가 되었다. 그래서 바리를 무당의 조상, 무조신(巫祖神)이라고
도 한다. 「바리공주」는 '망자를 위한 노래'인 동시에 '저승신의 노
래'이며 무당의 기원을 이야기하는 노래인 것이다.

딸들의 이야기

험난한 여행을 떠나 마침내 생명수를 구해다 아버지의 목숨을 살린
바리의 모습에서, 공양미 삼백 석에 자기 목숨을 팔아 아버지의 눈
을 뜨게 한 심청을 떠올리는 것은 어렵지 않다. 판소리 『심청가』와
서사무가 「바리공주」가 근원적으로 어떤 관계를 가지고 있건, 여하
튼 이들이 '효녀 이야기'의 외피를 쓰고 있다는 점은 흥미롭다. 게
다가 바리는 자신을 내다버린 아버지를 위해, 여섯 언니들이 마다
한 서천서역으로 기꺼이 나서지 않는가!

서천으로 가는 도중에 만난 이인(異人)들은 바리에게 이런저런
과제를 내주며 바리의 효심을 시험한다. 그 과제란 혼자서는 감당
하기 힘든 일이거나, 보통 사람은 하기 싫어하는 지저분한 일, 혹은
도저히 불가능한 일이다. 그럴 때마다 바리는 지극한 효심으로 그
시험들을 통과한다. 때로는 조력자들의 도움으로, 때로는 이적을
낳는 지극정성으로, 때로는 무조건적인 순종과 인내로써 시험을 통
과하고, 한 걸음 한 걸음 나아간다.

서천으로 가는 길을 묻는 바리에게, 밭을 갈던 노인과 방아를 찧던 아낙은 바빠서 길을 가르쳐 줄 시간이 없다고 말한다. 대신 몇백 년을 갈아도 다 못 가는 밭을 갈아주면 길을 가르쳐 준다고 하는데, 바리는 소를 몰 줄도 모른다. 나락을 찧어 달라고 하는데, 역시방아를 찧을 줄도 모른다. 소에게 가자고 달래도 소용이 없고, 울어도 소용이 없다. 급하고 안타까운 마음에 바리는 어쩔 줄을 모르고눈물만 흘린다. 이때 어디선가 나타난 두더지들이 감쪽같이 대신밭을 갈아주고, 파랑새들이 날아와 방아를 찧어 놓는다. 그렇게 길을 가던 바리는 갈림길에서 또 백발노인을 만난다.

여봐라 소녀야, 이 수많은 방깨를
언제 갈아서 바늘을 만들어
길쌈을 하게 만들어 놓고
너에게 서천서역 길을 가르쳐 주겠니?
너도 같이 달려들어
이 방깨를 좀 갈아 주려무나.
…
그 방깨를 끌어안고 통곡을 한다.
얼마만큼 눈물이
방울방울 떨어지니
굵은 바늘이 가는 바늘이 되는데
…

방깨는 아마도 홍두깨와 같은 것이리라. 홍두깨와 바늘은 모양이 비슷하지만 크기도 재질도 전혀 다르다. 홍두깨를 갈아 바늘을 만든다는 것은 불가능한 일이다. 이 불가능한 일을 앞에 두고, 바리는 병든 아버지를 생각하며 통곡을 한다. 그런데 여기서 신비한 일이 벌어진다. 바리공주가 흘린 눈물방울이 방깨에 떨어지자 방깨가 점점 가늘어지더니 바늘로 변하는 것이다!

또 동지섣달 꽁꽁 얼어붙은 강가에서 만난 할머니는 새카만 빨랫감을 던져주며 바리를 테스트한다. 바리는 손도 시리고 발도 시려 어쩔 줄 모르지만, 꽁꽁 언 강 위에 얼음을 방망이로 깨고서 손을 호호 불어가며 빨래를 한다. 누군가 그 일을 대신 해주러 오는 이도 없고, 눈물이 방울방울 흘러서 검은 빨래가 저절로 하얗게 변하지도 않는다. 이 과제를 해결하는 방법은 힘겨운 노동을 꾹 참고 견디는 것뿐이다. 그런가 하면, "머리는 광주리 모양에 키는 썩은 장대만 하고 이는 빠져서 듬성듬성한" 험상궂게 생긴 노파는 자기 머리에 있는 이를 다 잡아 주면 길을 가르쳐 주마 한다. 바리는 기꺼이 그렇게 한다.

그렇게 힘겹게 서천서역에 도달하지만, 바리가 생명수를 얻기까지는 더 많은 시간이 필요했다. 무장승 또는 동수자라고 불리는 서천서역의 문지기가 바리에게 또 다시 무언가를 요구한 것이다. 무장승은 "키가 하늘에 닿고 눈은 등잔 같고 얼굴은 쟁반 같고 발은 석 자 세 치 되는" 모습으로, 바리에게 "물 3년, 불 3년, 나무 3년"을 요구한다. 동수자는 하늘에 죄를 지어 약수탕을 지키는 문지기가 되었는데, 바리가 자신의 아들 형제를 낳아주어야 다시 천상으

로 돌아갈 수 있다고 했다. 그 요구에 따라 아들 형제를 낳고 "물 3
년, 불 3년, 나무 3년"의 세월을 보냈을 때, 바리는 자신이 매일 긷
던 물이 바로 생명수임을 알게 된다.

　15세의 미성년으로 길을 떠났던 바리가 남편과 자식을 둔 어엿
한 여인이 되어 돌아온다는 설정은 의미심장하다. 그것은 바리의
경험이 전통사회 여성들의 전형적인 삶의 궤적을 반영하고 있음을
뜻한다. 생명수를 얻기 위해 그동안 바리가 감당해야 했던 모든 힘
겨운 과제들 또한 여성들의 보편적인 경험을 대변한다. 옛날 할머
니들은 흔히 자신들의 삶을 '정지살이'에 빗대어 말하곤 한다. "물
3년, 불 3년, 나무 3년"은 다름 아닌 정지살이 그것, 가장 일반적인
여성 노동을 대변하는 것이다. 서천으로 가는 길을 물을 때마다 바
리가 감당해야 했던 밭매기, 풀뽑기, 방아찧기, 베짜기, 빨래하기
등도 마찬가지다. 바리 이야기에는 굿판에 참여해 「바리공주」를 듣
고 있는 대다수 청중인 전통사회의 여성들이 공감할 법한 그들 자
신의 삶이 녹아 있다. 「바리공주」가 신이한 능력을 가진 무당이나
저승신의 이야기만이 아니라, 보편적인 '딸들의 이야기'로 확장될
수 있음은 이 때문이다.

　「바리공주」를 '딸들의 이야기'로 읽을 때 새삼 주목하게 되는 것
은 이야기 첫머리에서 바리가 버려지는 대목이다. 전통적인 영웅
서사에서 주인공들은 흔히 어린 시절에 부모와 이별하는 시기를 경
험한다지만, 바리가 버려진 이유는 단지 '또 딸'이라는 것 하나였
다. 부계혈통만이 중시되는 가부장제 사회에서 딸만 계속 일곱을
낳았다는 것은 분명히 문제적 상황이라 할 수 있다. 그런 상황에서

오구대왕의 선택은 부정(父情)에 앞서는 가부장적 부권(父權)의 결정이었다.

하지만 아버지가 병들었을 때 생명수를 구해온 것은 무가치한 존재이기에 버려졌던 바로 그 딸이었다. 오구대왕이 병을 얻어 죽는다는 것은 철저한 부계혈통 중심의 가부장제 질서의 모순이 극에 달했음을 뜻한다. 생명수를 구하러 떠나는 여행은 이 지배질서의 원리에 의해 바리에게 부과된 시련과 고난의 과정이었지만, 그와 동시에 바리가 새로운 질서를 세울 수 있게 하는 원동력이 되었다. 결국 바리가 가져온 생명수는 모순이 극에 달한 지배질서에 새 생명을 불어넣는 치료약이었던 셈이다. 어쩌면 불라국은 더 이상 딸이라는 이유만으로 버려지는 세계가 아니라, 성차별이나 대립이 아닌 평등의 질서에 기반한 새로운 세계로 거듭나지 않았을까?

여성성의 신화적 상상

바리가 무속의 저승신이라면 불교의 저승신은 지장보살이란 말을 앞에서 했는데, 지장보살의 전생담 역시 바리처럼 '효녀이야기'로 되어 있다. 『지장보살본원경』에 실려 있는 2편의 불전설화가 그것인데, 주인공은 '바라문녀'와 '광목'이란 여인이다. 자신의 어머니가 지옥과 윤회의 고통에서 벗어나게 하기 위해 대서원(大誓願)을 세운다는 것이 지장보살 전생담의 요지다. '죽음'의 문제에 관여하고 영혼을 천도하는 저승신의 이야기가 왜 하필 효녀 이야기일까? 망자가 좋은 곳으로 가기를 기원하는 일은 아무래도 부모를 위한 자손의 몫일 터이니, 여기에 효의 윤리가 끼어든 것은 일견 자연스

신과 인간 사이의 매개자인 무녀.

러워 보인다. 그런데 왜 '여성'일까?

　일반적으로 모성을 상징하는 자궁의 이미지는 '대지(大地)'나 '담는 그릇'에 연결되어 있다. 대지는 만물이 자라는 원천일 뿐만 아니라 생명이 다해서 돌아가는 곳이기도 하다. 말하자면 생명 탄생과 죽음의 이미지를 함께 갖고 있다. 지장보살이란 이름에 땅의 이미지가 포함되어 있는 것도 우연은 아니다. '담는 그릇'은 원시시대 상징에서 보이는 주술적 냄비나 항아리의 이미지, 나아가 동굴이나 무덤의 이미지와도 연결되어 있어 죽음과 부활의 의미로도 해석된다.

이처럼 여신이 모성과 관계되는 상반된 이미지, 즉 삶과 죽음에 관한 문제의식을 내포하는 경우는 세계 도처에서 발견된다. 그 하나의 예로 중국 신화에 자주 등장하는 서왕모(西王母)의 존재가 그렇다. 서왕모는 고대 중국의 여러 문헌에서 그 모습을 찾아볼 수 있는데, 때로는 불로불사(不老不死)의 선녀로, 때로는 표범의 이빨에 흐트러진 머리를 한 몹시 흉악하고 괴이한 모습의 땅 속에 사는 신으로, 생성과 창조력을 상징하는 이미지로 나타난다고 한다. 모성과 자궁이 삶과 죽음, 성과 속, 깨끗함과 더러움이라는 상반된 이미지를 갖고 있다고 할 때, 인도(印度) 여신들의 존재도 같은 맥락에서 이해할 수 있다. 인도의 여신들도 창조와 파괴의 양면성을 공유하는 형상을 띠는 경우가 많기 때문이다. 입 가장자리에 피를 흘리며 혀를 대롱거리고 사람의 잘린 머리를 들고 있는 추하고 무시무시한 모습을 하는 반면, 나병을 고쳐주는 자애로운 모성을 상징하는 '차문다'처럼. 이렇게 상반된 이미지를 공유하는 여신들은 흔히 대모신(大母神), '위대한 어머니'(The Great Mother)라고 불린다. 하늘과 땅이 분화되기 이전에 만물을 창조하는 주체였던 원초적 여신.

모계사회에서 점차 부계사회로 이동하고 부족국가가 탄생하는 고대와, 부계중심의 가부장제 질서가 공고화되는 중세를 지나면서, 본래는 생사를 모두 관장하는 것으로 상상되었던 여신의 이미지도 점차 변모해 갔을 것이다. 한편으로는 생산과 관계되는 지모신(地母神)으로, 한편으로는 죽음과 관계된 저승신의 이미지로 분화되었을지 모른다. 바리는 망자를 인도하는 저승신이면서, 생명수를 구해다 아버지를 살린 딸이다. 바리가 딸이면서 저승신인 건, 어쩌면 생명 탄생과 죽음의 두 가지 문제를 함께 관장하던 원시 모권사회 대모신상의 흔적이 아닐까?

더 생각해볼 문제들

1. 바리는 서천서역에서 무장승/동수자를 만나 아들 3형제 혹은 7형제를 낳았다고 했다. 바리의 아들 형제 출산은 오구대왕이 딸만 낳은 불균형을 시정하고 불라국의 상실된 생산력을 회복시키기 위한 단계로서 필수적이란 해석이 있다. 바리가 불라국으로 돌아와 오구대왕을 살리기 전에 아들 형제를 낳은 것은 결국 아버지의 나라, 즉 가부장적 질서를 복원한 것이라는 말이다. 과연 바리가 감당해야 했던 온갖 노동과 인내는 가부장적 질서에 대한 봉사에 불과한 것인지 생각해 보자.

2. '며느리 춤추는 것 보기 싫어 굿 안 한다'는 속담이 있을 만큼 무속문화는 여성을 중심으로 전해져 왔다. 무당 가운데 여성이 많기도 했지만, 굿판에 참여하는 대다수 청중들 역시 여성이었다. 또한 여성들에게 허락되는 다른 문화생활이 거의 없었던 전통사회에서 굿판은 신앙 뿐 아니라 오락의 공간이었으며, 지배질서의 논리를 재생산하는 교육의 장이기도 했다. 이런 점들을 고려하면서, 바리 이야기가 전통시대 여성들에게 어떤 의미로 받아들여졌을까 생각해 보자.

3. 무가 「바리공주」는 아주 오래 전부터 계속해서 변모하며 전승되어 왔다. 잘 변하지 않는 부분도 있고, 시대에 따라 쉽게 잘 변하는 부분도 있다. 송경아의 3부작 소설 『바리』에서는 바리의 언니들이 전혀 다른 모습으로 등장하고 심지어 동생까지 등장한다. 언니 석금과 동생 미금은 바리의 분신이랄 수 있다. 현대 예술인이 재창조한 바리이야기들을 찾아 감상해 보고, 각자 자신의 바리이야기를 다시 써 보자.

추천할 만한 텍스트

『서사무가 바리공주 전집』1-2, 김진영·홍태한 공편저, 민속원, 1997.
『서사무가 바리공주 전집』3, 홍태한·이경엽 공편저, 민속원, 2001.

이경하(李景河)

서울대학교 국어국문학과 강사.

서울대학교 국어국문학과를 졸업하고 동 대학원에서 석사 및 박사 학위를 취득했다. 현재 고전 여성 문학 및 여성 어문생활사를 연구하고 있으며, 서울대학교와 서울시립대학교 등에서 '젠더로써 고전읽기'에 대해 강의하고 있다. 석사논문은 ' 바리공주'에 나타난 여성의식의 특징에 관한 비교고찰」이고 박사논문은 「여성문학사 서술의 문제점과 해결방향」이다.

주요 논문으로 「15~16세기 왕후의 국문 글쓰기에 관한 문헌적 고찰」, 「17세기 사족여성의 한문생활, 그 보편과 특수」, 「제국신문 여성독자투고에 나타난 근대계몽담론」, 「15세기 최고의 여성 지식인, 인수대비」등이 있고, 번역서로『17세기 여성생활사 자료집 1-4』(공역)이 있다.

뉘 처음 개국하여 풍운(風雲)을 열었던가?

석제(釋帝)의 손자 이름은 단군(檀君).

요 임금과 함께 무진년에 일어나

우(虞)와 하(夏)를 거치도록 임금 자리에 있었네.

은(殷) 나라 무정(武丁) 임금 팔년 을미에

아사달산(阿斯達山)에 들어가 신이 되었네. …

때에 따라 모였다 흩어졌다 부침하는 동안

저절로 경계가 나뉘어 삼한(三韓)을 이루었네.

삼한이 각각 몇 주현(州縣)이었던가?

ㅡ 이승휴의 『제왕운기(帝王韻紀)』 중에서

'단군신화'의 전승

단군신화는 『삼국유사(三國遺事)』에 실려 있고, 『삼국유사』는 일연(一然)의 저작이지만 일연을 단군신화의 작자라고 할 수는 없다. 일연은 몇몇 '옛 기록'을 모아 단군신화를 재구성한 편집자일 뿐이다. 그렇다면 일연이 참조한 옛 기록들의 저자가 원저자인가? 아니다. 그들도 구전되던 것을 어느 시점에 한문으로 기록한 사람일 뿐이다. 단군신화는 본래 고조선의 건국서사시였으므로 원저자는 고조선의 나라굿을 주관하던 무당이었음에 틀림없다. 그이는 누구일까?

03

여 러 얼 굴 을 지 닌 단 군 신 화
'단군신화(檀君神話)'

조현설 | 서울대학교 국어국문학과 교수

살아 있는 신화, 살아 있는 고전

한쪽에서는 학교나 공원에 국조단군상(國祖檀君像)을 세운다. 다른 한쪽에서는 몰래 단군상의 목을 자른다. 한쪽에서는 단군은 신화가 아니라고 주장하고, 한쪽에서는 미신이자 우상숭배라고 외친다. 한쪽에서는 단군릉을 발굴하여 단군이 5011년 전의 실존인물이라는 보고서를 제출하고, 한쪽에서는 보고서를 불신할 뿐만 아니라 그 정치적 의도를 의심한다. 이런 대립 속에서도 단군이 나라를 처음 열었다는 개천절은 해마다 국경일로 되돌아온다. 단군은 이 대립 속에, 저 기념일 속에 '어쨌든' 살아 있다.

  실존 인물이든 상징적 인물이든 단군에게 생명을 부여해준 최고(最古)의 텍스트는 『삼국유사』다. 우리가 단군신화라고 부르는 이야기가 이 책의 기이(紀異) 편 첫머리에 실려 있다. 물론『삼국유사』역시 위서(魏書)나 고기(古記) 등을 인용하고 있어서, 가장 오래되었다고 말하기는 어려워도 "현재 전해지는 가장 오래된" 책임은 분명하다. 단군 논란의 진원지인 기이 편 고조선 조(條)를 보자.

고기(古記)에 일렀다. 옛날 환인(桓因)의 아들 가운데 환웅(桓雄)이 있어 천하에 자주 뜻을 두고 인간 세상을 탐구(貪求)했다. 아버지가 아들의 뜻을 알고 삼위태백(三危太伯)을 내려다보니 인간들을 널리 이롭게 할 만했다. 이에 천부인(天符印) 세 개를 주어 내려가 다스리게 했다.

환웅은 무리 삼천 명을 거느리고 태백산 꼭대기 신단수(神壇樹) 아래로 내려와 이곳을 신시(神市)라고 불렀는데 이 분이 환웅천황이다. 풍백(風伯), 우사(雨師), 운사(雲師)에게 곡식, 수명, 질병, 형벌, 선악 등을 맡기고, 무릇 인간살이 삼백 예순 가지 일을 주관하여 세상에 살면서 교화를 베풀었다.

때마침 곰 한 마리와 범 한 마리가 같은 굴에서 살았는데 늘 신웅(神雄)에게 사람 되기를 빌었다. 이 때 환웅신이 영험한 쑥 한 심지와 마늘 스무 개를 주면서 "너희들이 이것을 먹고 백 일 동안 햇빛을 보지 않는다면 곧 사람의 모습을 얻으리라"고 했다. 곰과 범은 이것을 얻어먹고 삼칠일(三七日) 동안 몸을 삼갔다. 곰은 여자의 몸이 되었지만 금기를 지키지 못한 범은 사람의 몸을 얻지 못했다. 웅녀(熊女)는 혼인할 자리가 없었으므로 늘 단수(壇樹) 밑에서 아기를 배게 해달라고 빌었다. 이에 환웅은 잠시 사람으로 변해 웅녀와 혼인하여 아들을 낳으니 이름을 단군왕검(壇君王儉)이라 했다.

단군왕검은 요(堯) 임금이 왕위에 오른 지 50년 만인 경인년에 평양성에 도읍하고 비로소 조선(朝鮮)이라 일컬었다. 또 도읍을 백악산(白岳山) 아사달(阿斯達)로 옮겼는데 그 곳을 궁홀산(弓忽山)이라고도 하고 금미달(今彌達)이라고도 한다. 그는 1,500년 동안 나라를 다스렸다. 주(周)의 무왕(武王)이 즉위한 기묘년(己卯年)에 기자(箕子)를 조선에 봉하니 단군은 곧 장당경(藏唐京)으로 옮겼다가 뒤에 돌아와 아사달에 숨어 산신(山神)이 되었다. 수(壽)는 1,908세였다.

다 아는 대로 고조선시대의 이 단군 이야기를 우리는 '건국신화'라고 한다. 신성한 존재가 출현해 나라를 세운 이야기란 뜻이다. 그런데 신성한 존재의 출현과 나라 세우기에는 어떤 원리가 있다. 먼저 지상에 성스러운 나라를 세우려는 지극히 높은 신의 뜻이 있어야 하고, 뒤를 이어 뜻을 이룰 주인공이 지상에 탄생해야 한다. 그리고 주인공의 탄생에는 매개자가 있어야 한다. 지고신(至高神)이 체통도 없이 직접 출현해 주인공을 낳는 법은 없으니까 말이다. 따라서 이 건국 드라마에는 최소한 세 배역이 있어야 한다.

단군신화는 건국신화의 이런 일반적 형식을 가장 적절히 보여준다. 지고신 환인은 홍익인간의 뜻을 가지고 환웅을 보낸다. 환인의 아들 환웅이 직접 나라를 세울 수도 있었겠지만 그가 세운 것은 신시(神市)다. 이 신의 마을은 나라가 아니라 신의 아들이 머무는 상징적 공간이다. 환웅은 도우미 신들을 거느리고 인간계의 만사를 주관하지만, 그는 건국 영웅이 아니라 웅녀와 짝을 이뤄 단군을 탄생시키는 매개자일 따름이다. 나라를 세우는 일은 세 번째 존재인 단군의 일이다. 이런 형식은 고구려 주몽신화에도 보이고, 신라·가락국·만주·몽골·티베트 건국신화에서도 확인된다. 이것이 건국신화가 국가 권력을 신성화하고 정당화하는 방식이다.

이렇게 건국신화 일반의 관점에서 단군신화를 이해하면 특별히 시비할 일이 없을 지도 모르겠다. 단군신화가 고조선이라는 한 고대국가의 건국신화라면 거기서 역사적 '사실'을 발견하려는 노력은 필경 도로(徒勞)에 그칠 테고, 반대로 완전히 꾸며진 이야기라는 주장도 무식한 소리가 될 테니까 말이다. 그러나 우리의 과거사는 단군신화를 그저 고조선의 건국신화로 모셔 두지 않았다. 단군신화는 필요할 때마다 불려 나와 다른 얼굴이 되었다.

여러 가지 얼굴을 지닌 단군신화

먼저 이런 물음을 던져 보자. 단군신화는 고조선의 건국신화인데 고조선이 멸망한 후에는 어떻게 되었을까? 신화란 그 내용과 그것에 얽힌 의례를 신성한 것으로 여기는 이들이 있어야 신화인 법인데, 고조선이 해체되었으니 단군신화의 운명도 꺼진 것인가? 아니, 그렇지는 않았다. 『삼국사기』와 『삼국유사』가 이구동성으로 고조선의 유민(遊民)들이 남하했다고 했으니 그 유민들의 기억과 구전 속에 유전되었을 것이다. 또한 강화도 마니산에 단군을 모시는 제단이 있었다는 기록이 『고려사』에 있고, 황해도 구월산에 삼성(三聖)을 모시는 사당이 있었다고 『세종실록』이 언급한 것을 보면 당시의 무당들이 의례와 신화를 계승하였을 것으로 보인다. 게다가 『삼국유사』가 '옛 기록'을 인용하고 있으니 다른 문헌들을 통해서

황해도 구월산의 삼성전.

도 전해졌을 것이다. 고조선은 사라졌지만 단군신화는 여러 갈래로
살아남았던 것이다.

그러나 지금 우리에게 전해지는 단군신화는 그저 간신히 생존한
게 아니다. 얼굴을 고치고 되살아났다는 것이 옳다. 『삼국사기』에
는 없지만 『삼국유사』의 첫머리에 놓여 있는 것이 고조선의 역사,
곧 단군신화다. 『삼국유사』는 삼국으로 이어지는 삼한을 비롯한 여
러 소국들 앞에 단군신화를 수원지처럼 배치해 놓았다. 『삼국유사』
만 그런 게 아니라 같은 시기에 이승휴(李承休)가 지은 『제왕운기
(帝王韻紀)』도 같은 내용을 담고 있다. 이를 보면 단군을 삼한 공동
의 시조로 본 것은 13세기의 다수 고려인들의 공통감각이었던 것

'단군신화'의 내용을 담고 있는 이승휴의 『제왕운기(帝王韻紀)』.

같다. 이를 역사학자들은 삼한일통(三韓一統)의식이라고 한다. 이런 의식을 공유한 이들에게 단군신화는 이미 고조선만의 신화가 아니었다. 고조선이라는 일개 고대 국가를 넘어선 일종의 '민족' 신화였다.

이와 같이 단군신화를 재구성하는 작업은 도가(道家) 계통의 문헌에도 계승되어 16세기 조여적(趙汝籍)의 『청학집(靑鶴集)』에 이르면 숙신·부여·말갈이 모두 단군의 후예가 된다. 단군에 대한 민족적 자부심이 더 높아진 것이다. 뿐만 아니라 『청학집』은, 환인은 진인(眞人)이고 동방 선파(仙派)의 비조라고 말한다. 그 선맥(仙脈)이 환웅―단군으로 이어지면서 대대로 백성을 교화했으며, 단군에게 네 아들이 있었는데 부루는 하우(夏禹)의 도산(塗山) 모임[1]에 참여했고, 부여는 구이(九夷)의 난을 토벌했으며, 부우는 질병을 치료했고 부소는 맹수를 다스렸다는 것이다. 『삼국유사』의 단군신화와는 꽤나 다른 얼굴을 지닌 신화인 셈이다.

그렇다면 조선시대 사대부들은 단군신화를 어떻게 읽었을까? 1396년 권근은 새로 건국한 이씨 조선의 표전(表箋) 문제로 명나라에 갔을 때 황제에게 시를 지어 올리는데 시의 주석에 단군신화가 언급되어 있다.[2]

> 옛날 신인(神人)이 박달나무 아래 내려오자 나라 사람들이 왕으로 세웠다. 박달나무 아래 내려왔으므로 이름을 단군이라고 했다. 이때가 당요(唐堯) 원년 무진일(戊辰日)이다.

요약된 자료여서 간단하지만 또 다른 모습의 단군신화라고 할 만하다. 단군의 작명 유래와 요 임금 즉위 원년에 고조선을 건국했다는 것은 이전 문헌에도 있으므로 새로울 것이 없지만, 환웅이 아니라 단군이 내려와서 사람들이 추대했다는 이야기는 『삼국유사』와

---

1) 우 임금이 치수(治水)를 끝내고 도산 — 현재 중국 절강성 소흥현 서쪽 — 에서 개최했다는 축하의 모임을 말한다.

2) 왕조가 바뀌어 그 사실을 명나라에 알리자, 명나라에서는 소국이 대국을 대하는 태도가 마땅치 않다면서 표전의 문구를 문제 삼아 시비를 걸어왔다. 이 외교적 마찰을 해결하게 위해 조선 태조는 해명서와 표전의 작성에 관여한 권근 등을 수도 남경에 함께 보냈다. 그때 명나라 황제가 조선의 역사를 묻자 이에 응해 지은 시가 「응제시(應製詩)」다.

도, 『청학집』과도 다르다. 환인이나 환웅 혹은 웅녀에 대한 언급도 없다. 단군을 신인(神人)이라고는 했지만 여기서 신인은 성인(聖人)에 가까운 개념이다. 신화적 신성성이 상당히 약화되어 있는 것이다. 하지만 당요 원년에 나라를 세웠다는 이야기는 『청학집』의 자부심과 별반 다르지 않다. 명나라 혹은 중화에 대한 민족적 자의식의 결과로 보인다.

이렇게 조금씩 다른 모습이지만 '민족'의 이름으로 전승된 단군신화는 한반도가 외세의 총칼 아래 놓이자 강력한 민족통합의 담론으로 떠오른다. 이미 1895년부터 일본의 시라토리 쿠라키치, 나카 미치요 같은 학자들은 단군신화를, 그야말로 일연이 만든 허무맹랑한 신화로 평가절하하고 있었지만 그럴수록 단군신화는 고조선의 건국신화를 넘어 한반도와 요동지역 여러 종족들의 기원에 놓인 위대한 민족통합의 신화가 된다. 그 결과 『환단고기(桓檀古記)』나 『규원사화(揆園史話)』처럼 찬란한 단군시대의 역사를 기록한 비서(秘書)들이 쏟아져 나오고, 1909년에는 단군을 교조(敎祖)로 숭배하는 대종교(大倧敎)가 창시되기에 이른다. 오래 전에 존재했던 한 고대 국가의 건국신화가 근대적 민족종교로 재탄생한 것이다. 대종교가 그 후 항일운동의 중심에 선 내력을 돌이켜 보면 단군신화는 강력한 민족신화로, 단군은 민족을 하나로 묶어내는 종교적 상징으로 자리 잡을 수밖에 없었으리라는 것을 이해하는 데 조금도 어려움이 없다.

민족신화로 재탄생한 단군신화는 일제 식민지에서 해방된 이후에도 역사교육의 형식으로 지속된다. 단군신화로부터 고조선의 역사가 이야기되고, 우리가 단군의 자손인 순수한 단일민족이라는 이야기는 자명한 사실이 된다. 대종교에서 시작되어 임시정부로, 다시 대한민국 정부로 계승되어 해마다 반복되는 개천절이라는 국가적 의례는 그것을 되새기는 재교육의 장이 되고 있다. 다양한 이야기로 빚어져 왔던 단군신화는 최종적으로는 민족, 더 정확하게는 단일민족이라는 이념의 홈 패인 공간으로 수렴된 셈이다.

이제 이쯤에서 다시 질문을 던져 보자. 천 수백 년 동안 다시 읽히다가 지금은 단일민족의 표상으로 읽히고 있는 단군신화를 새롭게 읽을 수는 없을까 하는 질문이다. 필자는 그 실마리가 단군의 이야기가 '신화'라는 사실을 새삼 되새기는 일, 그리고 단군의 신화가 어떻게 만들어졌는가를 추적하는 일에서부터 풀릴 것으로 생각한다.

반(反)토테미즘, 비판적 독해의 한 형식

단군신화는 건국신화다. 건국신화는 자연발생적인 것이 아니라, 특정한 의도를 가지고 만들어진다. 국가의 신성화, 국가 권력의 정당화가 건국신화의 목표다. 그런데 권력의 정당화 과정이란 권력투쟁의 과정이다. 이 과정에서 정복과 연합 혹은 배제와 적대가 발생한다. 건국신화가 이런 고대 국가의 성립과정을 상징적으로 표현한 것이라면 단군신화 역시 그런 맥락에서 읽어야 한다.

곰과 범이 한 굴에서 살았다고 한다. 말도 안 되는 동물생태학이다. 한 굴에 살 수 없는 동물들이 동서(同棲)했다는 것은 상징이다. 다시 말하면 곰 종족과 범 종족이 이웃하고 살았다는 말이다. 단군신화의 배후에는 토테미즘이 깔려 있다. 실제로 압록강 너머 동북

지역에서 에벤키 등의 곰 종족과 아크스크라 등의 범 종족이 있었
다. 문화인류학적 보고에 따른다면 이들은 지금도 그 문화를 기억
하고 있다. 단군신화는 이 두 종족이 환웅 ― 또는 신웅(神雄) ― 을
두고 경쟁한 것처럼 그리고 있다. 경쟁의 방식은 오래 견디기. 신화
가 의례를 설명해주는 것으로 이해하는 제의학파적 관점에서는 통
과의례라고 의미심장하게 이야기하지만 곰의 머리와 가죽을 쓴 족
장과 범의 머리와 가죽을 쓴 족장의 내기를 상상해 보는 것도 흥미
로울 것이다. 어쨌든 결과는 선택과 배제다. 곰은 선택되고 범은 배
제된다. 곰은 여자가 되어 환웅과 짝을 지어 단군의 어머니가 된다.
따라서 범 종족은 환웅과의 연합에 실패하고 곰 종족은 성공한 것
이 된다.[3]

그렇다면 곰 종족의 성공이란 어떤 의미일까? 지금껏 별로 심각
하게 제기해 본 적이 없는 물음이다. 곰 종족은 웅녀의 이름으로 단
군신화에 들어가 고조선 왕가의 모계를 이루지만 정작 웅녀가 어떻
게 되었다는 기록은 없다. 고구려 건국신화의 유화처럼 숭배되었다
는 언급도 없다. 웅녀는 단군신화에서 실종되었다. 웅녀가 실종되
었다는 것은 단지 단군 탄생 이후 웅녀의 이야기가 지워졌다는 뜻
만은 아니다. 웅녀의 실종은 웅녀가 본래 곰이었다는 것, 인간과 혈
연관계를 맺은 곰이었다는 기억의 실종이다. 곰 종족의 성공은 토

---

3) 환웅이 백호와 혼인해 단군을 낳았다는 또 다른 단군신화가 17세기 승려 설암(雪巖)의 기행
   문인 『묘향산지(妙香山誌)』에 남아 있는 것을 보면 반드시 곰 종족의 성공으로만 볼 수 있는
   것은 아니다. 『삼국유사』의 단군신화가 그렇다는 것이다.

테미즘의 실종이다. 역설이다.

토테미즘에서 인간과 곰은 서로 선물을 주고받는 이웃관계였다. 에벤키족에게 곰은 시조 어머니였고, 그래서 숭배의 대상이었다. 그들은 곰 사냥을 하지만 그 사냥은 곰이 자신의 몸을 에벤키족에게 선물로 주는 때만 가능한 행위였다. 그래서 곰 사냥은 아무 때나 창, 활을 들고 나가 던지고 쏘는 행위가 아니라 특정한 시기에, 예컨대 연어가 올라올 무렵 정기적으로 이뤄지는 집단적 의례였다. 살해된 곰의 살은 모두 나눠먹지만 영혼이 깃들어 있는 뼈는 모아 제사를 올린다. 그러면 몸을 선물로 내어놓고 죽은 곰의 영혼은 제상에 올려진 제물을 가지고 자기 종족에게로 돌아가 그 선물을 나눈다. 이런 균형 잡힌 상호증여의 관계가 당시 사회의 세계관인 토테미즘의 본질이고 신화는 그것을 표현한다.

그러나 단군신화에서 곰과 인간의 관계는 상호증여의 관계가 아니다. 곰은 여자가 되기 위해서 환웅이 출제한 시험을 통과해야만 한다. 출제자와 수험생이라는 일방적 관계다. 그리고 단군을 낳은 것은 정작 웅녀지만 단군이 모시는 존재는 웅녀가 아니라 환웅이고 환인이다. 환인-환웅-단군의 계보와 곰-웅녀 사이에는 이미 불평등한 관계, 곧 지배와 복종의 관계가 전제되어 있다. 계급적 불평등, 성적 불평등의 관계라고 할 만하다. 기실 국가사회는 이런 불평등에 기초해 있다. 그렇다면 단군신화의 구조 혹은 인간과 동물의 관계는 국가사회의 구조 혹은 인간과 동물의 관계와 상동성을 지닌 것이다. 단군신화는 토테미즘에서 출발해 토테미즘을 부정하면서 만들어진 신화다.

단군신화의 본질이 이런 것이라면 우리가 그것을 그저 민족신화로 찬양하고, 단군을 우리의 위대한 선조로 기릴 수만은 없지 않을까? 오늘날에는 인간의 일방적 우월성에 기초한 근대 문명의 반성을 요구하는 목소리가 대두되고 있다. 인간과 동물의 상호성에 기초한 토테미즘이 의미 있는 대안적 세계관으로 재평가되고 있는 것이다. 따라서 단군신화는 한 민족의 우월성을 강조함으로써 어떤 식으로든 다른 민족을 차별할 소지가 있다는 점에서 오히려 비판과 반성의 대상이 되어야 하지 않을까? 이것이 단군신화를 이전과는 다르게 읽는 한 방식이다.

단군신화를 다시 이야기하자

근래 한국 사회의 주요 의제로 떠오른 것이 다양성의 공존이다. 한동안 성적 소수자 문제가 담론의 장을 달구었고, 최근에는 혼혈 문제가 뜨거운 감자로 떠올랐다. 이는 외국인 노동자의 유입과 결혼, 농촌.지역 남성들의 동남아 여성들과의 혼인 등으로 인한 혼혈이 눈앞의 현실로 다가온 때문이지만 한편으로는 우리 사회가 차이들의 공생을 고민하기 시작했다는 증거이기도 하다.

하지만 우리 안에는 차이들의 공존을 방해하는 훼방꾼이 하나 있다. 다름에 대한 뿌리 깊은 차별의식이 그것이다. 혼혈에 대한 차별도 그런 것이다. 그런데 이 차별의식과 공생하고 있는 것이 '우리는 순수한 단일민족'이라는 집단의식이다. 이 의식은 근대 이후 학교교육에 의해 강화되고 강고해졌다. 홍익인간이라는 교육이념의 원천이었던 단군신화는 당연하게도 이 의식화의 중심에 있었다.

그러나 단일민족이라는 의식은 유전학적 실체에 근거한 것이 아니라 오랫동안 외세의 침략에 시달린 우리 역사가 낳은 관념일 뿐이다. 이 관념을 완전히 폐기처분할 필요는 없겠지만 다양성의 공존을 위해서는 공론의 장에 회부할 필요가 있다. 단군신화 역시 같은 자리에 호명되지 않을 수 없을 것이다. 이런 논란의 자리를 만드는 것이, "너는 단군상을 건립하고 나는 파괴한다"는 식의 소모적 전쟁보다 훨씬 긴요한 일일 것이다.

더 생각해볼 문제들

1. 환웅은 왜 신단수(神壇樹) 아래로 내려왔을까?

환웅은 신단수 아래로 내려와 신시를 열어 인간세상을 주관하며 교화를 베푼다. 문헌에 따라서는 신단수의 '단'을 박달나무 단(檀) 자로 써서 나무의 종류를 강조하기도 하지만 『삼국유사』에는 신단(神壇), 곧 제단이 강조되어 있다. 신단수란 다른 것이 아니라 제천의식을 드리는 제단에 솟은 나무라는 말이다. 굿을 할 때 굿상에 세우는 나무를 신목(神木)이라고 하는데, 신목은 무당이 불러낸 신이 깃드는 신체(神體)가 된다. 마을 앞 당산나무 역시 당신(堂神)이 깃드는 신목이고, 동시에 하늘로 통하는 통로가 된다. 환웅이 신단수 아래로 내려왔다는 것은 환웅이 신목에 깃든 신이라는 뜻이다. 웅녀가 신단수 아래 와서 아이를 배게 해달라고 빌자 잠시 인간의 몸으로 변해 혼인을 했다는 대목에서도 우리는 환웅이 신목에 깃든 신이라는 사실을 다시 한번 확인할 수 있다. 비슷한 사례를 구전의 홍수신화인 '목도령 이야기'에서도 만날 수 있다. 목(木)도령은 나무에 깃든 목신(木神)의 정기에 천상의 선녀가 감응해서 태어나는데 홍수 후에 살아남아 인류의 조상이 된다. 이 신화에 따르면 인류는 나무신의 자손인 셈이다. 천제의 아들 환웅은 신단수에 깃들어 나무신으로 모셔졌다면 환웅을 모시는 무당이 있었을 것이다. 사실 단군이 바로 그 무당일 가능성이 높다. 그렇다면 천신을 모시던 무당과 천신의 관계를 바탕으로 '환인-환웅-단군' 식의 건국 서사가 만들어진 것이 아니겠는가?

2. 단군의 아들 부루는 과연 누구일까?

『삼국유사』를 보면 일연은 '기이편'에서는 하지 않은 이야기를 '왕력(王曆)편'에서 한다. 일설에는 고구려 동명왕의 이름이 추몽(鄒蒙)인데 단군(壇君)의 아들이라는 것이다. 일연은 여기서 그치지 않고 주몽신화를 기록하면서 「단군기(壇君記)」를 인용하여 "단군이 서하 하백의 딸과 관계하여 아들을 낳았는데 이름을 부루라고 하였다. 이제 이 기록 —『삼국사기』고구려 본기를 가리킨다 — 을 보니 해모수가 하백의 딸과 사통하여 주몽을 낳았다고 한다. 「단군기」에도 아들을 낳아 부루라고 했다 하니 아마도 부루와 주몽은 배다른 형제일 것이다"고 하여 자신의 해석을 덧붙인다.

『삼국유사』보다 몇 년 늦게 쓰인 이승휴의『제왕운기(帝王韻紀)』(1287) 역시 "먼저 부여와 비류를 일컫네"라는 시구에 「단군본기(檀君本紀)」를 인용하여 주석을 달면서 "비서갑 하백의 딸과 혼인하여 아들을 낳았는데 부루"라고 적고 있다. 또 「동명본기(東明本紀)」의 내용도 끌어온다. 부여의 왕 부루가 늙도록 자식이 없어 아들을 낳게 해달라고 산천에 제사를 드렸는데, 말이 곤연이라는 곳에서 큰 돌을 보고 눈물을 흘리므로 살펴보니 돌 밑에 금빛 개구리 모양의 아이가 있었고, 그 아이를 데려가 금와(金蛙)라고 이름을 지은 후 태자로 삼았다고 하였다.

그렇다면 "부루는 고조선 단군의 아들인 동시에 고구려 주몽의 이복형제이자 동시에 부여의 왕이다!" 대체 왜 이런 혼란이 생겼을까? 고조선을 비롯한 고대사에 관한 다양한 자료들이 있었기 때문이 아닐까? 나아가 그 자료들 가운데는 고조선과 고구려, 혹은 부여를 같은 핏줄로 묶으려는 의도를 지닌 문헌들도 있었기 때문이 아닐까?

3. 『환단고기』, 『규원사화』, 『신단실기』, 『단기고사』, 『부도지』 등 역사학계에
   서 위서(僞書)라고 하는 책들에 실린 단군 이야기에 대한 대중들의 관심을
   어떻게 이해해야 하는가?

   최근 『환단고기』 류의 책들이 대중들 사이에서 크게 유행하고 있다. 그리고
   거기서 비롯된 고대사에 대한 인식이 인터넷을 점령하면서 역사적 실상에
   관한 보편적 지식처럼 행세하고 있다. 게다가 한편에서는 체계적이지 않은
   우리 신화에 대한 불만 때문에 이런 자료의 기사들을 기반으로 하여 거대하
   고 체계적인 민족의 신화를 재구성하려는 움직임이 있고, 책으로까지 출간
   되고 있다. 이런 흐름의 배후에는 민족의 위대한 역사를 신화를 통해 재구성
   하려고 하는 민족주의적 열망이 있다. 단군상 건립 운동도 이런 흐름과 무관
   치 않다. 그렇다면 민족주의가 반성의 대상이 되어 있는 지금 대중들의 단군
   과 고조선사에 대한 과도한 관심은 위험하지 않을까?

추천할 만한 텍스트

『삼국유사』, 일연 지음, 김원중 옮김, 을유문화사, 2002.

조현설(趙顯卨)

서울대학교 국어국문학과 교수.

고려대학교 국문과를 졸업하고 동국대학교 국문과에서 티베트·몽골·만주·한국 신화 비교 연구로 박사
학위를 받았다. 북경외국어대학 한국어과 초빙교수, 북경대학 방문학자를 역임했으며 고려대학교, 동국
대학교에서 연구교수를 지냈다. 저서로 『동아시아 건국 신화의 역사와 논리』, 『문신의 역사』, 『우리 신
화의 수수께끼』, 『고전 문학사의 라이벌』(공저), 『고전 문학과 여성주의적 시각』(공저), 『한국 서사 문
학과 불교적 시각』(공저) 등이 있고, 역서로는 『일본 단일민족 신화의 기원』이 있다.

채찍을 잡고 저 하늘을 가리키며

개연히 긴 탄식을 하는 말이

"천제의 손자요 하백의 외손이

난을 피하여 이곳에 이르렀소.

불쌍한 고자(孤子)의 마음을

천지(天地)의 신령이 차마 버리시리까."

활을 잡아 강물을 치니

물고기와 자라가 앞뒤를 나란히 하여

높직이 다리를 이루어 비로소 건널 수 있었다.

—「동명왕편(東明王篇)」 중에서

이규보(1168~1241)

고려의 문신. 개성 출신으로 자는 춘경(春卿), 호는 백운거사(白雲居士)이다. 만년에는 시와 거문고, 술을 좋아하여 삼혹호선생(三惑好先生)으로 불렸다. 고려시대 무신집정기에 활동했으며 신흥 사대부의 대표적인 지식인이자, 당대의 대문장가로서 동국(東國)의 시호(詩豪)요, 시성(詩聖)으로 추앙받고 있다. 문집으로 『동국이상국집(東國李相國集)』이 있다.

22세에 과거에 급제하였으나 신분이 비교적 낮은 집안 출신인 탓에 10년간 관직에 나가지 못했다. 32세에 최충헌의 도움으로 전주목(全州牧)의 사록(司錄) 겸 장서기(掌書記)라는 벼슬에 처음 나아갔으나, 그곳 관리의 모함을 받아 1년을 조금 넘기고 그만두었다. 그후 40세 때 최충헌이 베푼 잔치에서 「진강후모정기」를 지은 인연으로 비로소 벼슬을 얻었다. 65세에 몽고침입으로 고려 조정이 강화도로 수도를 옮기자 함께 따라갔다가 결국 그곳에서 74세의 나이로 죽었다. 묘는 강화도에 있다.

04

우리 민족의 영웅서사시

이규보(李奎報)의
「동명왕편(東明王篇)」

이지영 | 이화여자대학교 한국문화연구원 연구교수

「동명왕편」 산출의 배경

「동명왕편(東明王篇)」은 이규보(李奎報)의 『동국이상국집(東國李相國集)』권3 고율시(古律詩)조에 실린 고구려 건국신화로서, 건국시조인 주몽, 곧 동명성왕을 중심으로 이야기가 전개되는 우리 한문학사상 보기 드문 영웅서사시이다. 이 작품은 제작 동기를 밝힌 병서(幷序)에 이어서 오언고율(五言古律) — 1행이 5자로 된 장편한시 — 의 280여 구, 1,400여 자의 본시(本詩)와 430여 구 2,200여 자의 주석으로 구성되어 있다.

　이 시는 그의 나이 26세에 『구삼국사』를 읽고나서 썼다. 그는 22세에 사마시에, 23세에는 진사에 급제하였으나 집안이 한미하여 관직을 얻지 못했기 때문에 술과 시로 한가한 세월을 보냈고 특히

24세 때 부친이 죽은 이후로는 천마산에 은거하였다. 그는 26세 때 시랑(侍郞) 장자목(張自牧)에게 「백운시(白韻詩)」를 지어 바쳤는데, 이 시는 아마도 장자목을 찬양하는 내용으로서, 벼슬을 구하고자 하는 뜻을 피력한 것으로 여겨진다. 이때 그는 「동명왕편」과 함께 장편의 「개원천보영사시(開元天寶詠史詩)」도 지어서 자신의 문재(文才)를 과시하고 있었다. 이처럼 그의 문학 창작의 내면에는 정치적 욕망이 자리하고 있었다.

이규보의 부친 이윤수(李允綏)는 호부낭중(戶部郞中)을 지냈다. 하지만 이규보 이전에는 가계에 관한 자세한 기록이 없는 것으로 보아 집안이 그리 대단하지는 않았던 것 같다. 그는 14세 때부터 문헌공도 성명재(誠明齋)에 들어가 학문을 익히기 시작하였는데, 평소에 과거(科擧)의 문장을 익히지 않은 탓에 여러 차례 과거시험에 응시하였으나 낙방하고 만다. 그러다가 22세에 비로소 사마시에 합격하였고 이듬해에는 예부시에 응시하여 동진사(同進士)에 뽑혔다. 이때 급제의 순위가 낮아 그는 사양하려 했으나 그 사양의 전례가 없어서 그만 두었다고 한다. 그의 문집 속의 연보(年譜)에는 이때의 사정을 두고, "공(公)은 과거의 문장을 따로 배우지 않아 그 글이 격식과 율격에 맞지 않았다"고 기술하고 있다.

그가 아버지의 뜻과 달리 과거시험에 열심히 대비하지 않았던 이유는 분명하게 드러나지 않고 있다. 한미한 집안 때문에 출세하기가 어렵다고 판단한 것인지, 아니면 당시 무신집정기의 사회적 분위기 때문에 관직을 얻기가 어렵다고 여겼던 것인지, 또는 원래 타고난 그의 성정이 호방하고 구속되기를 싫어한 탓에 형식과 규격에

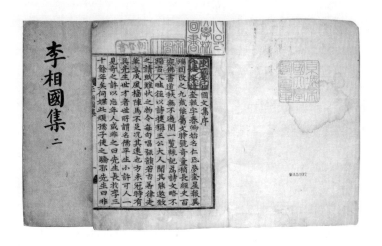

이규보가 저술한 『동국이상국집(東國李相國集)』.
이 문집에 「동명왕편(東明王篇)」이 실려 있다.

얽매인 과거의 시문을 익히는 일에 등한히 했는지는 알 수가 없다.

이규보 부친의 고향 여주에는 이씨 일족이 살고 있었는데 그들은 호장, 교위(校尉) 등의 향직(鄕職)에 종사하고 있었으며, 그것을 배경으로 그의 부친은 개성에서 관리노릇을 할 수 있었다. 뿐만 아니라 부친은 개성의 서교(西郊)에 초당과, 전장(田莊)을 겸한 조그만 별업(別業)을 소유했는데 훗날 부친의 사후에 그것은 이규보에게 상속되었다. 게다가 집에는 7, 8명의 가내 노예를 소유하고 있었던 점으로 미루어 그의 집안은 일정한 토지와 노예를 소유한 지방의 신흥 중소지주층에 속했던 것으로 보인다.

어찌 되었든 그는 과거에 합격한 후에도 권력자들의 환심을 사지 못해 벼슬길에 오를 수 없었다. 그러나 이와 같은 불우한 젊은 시절은 그가 문학수업에 전념할 수 있는 기간이 되기도 한 것 같다. 그런 와중에 24세 때 부친상을 당하자 그는 자기의 삶과 앞날을 걱정하게 되었던 것 같다. 그는 개성의 천마산에 거처하면서 『백운거사어록』과 『백운거사전』을 지었다. 백운거사라는 이름에서 은둔적인 삶을 지향한 의식을 찾을 수 있지만, 그렇다고 해서 영영 세상과 단절하여 초야에 묻힐 생각을 하지는 않았던 것으로 보인다. 문집에 수록된 총 2,088수의 시 가운데 창작 시기를 알 수 있는 작품들을 시기별로 볼 때 26세에서 30세까지의 것이 대략 401수 정도인데, 이 작품들은 상당수가 벼슬을 구하는, 소위 '구관시(求官詩)'의 성격이 강하다는 학자들의 지적이 있기 때문이다.

그는 앞서 언급한 「동명왕편」, 「개원천보영사시」뿐만 아니라 「차운오동각세문정고원제학사삼백운시(次韻吳東閣世文呈誥院諸學士三百韻詩)」(28세)와 같은 일련의 장편 영사시(詠史詩)를 쓰는데, 이러한 시들은 군왕의 도덕성이나 당대의 현실에 대한 비판과 교훈의 의미를 강하게 부여함으로써 그의 정치적 의식을 드러내고 있다. 이후 32세에 벼슬길에 나아가기 전까지 쓴 시들도 대개는 중앙정부의 여러 낭관(郎官)들에게 바쳐진 것들이다. 이런 노력이 주효했기 때문인지 실제로 30세가 되던 해 12월에는 조영인, 임유, 최당, 최선 등이 연명으로 그를 추천하기에 이른다. 그리고 32세에 최충헌으로부터 벼슬을 얻은 후부터는 '구관시'들은 찾아보기 어렵다.

이러한 점들을 고려해보면, 이규보가 26세 때 지은 「동명왕편」은 "시대정신을 터득하고 민족의 맥박에 심호흡을 가한" 결과물인 동시에, 한편으로는 벼슬길에 나아가기 위해 자신의 문학적 재능을

과시하려는 의도로 지어진 일련의 '구관시'의 출발점에 서는 작품
이라는 점에도 주목해야 할 것이다.

건국신화의 가치와 의의에 대한 진정한 인식

이규보는 「동명왕편」의 본시(本詩)에 앞서 '병서'를 통해 고구려의
건국시조인 동명왕 — 곧 주몽(朱蒙) — 의 이야기를 장편시로 짓게
된 내력을 밝히고 있다.

세상에서 동명왕의 신이한 일에 대하여 말을 많이 한다. 비록 어리
석은 남녀들까지도 역시 그 일을 능히 이야기한다. 내가 일찍이 이
를 듣고 웃으며 말하여, "선사(先師) 공자께서는 괴력난신(怪力亂神)
을 말씀하지 않았는데, 동명왕의 사적은 실로 황당하고 기괴한 일이
어서 우리들이 말할 바가 아니다"고 하였다. 그 뒤 『위서』와 『통전』
을 읽어 보니 거기에도 역시 그 일을 실어 놓았으나 간략하고 자세
하지 못하였다. 이는 자기 나라의 일은 상세히 하고, 다른 나라의 일
은 간략하게 하려는 뜻에서 나온 것이 아닌가 한다.
지난 계축년 4월에 『구삼국사』를 얻어 「동명왕본기」를 보니, 그 신
이한 사적이 세상에서 이야기하는 것보다 더하였다. 그러나 처음에
는 이를 믿지 못하고 귀신이야기거나 환상적인 이야기로만 생각하
였다. 그러다가 세 번 반복하여 읽고 그 뜻을 탐색하여 점점 그 근원
에 들어가니, 환상적인 것이 아니고 신성한 것이요, 귀신이야기가
아니고 신의 이야기였다. 하물며 국사(國史) — 즉, 김부식(金富軾)의
『삼국사기』 — 는 사실 그대로 쓴 글이니, 어찌 망녕된 것을 전하겠
는가? 김부식이 국사를 다시 찬술할 때에, 자못 그 일을 매우 간략하

게 다루었다. 공은 '국사'란 세상을 바로 잡는 글이니 크게 이상한
일은 후세에 보여서는 안 된다고 생각하여 생략한 것이 아닐까?
그러나 「당현종본기」와 「양귀비전」을 살펴보면, 방사(方士)가 하늘에
오르고 땅 속에 들어갔다는 일이 없는데, 오직 시인 백낙천(白樂天)이
그 일이 없어질까 염려하여 노래 — 「장한가」를 가리킨다 — 를 지어
기록하였다. 저것은 실로 황당하고 음란하며, 기이하고 허탄한 일인
데도 오히려 노래로 읊어서 후세에 보였는데, 하물며 동명왕의 일은
변화의 신이한 일로서 여러 사람의 눈을 현혹한 것이 아니고 실로 나
라를 창업한 신비한 사적이니, 이것을 기술하지 않으면 후인들이 장
차 무엇을 보고 알 것인가? 그러므로 시를 지어 기록하여, 우리나라
가 본래 성인의 나라임을 천하에 알리고자 할 따름이다.

　　이규보는 먼저, 동명왕의 신이한 이야기가 세상에 널리 알려져
있으며 어리석은 백성들도 그 일을 이야기할 줄 안다고 했다. 게다
가 중국의 사서인 『위서』와 『통전』에도 그에 관한 이야기가 수록되
어 있음을 확인하고 있다. 그러나 그는 처음에는 공자의 말에 따라
황당하고 괴이한 일들은 말할 거리가 못 된다고 보았기 때문에 동
명왕의 일을 가볍게 여겼다. 여기서 괴이하고 세상을 어지럽히는
이야기, 귀신의 이야기 따위는 말하지 않는다는 유가적 의식과 소
양을 알 수 있거니와, 이규보를 포함한 고려의 일부 지식층의 설화
에 대한 인식을 엿볼 수 있다.
　　그런데 이러한 인식의 변화에 이르게 되는 계기는 『구삼국사』 —
현재 전하지 않음 — 의 「동명왕본기」를 읽은 이후이다. 『구삼국사』

에 실린 이야기는 세상에 전하는 것보다 더 자세하다고 하였다. 그런데 그는 그것을 세 번씩이나 읽어가며 의미를 탐구하다보니 처음에는 믿지 못하였으나 점차 환상적인 것이 아니라 신성한 것이고, 귀신의 이야기가 아니라 신의 이야기임을 알게 되었다고 하였다. 즉, 건국신화의 가치를 정당하게 인식하고 인정하려는 작가의 생각을 읽을 수 있는 대목이다. 그는 신화를 성스럽고 신이한 것이라 믿고 있는 것이다.

이러한 인식을 바탕으로 그는 김부식이 윤리적인 교화와 유가적 관점에서 신화를 이해하다보니 그것을 『삼국사기』에 제대로 싣지 않았음을 알게 된다. 그리하여 그는 정사(正史)가 지니는 사서의 한계를 보완함으로써 자칫 잃어버릴 뻔한 고구려 건국신화의 세부적인 이야기를 우리에게 전해줄 수 있었다. 이는 작가가 김부식과 달리 근본적으로 민족설화에 대한 가치를 제대로 이해하였기 때문에 가능한 일이다. 이로써 작가는 당대 문화의 본질을 이해하는 기틀을 마련할 수 있었다. 그런 점에서 「동명왕편」이 가지는 시대적, 문화적, 정신사적 의의는 크다 하겠다.

이규보는 중국 「당현종본기」에는 보이지 않던 방사(方士)의 이야기를 백낙천이 훗날 없어질까 염려해서 「장한가」를 지어 후세에 전했으며, 더욱이나 그 방사의 이야기가 황당하고 음란하며 기이하고 허탄하기까지 한 점에 주목하고 있다. 세상 사람의 눈을 현혹시키는 일조차 후세에 전하기 위해 애써 작품을 짓고 있다고 본 것이다. 그에 비해 우리의 동명왕 사적은 나라를 창업한 신비한 일이어서 '양귀비 고사와 관련된 방사 이야기'와 비교할 수 없을 정도로 신성한 것이었다. 이러한 문제의식을 바탕으로 그는 후세인들에게 이 동명왕 사적을 전하고자 하였고 그럼으로써 "우리나라가 본래 성인의 나라임을 천하에 알리고자" 하였던 것이다.

여기서 눈여겨 볼 것은 그가 누구를 향하여 이처럼 "우리나라가 본래 성인의 나라"임을 과시하려고 했겠느냐 하는 점이다. 중국일까, 아니면 몽고와 같은 오랑캐일까? 그리고 그것이 어떤 우월의식을 내포하는 것일까? 우선, 오랑캐인 몽고를 향하여 정신적인 승리와 민족적 자부심을 과시하기 위함이라고 볼 수도 있다. 당시의 국제 정세를 감안할 때 혈기왕성한 20대의 작가라면 이러한 의식을 가졌을 수 있기 때문이다. 다만, 이 시가 지어진 당시에는 몽고의 침입이 있지 않았기 때문에 작가는 이런 의식을 직접 표현하지는 않았을 것이라는 점을 감안할 필요가 있다.

그의 「제화이도장단구(題華夷圖長短句)」라는 시를 살펴보자. 이것은 그의 문집 17권에 실린 시인데, 20대 이후에 쓰여진 것으로 보인다.

> 만국의 삼라만상이 두어 폭 종이에 펼쳐져
> 삼한은 모퉁이의 한 작은 덩어리 같네.
> 보는 자는 작다고 말하지 말라.
> 내 눈에는 조금 큰 편이로다.
> 고금에 어진 인재 끊임없이 태어나
> 중국에 견주어도 크게 부끄러울 것 없네.
> 인재 있으면 나라요, 없으면 나라 아니니

오랑캐는 땅만 컸지 초개 같을 뿐

중화인이 우리를 소중화(小中華)라 하였으니

이 말은 진실로 채택할 만하네.

이러한 소중화의식은 중국을 세계의 중심으로 보는 역사관을 바탕으로 한다. 그는 오랑캐를 인재가 없는 나라로, 우리는 땅은 작지만 인재가 많은 나라로 이해했다. 그러므로 우리는 중국과 견줄 수 있다고 하였다. 이러한 의식은 고려시대 중후기의 신진 사류로서는 어찌보면 당연한 일이거니와, '중국 중심의 세계관'을 사고의 바탕으로 삼아 중세적 질서체제에 순응하며 사는 지식인의 실상을 잘 보여준다고 하겠다. 따라서 이규보가 백낙천의 「장한가」를 「동명왕편」 제작의 전례로 제시한 것은 중국과 대등한 문화의식을 바탕으로 한 것이며, 끝부분에 우리나라도 중국처럼 성인이 나라를 창업하였음을 대내외에 과시함으로써 우리가 소중화라는 정신적인 자부심을 드러내고자 한 것으로 이해된다. 이처럼 중국 사적의 사례를 먼저 내세워 중국과 대등하다는 의식을 보이는 형식은 본시(本詩)에서도 맨 앞의 첫 부분과 맨 뒷부분에서 각각 확인된다.

해모수, 주몽 그리고 유리의 이야기

「동명왕편」의 본시는 크게 세 부분으로 나눌 수 있다. 첫째 부분은 태초에서부터 해모수가 등장하기 이전까지의 이야기다.

원기가 혼돈을 걷어내

83

천황씨, 지황씨가 되었다.

머리가 열 셋 혹은 열 하나니

그 모습 기이함이 많다네.

그 나머지 성스러운 제왕

경서와 사서에 실려 있다.

여절(女節)은 큰별에 감응되어

대호(大昊) 지(摯)를 낳았고,

여추(女樞)는 전욱(顓頊)을 낳되

역시 북두성 광채에 감응되었다.

복희씨는 희생 제도를 마련하였고

수인씨는 나무를 비벼 불을 만들었네.

명엽(冥莢)풀이 난 것은 요임금의 상서로운 일이요,

곡식에 비내림은 신농씨의 상서라.

푸른 하늘은 여와씨가 깁고[補],

홍수는 우임금이 다스렸네.

황제가 하늘에 오르려 할 때

수염 난 용이 어찌 나타났나.

순박한 태고 시절에는

신령하고 성스러운 일 많았건만

후세에는 인정이 점점 경박해져서

풍속이 지나치게 사치해졌다.

성인이 간혹 탄생하나

신성한 자취 보인 바가 적었다.

천지개벽 후 나타나는 중국 제왕들의 신이한 탄생과, 그들의 신성한 통치 행적을 이야기하고 있다. 여절이 지를 낳고 여추가 전욱을 낳은 일은 탄생담이며 복희와 수인, 요, 신농, 여와, 우, 황제 등의 통치 행적이 거론되고 있는 것이다. 그러나 후세에는 성인이 탄생하기는 하나 신성한 자취를 드러낸 일이 없다고 하였는데, 그것은 "인정이 경박해져서 풍속이 사치해졌기 때문"이라는 것이다. 이로써 작가는 '옛날 옛적에' 우리나라에도 중국의 성인들처럼 동명왕이 탄생하여 나라를 세운 신이한 행적을 펼쳐보였지만, 후세 곧 고려 당시에는 인정과 풍속이 나빠져 왕의 신성한 자취를 보기 어렵다는 점을 비판하고 있다.

본시의 두 번째 부분은 고구려의 건국신화로서 해부루와 금와왕, 해모수, 해모수의 아들인 고구려 건국시조 주몽, 그리고 그의 아들 유리 등 대단히 긴 줄거리로 되어 있다. 말하자면, 고구려 건국신화와 부여계 여러 나라의 신화가 한데 어우러져 있는 것이다. 작가는 오언고율의 본시로는 건국신화의 줄거리를 충분히 드러낼 수 없다고 보았던지 중요한 구절마다 주석문을 첨부하여 자세하게 신화의 내용을 소개하고 있다. 물론 이 주석문은 작가가 보았다는 『구삼국사』의 「동명왕본기」의 것이다. 우리는 이 주석문을 통해 고구려 건국신화의 실상에 다가설 수 있는 소중한 자료 하나를 더 확보하게 된다. 이 부분의 첫 머리는 이렇게 시작된다.

한(漢)나라 신작 3년
첫여름 북두가 사방(巳方 : 남쪽)에 들어섰을 때

【한나라 신작 3년 4월 갑인년이다.】
해동의 해모수는
참으로 하느님의 아들.

【본기(本記)에 이렇게 쓰여 있다. 부여왕 부루는 늙도록 아들이 없었
다. 하루는 산천(山川)에 제사를 지내어 대를 이을 아들을 구하였다.
이때 타고 가던 말이 곤연(鯤淵)에 이르러 큰 돌을 보고 마주 대하여
눈물을 흘렸다. 왕이 이를 이상히 여겨 사람들을 시켜서 그 돌을 굴
리게 하니, 거기에 금빛 개구리 모양의 어린 아이가 있었다. 왕이 기
뻐하며 "하느님이 나에게 훌륭한 아들을 준 것이 아닌가?" 라고 말
하였다. 아이를 거두어 길러 이름을 금와(金蛙)라 하였다. 그 아이는
자라서 태자가 되었다.】

처음에 해모수(解慕漱)를 본시에서 거론한 뒤, 주석문을 첨부하
여 동부여 건국신화를 수록하고 있다. 즉, 부여왕 해부루가 산천에
자식 얻기를 기도하다가 곤연에서 금와(金蛙)를 얻은 뒤 길러서 태
자로 삼는다는 내용이다 — 이것은 『삼국유사』와 『삼국사기』에도
실려 있다. 이어서 주석문에는 하느님의 명령으로 해부루가 동해의
가섭원으로 수도를 옮겨 동부여를 세웠다는 이야기와 함께 그 옛땅
에 하느님의 아들[天帝子] 해모수가 하강한 이야기가 전개된다.

처음 공중에서 내릴 때에는
오룡거(五龍車)에 몸을 싣고,

종자(從者) 백여 사람은
고니 타고 우의(羽衣) 휘날려,
맑은 음악 소리 퍼져 가고
구름은 뭉게뭉게.

하느님의 아들 해모수가 하늘에서 하강하는 장면이 자못 웅장하다. 오룡거를 탔으며, 종자 백여 명은 고니를 탄 채 음악소리를 내며 내려온다는 것이다. 이후에 전개되는 고구려 건국신화의 내용을 이 주석문을 중심으로 간략히 소개하면 대강 이러하다.

청하(淸河)의 하백의 세 딸이 웅심연으로 놀러 나왔다가 해모수의 꾐에 빠져 맏언니 유화가 술에 취하여 붙잡힌다. 하백의 꾸지람으로 해모수는 혼인 의사를 보이며 신성한 변신경쟁을 치른 뒤 유화와 혼인하나, 홀로 하늘로 올라간다. 이에 하백은 노하여 딸 유화를 우발수로 귀양을 보낸다. 이때 금와는 고기잡이의 하소연에 그물을 던져 물속에 있던 유화를 건져내고, 그녀를 자신의 별실에 둔다.
유화는 햇빛을 받아 임신하게 되고 알을 낳으니, 왕은 상서롭지 못하다며 알을 버린다. 그러나 짐승들이 알을 보호하였고, 이에 알을 도로 모친에게 주니 알에서 아이가 태어난다. 그는 활을 잘 쏘아 주몽으로 불렸는데, 금와왕의 왕자들이 그를 시기하여 죽이려 한다. 그러나 왕은 그에게 말을 돌보는 임무를 주었고, 주몽은 앞날을 위해 준마를 골라 일부러 마르게 기른다. 얼마 뒤 왕으로부터 그 말을 얻었고, 목숨이 위험해지자 세 친구들과 성장지를 탈출한다. 큰 강가에 이르러 하늘과 강에 위험을 고하니 자라와 물고기가 떠올라 다리를 만들어주었고, 그는 그것을 타고 강을 무사히 건넌다. 나중에 모친이 보낸 비둘기에서 보리씨를 얻어 오곡의 종자를 모두 받는다. 그는 졸본의 비류수 위에 집을 짓고 고구려를 세우며 고씨를 성으로 삼는다.

비류왕 송양을 만나 다투었는데 화살쏘아 맞히기, 고각 훔치기, 오래된 궁실 짓기 등으로 재주를 겨루고, 결국 흰 사슴을 거꾸로 매달아 비를 내려 비류왕의 도읍을 표몰시키는 신성함을 보인 끝에 송양이 항복한다. 하늘에서 칠일 만에 성과 궁실을 지어준다. 왕은 40세에 홀연 승천한다. 그의 아들 유리는 어려서 새총쏘기를 잘 하였는데, 짓궂은 장난으로 '아비 없는 자식'이라는 욕을 먹는다. 이에 유리는 모친으로부터 아버지가 남긴 유물이 있으며 이를 얻기 위해 수수께끼를 풀어야 함을 듣는다. 그는 간신히 자기집 기둥 아래에서 부러진 칼 조각을 얻으며, 이를 가지고 아버지를 찾아가서 칼을 맞추었고, 창으로 새어드는 햇빛을 타는 신성함을 보인 뒤 태자로 책봉된다.

이처럼 고구려 건국신화는 천제의 아들 해모수, 해모수의 아들 주몽, 주몽의 아들 유리를 중심으로 전개된다. 해모수는 하느님의 아들로 천신과 태양신의 모습을 지니고 있으며, 하늘에서 직접 하강하여 나라를 열었고 아침저녁으로 천상과 지상을 왕래한다. 그의 아들 주몽 역시 해모수의 신성성을 이어받고 있는데, 그것은 어머니 유화가 햇빛을 쬐어 임신한 뒤 그를 낳았다는 대목에서 드러난다. 주몽은 부여 왕궁에서 박해를 받으며 성장했다가 탈출하여 졸본에서 고구려를 세운다. 반면에 유리는 제2대 왕으로서 건국시조의 모습을 지니지 않으면서도 고구려 건국신화의 한 축을 담당하는 중요한 인물로 등장한다. 특이한 것은 유리에게는 탄생담이 누락되어 있다는 사실이다. 유리이야기가 독자적으로 전승될 수 있었던 것은, 유리가 해씨 계통의 첫째 왕이며, 집단을 이끌고 부여에서 이탈하여 고구려로 온, 새로운 세력을 대표하는 인물이라는 점, 그리고 온조와 비류에 맞선 왕위계승의 투쟁에서 승리함으로써 자신의 정통성을 과시할 정치적인 필요성이 요청되었다는 점 등에서 평범한 2대왕과는 달랐기 때문일 것이다. 이런 이유에서 그는 신화적 주인공이 될 수 있었다.

마지막으로 셋째 부분에는 이규보가 「동명왕편」을 지은 궁극적인 목적이 잘 드러난다.

내 성품 본래 질박하여
기이하고 괴상한 것 좋아하지 않는다.
처음에 동명왕의 일을 보고
요술인가 귀신인가 의심하다가
서서히 서로 섭렵하여 보니
변화무쌍함을 추측하여 의논하기 어렵다.
하물며 이것은 그대로 쓴 글이라
한 글자도 헛된 글자가 없다.
신이하고도 신이하여
만세에 아름다운 일이다.

그는 여기서 신화의 가치를 재확인하고 있다. 특히 『구삼국사』의 「동명왕본기」는 사실을 바탕으로 쓴 것이어서 한 글자도 헛된 것이 없다는 대목에서 동명왕 사적을 대하는 그의 태도가 어떠한지 잘 드러난다. 이어서 그는 첫째 부분에서처럼 중국 제왕의 탄생 및 창업과정에서 보이는 신이한 징조와 상서로운 일을 이야기한 뒤, 후세 왕들의 게으름과 황음함을 경계하고 있다.

생각건대 창업하는 임금은
성신(聖神)이 어찌 아니겠는가.
유온(劉媼)이 큰 못에서 쉬다가
꿈꾸는 사이에 신을 만났다.
우뢰, 번개에 천지가 캄캄하고
교룡(蛟龍)이 괴이하게 서렸네.
이로 인하여 임신이 되어
거룩한 유계(劉季)를 낳았다.
이것이 적제(赤帝)의 아들인데
일어날 때는 특이한 복조 많았네.
세조 광무 황제 처음 태어날 때는
밝은 빛이 집안에 가득하였고
예언을 적은 적복부(赤伏符)처럼 응하여서
황건적을 소탕하였다.
예로부터 제왕이 일어남에
많은 징조와 상서로움이 있으나
후손들이 게으르고 황음(荒淫)함이 많아

모든 선왕 제사를 끊게 했네.

이제야 알겠구나, 수성(守成)하는 임금은

작은 일에도 조심하며

너그러움과 어짊으로 왕위를 지키고,

예와 의로 백성을 교화하여

길이길이 자손에게 전하고

오래도록 나라를 다스려야 함을.

「동명왕편」의 맨 끝부분이다. 우선, 그는 창업 군주를 성신(聖神)으로 보면서 창업에는 수많은 징조와 상서로움이 나타났음을 강조하고 있다. 유온이 유계를 낳은 일, 후한 광무제가 태어나고 황건적을 소탕한 일 등이 그것이다. 그와 마찬가지로 고구려 창업 군주인 동명왕도 탄생에서 신성함이 있었으며 창업의 과정에도 상서로운 징조가 많았음을 제시함으로써, 동명왕이 중국의 창업 제왕에 결코 뒤지지 않은 성신이었음을 과시하고 있다. 중국과 대등한 역사의식을 드러낸 셈이다.

그러나 작가는 고대 성신들의 탄생과 창업과정에서 나타난 신성함이 후세에는 나타나지 않는다고 본다. 그 이유는 후손들이 게으르고 황음하기 때문이라는 것이다. 이때 '후손'은 고구려 동명왕의 후손으로서 고구려의 후계를 자처하는 고려 사람들을 말하고 있음이 분명하다. 그리하여 그가 내세운 수성의 방법은 고대의 제왕들처럼 신성함을 잃지 않는 것인데, 이는 조심하여 왕위를 지키고 예의로 백성을 교화함으로써 가능해진다. 그는 이처럼 군왕의 덕을 강조하고 있으나, 실제로는 당시 고려 조정의 실정 때문에 백성들이 도탄에 빠져 있음을 비판하고 있다. 그의 문집에 실린 시 가운데 백성의 어려운 삶을 걱정하고 세금 수탈과 같은 위정자의 폭정을 비판하는 내용이 자주 확인된다. 결국 이 시에서 그는 당시 어지러운 국가가 부강하기를 바라면서 성인이 다시 나타나기를 기원하고 있었던 것이다.

문학사적 의의

「동명왕편」은 이규보가 우리 건국신화에 대한 진정한 가치인식을 바탕으로 하면서 문학적 창작력을 발휘하여 지은, 우리 한문학사상 보기 드문 영웅서사시다. 이 시의 가치와 의의에 대해서는 주로 역사학과 국문학에서 논의되어 왔던 바, 여기서는 주로 문학사적 측면에서 다음 몇 가지 점을 지적하고자 한다.

먼저, 이 작품에 담겨 있는 고구려 건국신화는 다른 자료의 것에 비하여 아주 방대한 분량이며 이야기의 내용도 자세하고 길다. 그래서 국내의 많은 신화 연구자들은 이것을 연구 자료로 삼기도 한다. 특히 이 작품 속의 고구려 건국신화는『삼국사기』에서와 달리 서사적 전개가 대단히 합리적인데, 이는 순전히 이규보의 문학적 창작력에 기인한 것이다. 실제로『삼국사기』에 실린 고구려 신화는 전성기인 6세기 무렵에 완성된 것으로, 오히려 이것이 더 고구려 당대의 실상에 부합한 것일 수 있다.

다음으로, 영웅서사시의 특징에 대한 문제이다. 세계 문학사에서 12, 3세기는 서사시의 시대라 할 수 있다. 서구의『지그프리트』,

강화군 길상면 길직리에 소재한 이규보의 묘소.

『롤랑의 노래』, 『베어울프』, 『엘 시드』 등이 그러하며, 우리의 경우
도 예외가 아니다. 이규보 역시도 20대 중후반에 몇 편의 서사시를
지었고 그를 이어서 이승휴도 『제왕운기』를 지었다. 그런데 「동명
왕편」이 고구려라는 한 나라의 신화를 대상으로 하고 있다면, 『제
왕운기』는 민족의 시조로서 단군을 설정하고 이후의 역대 각 나라
의 신화를 기술하고 있어서 그 폭이 넓다. 또한 이규보나 이승휴가
보여준 민족의 영웅들에 대한 관심은 고려시대 후기 신흥 지식인들
의 작품에도 자주 보이는데, 이는 당시 내우외환에 시달린 역사적
환경에서 그것을 극복할 수 있는 영웅의 출현을 바랐던 시대적 의
식의 반영이라고 볼 수 있겠다.

이밖에도 "해모수가 오룡거를 타고, 종자(從者)들이 고니를 타고 내려오는" 장면이나, "유화의 세 자매를 선녀라 하고, 특히 한고(漢皐)라는 선녀로 비유하는" 대목 등에서 도교적 상상력 내지는 도교의 영향을 생각해 볼 수 있다. 이는 이규보 문학의 토대와 문학사상적 소양에 대해 더 많은 관심이 필요함을 의미한다.

더 생각해볼 문제들

1. 「동명왕편」을 영웅서사시로 간주하는데, 이러한 개인 창작의 한문서사시가 지니는 의의와 한계는 무엇인가?

　　이 시는 병서와 본시의 체제로 되어 있으며, 본시에는 다시 주석문이 끼어 있다. 이러한 형식은 이승휴의 『제왕운기』에도 나타나는데 이러한 양상이 동아시아의 고전적 한문서사시에 두루 나타나는 것인지 살펴볼 필요가 있다. 그리고 이 시는 구술(口述)하는 것은 직접 한역하여 기록한 영웅서사시와도 차이가 난다.

2. 이규보가 「동명왕편」을 짓게 된 동기는 어디에 있다고 보는가?

　　이에 대해서는 민족자주의식의 발로, 민족의 전통에 대한 새로운 평가, 민족적 역사의식, 고구려 계승자라는 역사계승의식, 국가의식, 국난극복의 의식 등의 견해가 제기되었다. 유의할 점은 그가 벼슬에 나아가지 않은 26세에 이 시를 지었고 당시에는 몽고가 침입하지 않았으며, 운문의 난과 같은 민란 또한 이 시가 지어진 이후에 일어났다는 사실을 고려해야 한다는 사실이다.

3. 「동명왕편」은 3대기 구조의 전형으로 알려져 왔다. 과연 다른 문헌자료 속의 신화에도 그 점이 공통적으로 확인되는가?

똑같은 건국신화라고 해도 문헌 자료별로 내용적 차이가 존재한다. 세부적인 미세한 차이일 수도 있으나, 그 의미를 달리할 정도로 차이가 큰 경우도 있다. 고구려 건국신화를 전하는 문헌자료는 국내외에 걸쳐 있다. 국내의 자료는 대개 『삼국사기』와 「동명왕편」의 계열로 나누어진다. 그런데 후자는 이규보라는 문학가가 상상력과 문학적 능력을 가미하여 지어진 것이다.

추천할 만한 텍스트
『동명왕편·제왕운기』, 이규보·이승휴 지음, 박두포 역, 을유출판사, 1974.
『이규보시문선』, 이규보 지음, 민족문화추진회 편, 솔, 1997.
『백운 이규보 시선』, 이규보 지음, 허경진 엮음, 평민사, 2003.

이지영(李志暎)
이화여자대학교 한국문화연구원 연구교수.
전남대학교 국어국문학과를 졸업하고, 서울대학교 대학원 국어국문학과에서 석사와 박사 학위를 취득하였다.
저서로는 『한국 신화의 신격유래에 관한 연구』, 『한국 서사문학의 연구』, 『한국 건국신화의 실상과 이해』, 『한국의 신화 이야기』, 『고전문학의 향기를 찾아서』(공저), 『선비의 소리를 엿듣다』(공편) 등이 있으며, 그 외 논문 다수가 있다.

뿌리 깊은 나무는 바람에도 흔들리지 아니하므로

좋은 꽃이 피어나고 많은 열매가 열리나니.

샘이 깊은 물은 가뭄에도 그치지 아니하므로

내를 이루어 마침내 바다로 가게 되나니.

— 『용비어천가(龍飛御天歌)』 제2장

『용비어천가』의 작자에 대하여

『용비어천가』는 조선왕조의 개국을 찬양하기 위해 1445년에서 1447년 사이에 지어진 악장문학으로 모두 125장으로 이루어져 있다. 세종의 명에 의해 당대 으뜸가는 학자이자 문인인 집현전 학사들이 모여 만든 이 작품은, 유교사상이 지배했던 이 시대의 정치사상과 철학 그리고 시대적 소망을 잘 보여주는 공동 창작의 결실이자 당대의 가장 장엄하고 거창한 문학적 성과로 평가될 수 있을 것이다. 이 악장에 실린 248수의 시들은 갈래로 보아 찬미시(poems of praise)에 속하며 찬사를 짓는데 필요한 모든 기법과 조건을 총동원하고 있다. 긴 전통을 지닌 동아시아 찬미가의 한 이정표로서의 가치를 지닌 이 노래는 찬미의 의미, 왕권의 기능과 본질, 혁명의 도덕성에 대한 비교 연구에 이바지할 중요한 문학작품인 것이다.

05

국가의 정당성을 위해 만들어진 신화

『용비어천가(龍飛御天歌)』

김성언 | 동아대학교 국어국문학과 교수

'정치적' 노래로서의 『용비어천가』

> A 전 장관이 6일 B당에 입당했다. 이날 입당식에는 C의장을 비롯
> 한 지도부가 총출동한 가운데 'A비어천가'가 쏟아졌다. "A 전 장관
> 이 B당에 빛을 몰고 왔다." "시민의 가슴에 희망의 나무를 심었다"
> 는 등이다.

최근 모 일간지 정치면에 실린 기사의 서두 부분이다. 조선왕조
개국의 송축가인 『용비어천가』를 패러디한 이 글은 상당히 시니컬
한 관점에서 작성되었음을 쉽게 짐작할 수 있다. 이런 식으로, 도덕
적인 완성을 성취한 성자나 현인, 혹은 민족과 국가를 환난에서 구

원한 영웅에 대한 진심에서 우러나온 찬사라기보다는, 정치적 이해를 같이 하거나 현실적 이익을 도모하는 사람들이 끼리끼리 어울려 발하는 일종의 '아첨'을 두고 '~비어천가'라는 풍자적 용어로 표현한 사례는 이 외에도 수없이 많다. 이 때의 풍자는 그 어조로 볼 때 위트(wit)를 넘어 조롱(ridicule)에 가깝다고 할 수 있다. 실제로 역사적으로 기복이 많았던 한국 현대사에는 수많은 '이비어천가'·'박비어천가'·'전비어천가'·'노비어천가'·'김비어천가'가 존재했던 것이 사실이며, 이러한 아부성 발언은 발언자의 진지한 태도에도 불구하고 술자리의 좋은 안주감이 되어온 것 또한 사실이다.

대체로 이런 부류의 아부성 언사에 사용되는 비유나 상징이나 수사는 동서 및 고금을 막론하고 크게 다르지 않다. 오히려 그 상상력의 유사성이야말로 우리의 감탄을 자아낼 정도인 것이다. 위에서 예로 든 언사 가운데 '빛'과 '나무'같은 상징어는 지금부터 우리가 살펴보고자 하는 『용비어천가』의 대표적인 상투적 찬미어다. 그리고 이 비유는 『용비어천가』의 전유물이 결코 아니며, 군주를 찬미한 모든 노래나 이야기에 단골로 등장하는 전세계적·보편적 화소(話素)라고 할 수 있다. 따라서 A장관을 빛과 나무라고 예찬한 사람들은 저도 모르는 사이에 세계적 질서에 동참하게 된 것이다.

『용비어천가』가 이런 패러디로 전락한 이면에는, '정치'라는 추상적 단어에 대한 현대인들의 냉소적 심리가 작용하고 있다. 보통 일상 담화에서 '정치적'이란 말은 결코 긍정적인 뉘앙스를 가진 표현으로 사용되지 않는다. 어떤 사람을 두고 우리가 "그 사람 정치적이야."라고 말할 경우, 그 말은 통상적으로 상황의 추이를 민감히 파악한 후 술수를 동원해 자기에게 유리한 쪽으로 상황을 전개시키는 사람, 혹은 진실을 은폐하고 말을 자주 바꾸는 사람이라는 부정적인 의미로 사용되고 있다. 오늘날『용비어천가』를 두고 문학적 감동과 즐거움을 주는 훌륭한 작품으로 받아들이는 사람은 아무도 없다. 심지어 일생을 두고 한국고전시가를 공부해온 교수나 학자들도 마찬가지다. 그 이유는 이 작품이 가장 '정치적'인 내용을 담고 있기 때문이다.

사실『용비어천가』는 쿠데타로 권력을 잡은 이성계의 조선 개국을 정당화하기 위한 노래다. 권력 장악 과정에서 벌어졌던 피비린내나는 살육에 대한 가장 효율적인 변명은, 이전 왕조의 윤리적 결함과 정치적 무능을 강조하면서 자신들이 그야말로 어쩔 수 없이 하늘의 명에 따라 나설 수밖에 없었노라고 주장하는 일일 것이다. 이러한 변명은 일면의 역사적 당위를 지니고 있긴 하지만 상당한 무리가 따르는 일이었다. 조선 문화의 르네상스를 이끌었던 현명한 왕이었던 세종 이도(李祹) ― 이도는 세종의 본명이다 ― 는 누구보다 이런 사실을 잘 알고 있었다. 백성을 교화하는 데 있어 예악(禮樂)이 발휘하는 상징 조작의 힘을 또한 잘 알고 있던 그는 장엄한 노래, 그것도 누구나 잘 알기 쉬운 우리말로 된 노래를 지어 부르게 함으로써 이제 막 안정기에 들어선 자신의 왕조의 기틀을 더욱 공고히 하고자 했던 것이다.

왕조체제가 몰락하고 소위 왕의 권위가 지닌 허구성이 백일하에 드러난 지금,『용비어천가』는 그저 중세 한국어의 모습과 기타 역사·지리·민속상의 사실을 재구성하는 일에 필요한 문헌으로 밖에

여러 가지 뛰어난 업적으로 조선조 최대의 성군(聖君)으로 추앙받는 세종(世宗).

평가되지 않는다. 그리고 '~비어천가' 식으로 정치적 패러디의 좋은 소재로 여겨지고 있을 따름이다.

신화의 창조와 조작

모든 문학 작품은 크건 작건, 훌륭하건 못났건, 드러났건 감추어졌건 간에 일정 정도 그 시대의 현실을 반영한다. 『용비어천가』도 마찬가지다. 무력에 의해 왕조를 찬탈한 일을 미화하기 위해 부풀리기와 뒤엎기, 비틀기, 꾸미기, 없는 사실 만들어내기 등 온갖 방식을 동원해 역사를 자기들에게 유리하게 창조해내긴 했지만, 그 속을 찬찬히 헤집어보면 역시 당대의 이상과 현실의 괴리 그리고 역사의 주동자들이 겪었던 고민들이 여실히 드러난다. 이 노래를 그저 아부의 노래로만 치부해버릴 수 없는 까닭이 여기에 있다. 잘만 해석하면 이 노래는 오늘날 정치를 담당하는 자들에게도 훌륭한 정치 교과서가 될 수도 있는 것이다.

애당초 세종이 당대의 일류 학자들인 집현전 학사들에게 『용비어천가』의 편찬을 명한 의도는 매우 이기적인 것이었다. 그는 스스로 문치(文治)를 이룩한 군주였다는 역사적 평가를 듣고 싶어 했고, 또한 세습 왕조의 계승자답게 자기 집안의 탁월성을 널리 알리는 일에 집착했다.

이에 따라 세종과 그의 신하들은 왕조의 탁월성과 정통성을 과시하기 위한 증거들을 열심히 찾았다. 세종은 먼저 자기 집안이 터를 닦았던 함길도(咸吉道)의 지방 수령에게 명령을 내려 왕가의 선조인 이안사(李安士) ― 뒤에 목조(穆祖)로 추존됨 ― , 이행리(李行里) ― 익조(翼祖) ― , 이춘(李椿) ― 도조(度祖) ― , 이자춘(李子春) ― 환조(桓祖) ― 의 행적을 조사해 보고하도록 했다. 또한 건국 시조인 태조 이성계가 무신으로 있을 당시 일본의 해적들과 싸운 기록을 찾아 보고하라고 경상도와 전라도 관찰사에게 지시를 내렸다. 그러나 이런 작업들은 분명 만족할만한 성과를 거두지 못했음이 틀림없다. 세월이 많이 흐른 데다 그의 공적이 고려 말의 다른 저명한 장수들 가령 최영(崔瑩)이나 변안렬(邊安烈), 조민수(曺敏修) 같은 사람들과 비교해 볼 때 그렇게 현저한 것은 아니었기 때문이다.

역사로서의 사실과 신화로서의 허구는 상호간에 갈등관계에 있지만 또한 보완관계에 있기도 하다. 더욱이 이긴 자가 쓴 역사는 사실의 미진한 부분을 신화적 허구로 메워 넣음으로써 자신들의 결함을 분식하게 마련이다. 가령 다음과 같은 노래가 그 표본적인 예다

천하를 누구에게 줄 수 있겠습니까? 강물에 배가 없으니 하늘이 강
을 얼게 하시고 또 녹이셨습니다.
우리나라를 남에게 줄 수 있겠습니까? 바다에 배가 없으니 하늘이
바다를 얕게 하시고 또 깊게 하셨습니다.[1]

잘 알고 있는 바와 같이 『용비어천가』를 찬미하는 내용의 3장~ 109장은 예외가 있긴 하지만 대부분 중국 역대 제왕의 위업을 읊은 선사(先詞)와 그에 대응해 조선 육조(六祖)의 사적을 노래한 차사(次詞)로 구성되어 있다. 제20장의 선사는 후한(後漢) 광무제(光武帝) 유수(劉秀)를 위해 하늘이 내린 기적을, 차사는 이성계의 증조 부인 이행리를 위해 하늘이 내린 기적을 각각 노래한다. 쳐들어오는 여진족을 피해 동해 적도(赤島)로 피난가는 그를 위해 하늘이 바닷물을 열어주었다는 내용이다. 이런 한국판 모세의 기적이 사실일까? 세종과 그의 신하들은 그것이 사실이 아님을 분명 알고 있었겠

---

1) 사해(四海)를 년글 주리여 ᄀᆞᄅᆞ매 빈 업거늘 얼우시고 또 노기시니
   삼한(三韓)을 ᄂᆞᄆᆞᆯ 주리여 바ᄅᆞ래 빈 업거늘 녀토시고 또 기피시니

지만 그것을 신화로 조작했다.

> 말 위에 올라 탄 큰 범을 한 손으로 치셨으며, 싸우는 황소를 두 손으로 잡으셨습니다.[2]

> 노루 여섯 마리와 까마귀 다섯 마리를 화살로 맞추시며, 비스듬히 기운 나무를 날아 넘으시니[3]

> 졸애산의 두 노루가 한 살에 꿰뚫리니 하늘이 내리신 이 재주를 그림으로 그려야만 알 것인가?[4]

위의 세 노래는 이성계의 탁월한 무공을 과시하기 위해 부풀리기 한 것이다. 사냥터에서 자신이 탄 말 위로 덤벼든 범을 맨손으로 쳤다는 것, 화살 하나로 여섯 마리 노루와 다섯 마리 까마귀를 쏘아 맞추었다는 것, 노루 두 마리를 화살 하나로 꿰어 맞추었다는 것 등이 그것이다.

신화에서 가장 중요한 것은 보편성이다. 인간의 상상력이 지닌 한계 때문에, 만들어낸 이야기는 통상 비슷비슷하게 마련이다. 혹자는 그것을 두고 동서고금의 놀라운 통일성이라고 말하기도 한다.

---

2) 믈 우흿 대버믈 흔 소느로 티시며 싸호는 한쇼를 두 소내 자브시며

3) 여슷 놀이 디며 다숫 가마괴 디고 빗근 남굴 누라 나마시니

4) 졸애산 두 놀이 흔 사래 꿰니 천종지재(天縱之才)를 그려사 아슥 볼까

신화를 연구하는 사람들이 가장 열심히 뒤지는 것이 바로 이 공통된 화소(話素)인데, 『용비어천가』의 경우도 전 세계 신화에 나타나는 화소들을 골고루 보여준다.

그 중 가장 대표적인 것이 나무다. 어떤 학자는 제2장에 나오는 "뿌리 깊은 나무는 바람에도 흔들리지 아니하므로, 좋은 꽃이 피어나고 많은 열매가 열리나니."라는 구절을 두고 한국 시가가 만들어 낸 최고의 상징이라고 격찬했지만, 기실 『용비어천가』의 나무는 분명 중국의 『시경』에서 차용한 것이다. 또한 『시경』의 나무도 인간의 보편적 상상력에서 나온 것으로 그리 독창적인 산물로 격찬할 만한 것은 못된다. 예를 들어보자. 삶과 선악에 대한 지식을 상징하는 에덴 동산의 사과나무, 우주의 상징으로 등장하는 베다의 아스바다 나무, 북유럽 신화에서 역시 우주를 상징하는 떡갈나무, 장생불사의 상징인 올림피아의 암브로시아 나무, 석가모니가 그 아래에서 깨달음을 얻은 보리수, 세상의 구원자로서의 예수를 환영하는 종려 나무, 공자의 학덕을 상징하는 은행나무, 대한민국의 무궁한 발전을 기원하는 남산 위의 저 소나무. 이렇듯 애초 나무의 본질이 무엇이었던 간에 나무는 인간의 신화적 상상력 속에서 비옥한 대지가 지닌 창조력을 상징하는 물상으로 굳건히 자리 잡았으며, 이 점을 잘 알고 있던 신화의 조작자들은 성스러운 나무를 빌려 국가의 창업과 수성의 상징물로 삼았던 것이다.

말[馬]도 마찬가지다. 예로부터 말은 인간과 가장 친숙한 동물이자 인간의 말과 감정을 알아듣는 특이한 동물로 대접받아 왔다. 신화 조작자들은 내친 김에 거기서 한 발짝 더 나아가 말을 하늘이 영

『용비어천가(龍飛御天歌)』 원본.

웅을 구원하기 위해 내린 영물로 미화시켰다. 이 역시 동서고금이 마찬가지니, 트로이의 목마, 비극적 영웅 아킬레스의 죽음을 예언한 말 산투스, 세르비아의 왕 마르코의 애마 사락, 주나라 목왕(穆王)이 탔던 팔준마(八駿馬)등이 그 현저한 예다. 『용비어천가』에도 이성계의 무공을 다룬 부분에 수많은 말이 등장해 새 왕조를 세울 영웅과 고난을 같이 하며 그를 위기에서 구해낸다.

　말이 정말 영물일까? 사실 말이 그렇게 미화된 것은 당시로서 가장 빠른 속도를 보장해 주는 탈 것이라고는 말이 유일했기 때문일 것이다. 또한 전투에 기병을 활용함으로써 기동 작전에서 완전히 적을 압도할 수 있었기에 말은 전쟁 영웅과 떼려야 뗄 수 없는 관계를 맺게 된 것이다. 유럽 여러 나라의 영웅과 정복 군주의 동상이 반드시 말을 탄 모습으로 형상화 되어 있음은 이를 입증한다. 가령 20세기 영웅의 모습이 신화로 꾸며진다면 그는 필시 경주용 자동차나 장갑차를 몰고 나타날 것이다. 오늘날 졸부들이 비싼 승용차로 자신의 허세를 과시하듯이 옛날 무력 군주들은 말로 자신의 위세를 뽐내고 싶어 했던 것이다.

꿈은 전 세계 신화의 공통분모로서,『용비어천가』에서는 매우 교묘하게 날조된 상징으로 등장한다.

> 길이의 척도인 자[尺]로부터 모든 제도가 비롯되므로, 어진 정치를
> 맡기시려고 하늘 위의 금자가 꿈에 태조에게 내리셨습니다"[5)]

즉, 하늘이 이성계에게 이 혼탁한 나라를 바로 잡을 명령을 내렸다는 말로서, 여기서 금으로 만든 자는 곧 왕위를 상징한다. 황금은 금속의 왕이자 왕의 금속이기 때문이다.『용비어천가』각 장의 노래 뒤에는 길고 상세한 배경 설명이 붙어 있는데, 이 부분의 배경 설명은 이렇다. 왜구가 준동하고 간신이 날뛰는데도 불구하고 고려의 왕들은 안일과 연락(宴樂)에 탐닉해 백성들은 도탄에 빠져 있었다. 이성계의 측근들이 이제 왕조를 교체할 시기가 되었다고 권하는데도 이성계는 신하가 임금을 교체할 수 없다며 완강히 거부했다. 바

---

5) 자호로 제도(制度)ㅣ 날써 인정(仁政)을 맛됴리라 하늘 우흿 금척(金尺)이 느리시니

로 이 때 하늘이 꿈에 금자를 보임으로써 천명이 내렸음을 알렸다는 것이다. 이것은 분명히 이성계를 왕위에 오르도록 충동질하며 조선 개국을 실질적으로 주도했던 책략의 명수 정도전(鄭道傳)이나 무자비한 야심가 이방원(李芳遠) 같은 사람이 조작해 낸 이야기일 것이다. 정도전은 한 술 더 떠 개국 후에 「몽금척(夢金尺)」같은 송축의 악장을 만들기까지 했다.

이 노래가 가진 속내는 분명하다. "우리 태조께서는 맹세코 왕위에 전혀 관심이 없었다. 그는 고려 조정의 충신으로서 무너져 가는 나라를 일으키려고 노심초사하는 충신이었을 뿐이다. 그러나 하늘이 금자를 꿈에 보여주니 정말 어쩔 수 없이 그는 왕위에 오르기로 결심했다. 이는 천명이다."

유학의 비조 공자가 가장 혐오했던 것이 신하가 임금 자리를 넘보고 빼앗는 일이었다. 그런데 조선 개국을 주도했던 자들은 모두 골수 유가적 명분론자였다. 고려를 무너뜨리는 것은 곧 자신들의 스승인 공자의 말씀을 정면으로 무시하는 일이 된다. 이러한 딜레마를 해결하기 위해 그들이 채용한 것이 곧 천명(天命) 사상이었던 것이며, 『용비어천가』는 이를 위해 몇 개의 장을 동원하고 있다. 또 어처구니없을 정도로 많은 지면을 고려 후기 왕들의 도덕적 타락을 설명하는 일에 할애하고 있음을 본다.

역사적으로 볼 때 무력으로 권력을 잡은 자들은 권력 장악에 일단 성공하면 자신이 사실은 인자하며 무(武)보다는 문(文)에 더욱 관심을 가지고 있음을 과시하고 싶어 한다. 폭군이나 무력 군주에게는 반드시 한 명의 시인이 따라붙게 마련이다. 그들은 상징의 조작을 통해 왕권을 공고화하고 동시에 자신들의 입지도 강화시키려 했다. 상징은 권력의 행사를 치장하는 단순한 장식물을 넘어 그 자체로서 권력을 지탱하는 주요한 담보물이기 때문이다. 『용비어천가』야말로 당대의 권력 엘리트들이 조작해낸 최선의 상징물인 것이다.

감계(鑑戒)문학으로서의 가치

『용비어천가』라는 노래는 궁중의 공식 음악으로 사용한다는 목적 아래 만들어졌기 때문에 그 내용과 형식이 일정한 틀에 얽매이고 매우 함축적이게 마련이다. 그 점은 제목도 마찬가지다. "용이 날아서 승천한다"는 뜻의 제목은 언뜻 보아 그냥 왕의 등극이나 나라의 개국을 의미하는 것 같지만, 그 속에는 이 노래 전체의 내용과 함께 여러 가지 함축적 의미가 숨어 있기도 하다. 실제로 『용비어천가』 각 장의 노래와 해설을 자세히 분석해보면, 편찬자들이 중국의 수많은 문헌들을 섭렵해 인용하고 있음을 쉽게 알 수 있다. 중국 역대 황제의 치적을 선사에 담기 위해 『상서(尙書)』·『춘추(春秋)』·『사기(史記)』같은 초기 역사 기록 뿐 아니라 『한서(漢書)』·『당서(唐書)』·『원사(元史)』같은 정통 사서를 참고했으며, 『논어(論語)』·『맹자(孟子)』·『예기(禮記)』같은 유학 경전, 심지어 『이위공문대(李衛公問對)』같은 궁벽한 무경(武經)까지 인용하고 있는 것이다. 그러나 『용비어천가』의 제목이자 뼈대를 구성하는 데 결정적인 단서를 제공한 문헌은 다름 아닌 『주역(周易)』이었다.

흔히 『역경(易經)』혹은 그냥 『역(易)』으로 불리는 이 옛 책을 그냥 점을 치는 책쯤으로 여기기 쉽다. 사실 그렇다. 그러나 공자가 원래의 책에다 복잡다기한 해설을 첨부한 이후 이 책은 유교의 철학을 담은 경전으로 변모했다. 제목 그대로 『역』은 바뀐다는 의미다. 우주만물이 지닌 결코 변할 수 없는 원칙 하나는 바로 만물이 변한다는 것이다. "만물은 유전(流轉)한다"고 말한 그리스의 헤르도투스나 "항상(恒常)된 것은 없으니 만사는 공(空)이다"고 설파한 석가모니와 같은 맥락에서 고대 중국 사람들도 늘 바뀌는 인생사와 계절을 보고 변화 즉 '역(易)'이라는 추상적 개념을 만들어 내었다.

『주역』의 첫 부분인 건괘(乾卦)는 우주의 원기(元氣)와 역동적 힘을 나타내며 이 힘은 용(龍)으로 상징된다. 용은 처음 물에 잠겨 있다가 차츰 두각을 드러내어 마침내 하늘로 승천하게 되는데 그 과정은 여섯 부분으로 나누어진다. 그 중 다섯 번째가 바로 "날아오른 용이 하늘에 있는" — 즉, 비룡재천(飛龍在天) — 단계다. 이것은 덕 있는 사람이 상대적으로 미천한 신분으로부터 흥기하는 과정을 상징화한 것이다. 그는 자신이 지닌 도덕적 능력에 의지하여 때가 오기를 기다리다가 시련들을 잘 극복한 다음 마침내 군주가 되어 사람들에게 이익을 베풀고 동시에 백성들에게는 평화와 안정을 가져다준다.

그러나 정작 중요한 것은 그 다음의 여섯 번째 단계다. 마지막 "최고로 높이 날아오른 용에게는 반드시 후회가 있다" — 즉, 항룡유회(亢龍有悔) — 고 『주역』은 불길하게 예언한다. 우주만물은 항상 변화하게 마련인 것으로 천명을 받은 군주라도 이 원칙에서 예외가 될 순 없다. 『용비어천가』의 편찬을 담당했던 실무자들은 바로 이 점에 착안해 이 방대하고 장엄한 찬미가의 결말을 만들었던

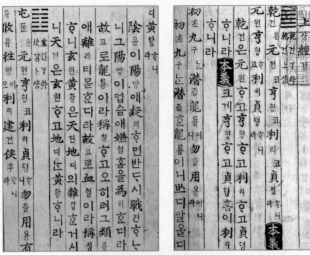

『주역언해(周易諺解)』와 그 중 건괘(乾卦)에 대한 설명 부분.

것이다.

『용비어천가』110장부터 124장은 각 장의 말미가 반드시 "이 匹들 닛디 마르쇼셔"로 끝나며, 그것을 한시로 옮긴 글을 따서 통상 '물망장(勿忘章)'이라 부른다. 3장～109장의 찬미와는 달리 물망장은 왕조를 이어나갈 후대의 왕들에게 대한 규계의 뜻을 담고 있다. 가령 110장은 다음과 같다.

四祖계서 편안히 계시지 못하고 몇 곳을 옮아 다니셨으며 또한 몇
간이나 되는 집에 사셨던 것입니까?
구중 궁궐에 드시어 태평성대를 누리실 때라도 그 뜻을 잊지 마옵소
서.[6]

왕조의 위업을 장엄히 찬양하는 노래를 원했던 세종의 의도와는
상관없이, 군주의 도덕적 수신을 강조하는 유가의 전통에 충실했던
집현전 학사들은 이 물망장으로 결론을 삼음으로써 오히려 왕권의
강화보다는 왕권의 제한과 신권(臣權)을 강조하려는 의도를 뚜렷
이 보여주었다. 이러한 현상이 조선조 특유의 성리학적 정치 사상
에서만 기인된 것은 아니다. 고려의 역대 왕들이 천재지변이 나타
났을 때 발표했던 자책사(自責詞)를 보면, 이러한 전통이 기실 동아
시아에 깊이 뿌리박아 전해 온 것임을 쉽게 알 수 있다.

민족과 시대의 이상과 열망
이상에서 살펴본 바와 같이 애당초 『용비어천가』는 왕권의 정통성
을 강화함으로써 민중의 복속을 유도하기 위해 만들어진 대표적인
송축가였다. 이 작업을 위해 당대 일류의 유학자들이 집결해 온갖

---

6) 사조(四祖)ㅣ 편안(便安)히 몯 겨샤 현 고둘 올마시뇨 몇 간(間)ㄷ지븨 사르시리잇고
구중(九重)에 드르샤 태평(太平)을 누리실 제 이 쁘들 닛디 마르쇼셔.

종류의 사서와 경전을 뒤져 하나의 모범적 사례를 만들었다. 또한 그들은 이 노래를 통해 왕조를 창업한 이들의 업적을 찬미했을 뿐만 아니라 나라를 영원히 이어가기 위해 필요한 군주의 도덕적 수신을 덧붙임으로써 미(美)와 자(刺), 곧 찬미와 규계라는 동아시아의 전통적 정치 사상을 구현했다. 따라서 이 노래는 한국 역사상 유학이 지배했던 시대의 이상과 열망, 그리고 민족적 목표에 대한 강렬한 의식을 담고 있는 가장 중요하고도 대표적인 저작으로 인정받아 온 것이다.

그러나 우리는 이 작품을 대할 때 그 속에 담긴 한계, 즉 중세사회의 군주와 권력 엘리트들이 민중을 대상으로 노렸던 불순한 상징 조작의 의도, 그리고 그로 인해 야기되는 권력에의 맹종이라는 현상을 간파해 내어야만 할 것이다.

더 생각해볼 문제

1. 고대나 중세 유럽과 아시아에서 개국 영웅을 예찬하기 위해 지어졌던 영웅담, 신화, 영웅서사시에 어떤 것이 있는지 조사해보고, 그 내용과 전개 방식을 『용비어천가』와 비교해보자.

   이 노래는 우리 만의 독창적인 창작이라기보다 동아시아 찬미가의 전통, 나아가 전세계적인 감계문학(鑑戒文學)의 전통에 기초하고 있다는 사실을 기억하자.

2. 『용비어천가』중 무공 예찬에 나오는 여러 가지 신화소를 뽑아 보고 그것이 다른 영웅서사시들과 어떤 공통점과 차이점이 있는지 알아보자. 특히 말과

활과 칼이 한 영웅을 찬미하기 위해 어떤 기능을 하고 있는가를 살피고, 서양의 다른 영웅서사시들에 나타난 신화소와 비교해보자. 또 최근 유행하고 있는 판타지 소설에 사용되고 있는 용례들과도 비교해보자.

3. 현대 국가들에서 국민들을 상대로 행해지는 상징 조작의 사례들을 수집하고 거기에 사용된 조작 방식들에 관해 토론해보자. 그러한 상징 조작이 가져올 수 있는 순기능과 역기능에는 어떤 것이 있는지 알아보고 역사적으로 상징 조작이 사용됨으로써 빚어졌던 긍정적·부정적 결과들을 수집해보자.

추천할 만한 텍스트

『용비어천가』를 민족주의적 관점에서가 아닌, 세계적이고 통시적인 관점에서 볼 수 있게 해주는 책으로는 『용비어천가의 비평적 해석』(김성언 번역, 태학사, 1998)을 참고할 수 있다. 이 책의 원저는 Peter. H. Lee, *Songs of Flying Dragons, A Ctitical Reading*, (Harvard University Press, 1975)이다. 서양 고전들과의 비교를 통해 우리는 이 노래에 대한 보다 거시적인 통찰을 얻어 낼 수 있을 것이다.

김성언(金性彦)

동아대학교 국어국문학과 교수.
서울대학교 인문대학을 졸업하고 동 대학원에서 석사 및 박사 학위를 받았다. 현재 '한국 고전 시가론'과 한시를 강의하고 있다.
저서로는 『문학과 정치, 한국 고전 시가의 정치론적 해석』, 『한국 관각시 연구』, 『남효온의 삶과 시』등이 있으며, 역서로는 『대동기문』, 『프랑스 외교관이 본 개화기 조선』등이 있다. 그 외 국문학과 한문학에 관계된 수십 편의 논문을 썼다.

II 민담과 야담의 세계

우이여 우이여 웃녁새야

전주, 고부 녹두새야 나락 밭에 앉지 마라

구렁덩덩 신선비님 우리 오빠 장가갈 제

찰떡 찌고 메떡 쪄서

웃논에 한 접시 아랫논에 한 접시

홀떡 홀떡 던져줄게.

— '새쫓는 노래', 「구렁덩덩 신선비」 중에서

구비문학과 이야기꾼

본래 구비문학에는 작자가 없고 이야기꾼만 있다. 전래 동화 또는 순수 민담이라고 하는 「나무꾼과 선녀」, 「해와 달이 된 오누이」등은 오랜 옛날부터 이야기꾼들의 입과 입을 통해 전승되어온 구비문학이다.

이러한 이야기는 주로 비현실적인 내용을 담고 있지만, 곰곰이 되짚어보면 현실의 이면에 가려진 진실 또는 교훈적인 면을 전달하는 매체임을 알 수 있다. 특히 전래 동화가 어린이들의 흥미를 끄는 이유는 그 속에 상상력의 심연, 즉 인간 공통의 집단무의식에 바탕을 둔 보편적 원형성이 있기 때문이다.

01

사 랑 의 시 험 과 회 복 ,
구 렁 이 신 랑 신 선 비 이 야 기
「구렁덩덩 신선비」

서대석 | 서울대학교 국어국문학과 교수

이야기의 두 가지 성격

이야기는 체험을 서술한 것과 상상으로 꾸며낸 것의 두 가지가 있다. 그런데 체험을 서술했다고 하더라도 재미있는 이야기가 되려면 상상력으로 체험을 재조직하고 틈새를 메워야 한다. 체험이란 우리의 눈과 귀 등 오관의 감각을 통하여 인지하는 것인데, 직접 감각기관으로 느낀 정보만 가지고는 전체적 상황의 전개를 충분히 알 수 없기에 체험하지 않은 부분을 상상으로 메워서 전후 사정을 잘 이해할 수 있도록 꾸며야 비로서 재미있는 이야기가 성립된다. 이런 측면에서 이야기가 문학성을 가지려면 허구(虛構)의 개입은 필수적이다.

그런데 이야기 소재의 성격을 보면 개인이 직접 체험한 것이거나 또는 역사적으로 실재했던 전쟁이나 큰 사건등 집단적 체험을 소재로 한 경우와 작가의 상상에 의하여 만들어진 소재로 허구화한 것의 두 가지가 있다. 어느 것이나 한번 만들어진 이야기가 사람들의 흥미를 끌고 전파되어야 이야기로서 생명력을 확보할 수 있다. 사람들에게 흥미를 끌지 못한다면 그 이야기는 구연하기도 어렵고, 구연되지 않는다면 더 이상 전승이 어려워 사라지게 될 것이다.

그런데 순수하게 상상 속에서 꾸며진 이야기라도 다른 사람에게 흥미를 주기 위해서는 인간의 공통된 체험과 인식 그리고 삶의 보편적 행태에 바탕을 두어야 되기에 체험을 도외시 할 수는 없다. 즉 상상의 세계도 체험의 바탕 위에서 펼쳐진다는 것이다. 이처럼 모든 이야기는 체험과 상상의 교합으로 이루어진다. 다만 체험이 주요 소재가 되는 경우는 상상 속에서 가공된 내용을 담아낸 것과는 차이가 나게 된다. 이를 근거로 전설(傳說)이나 야담(野談) 사화(史話)와 같은 체험적 서사 그리고 신화(神話)나 동화(童話)와 같은 상상적 서사의 구분이 생긴다.

상상으로 만들어진 이야기는 흔히 전래 동화 또는 순수 민담이라고 하는 것인데 「구렁덩덩 신선비」를 비롯하여 「나무꾼과 선녀」, 「우렁각시」, 「해와 달이 된 오누이」 등이 있다. 이러한 이야기는 우리가 현실사회에서 체험할 수 없는 비현실적인 내용을 담고 있고 인간사회에서 발생하기 어려운 비합리적 사연들로 전개된다. 그럼에도 불구하고 이런 이야기가 생명력을 가지고 수많은 사람들, 특히 어린이들의 흥미를 끄는 이유는 이야기 속에 담겨진 상상력의 심연에 인간 공통의 집단무의식에 바탕을 둔 보편적 원형성이 있기

뱀과 개구리 토우.

때문이다. 흔히 인간의 무의식적 원형의 산물로 이루어진 이야기를 신화라고 한다. 그런데 전래동화는 이 점에서는 신화와 같은 성격을 가진다. 다만 신화는 제전에서 신성성을 드러내는 이야기이고 동화는 신성성이 사라진 흥미 본위의 이야기라는 점이 다를 뿐이다. 한국에서 전승되는 「구렁덩덩 신선비」는 신화적 원형(原型)을 담고 있는 전래동화이다.

「구렁덩덩 신선비」의 내용
「구렁덩덩 신선비」는 '신선비', '뱀서방', '뱀신랑', '구렁신랑', '구렁덩덩 소선비' 등의 이름으로 전승되고 있는데 지금까지 전국 각지에서 수십 편이 채록되었다. 이야기를 한 사람은 거의 대부분이 50대 이상의 할머니들이다. 이런 점에서 이 설화는 할머니들이 손자나 손녀들에게 들려주었던 동화라고 생각된다. 이야기는 각 편에 따라서 차이가 많으나 이들을 종합하여 요약 소개하기로 한다.

옛날에 혼자 사는 할머니가 임신을 하여 출산을 하고 보니 구렁이었다. 할머니는 구렁이를 삿갓을 덮어서 굴뚝 모퉁이에 두었는데 이웃집에 사는 장자(長者)의 딸 삼자매가 와서 보고 큰 딸과 둘째 딸은 구렁이를 낳았다고 못마땅하게 말하는데 막내딸은 구렁이를 보고 구렁덩덩 신선비를 낳았다고 하였다. 이 말을 들은 구렁이는 어머니를 보고 장자의 막내딸에게 장가를 가겠으니 청혼을 하라고 졸랐다. 어머니가 어렵다고 주저하자 구렁이는 칼과 불을 들고 어머니 뱃속으로 다시 들어가겠다고 위협한다. 할 수 없이 어머니가 장자에게 청혼을 하자 장자는 세 딸의 의사를 물어본 후 결정하겠다고 한다. 장자의 물음에 첫째 딸과 둘째 딸은 거절하였으나 셋째 딸이 아버지 뜻에 따르겠다고 하여 셋째 딸과의 혼인이 이루어진다. 구렁이는 혼례를 치룬 첫날밤에 신부에게 간장독, 밀가루독, 물독을 준비하라고 한 뒤 이 독들을 통과한 후 구렁이 허물을 벗고 신선 같은 미남자 신선비로 변한다. 신선비는 구렁이 허물을 아내에게 잘 간수하라고 맡기며 만약 이 허물이 불에 탈 경우 자기는 다시 돌아올 수 없어 영원히 이별하게 된다고 말한 후 집을 떠난다. 셋째 딸의 언니 둘은 동생이 신선비에게 먼저 시집간 것에 질투를 느껴 셋째 딸을 찾아와 머리에 이를 잡아주며 잠들게 하고 구렁이의 허물을 찾아내어 불에 태워버린다. 신선비는 볼 일을 마치고 집으로 돌아오는 도중 자기 허물이 타는 누린 냄새를 맡고 사라져 버린다. 신선비가 돌아오지 않자 셋째 딸은 신선비를 찾아 집을 나선다. 그리고 온갖 곳을 헤매며 물어물어 별세계에 있는 신선비를 찾아낸다. 그러나 신선비는 새로운 아내를 맞이하려고 하는 판이었다. 셋째 딸이 찾아 온 것을 안 신선비는 옛 부인과 새로 맞이할 신부에게 과제를 부여하여 이기는 사람을 아내로 삼겠다고 한다. 셋째 딸은 신선비가 부여한 수십 리 빙판길에 굽 높은 나막신을 신고 물 길어 오기, 새들이 앉아 있는 나뭇가지를 새들을 날려 보내지 않고 꺾어 오기, 호랑이 눈썹 빼오기 등 어려운 과제를 성공적으로 수행하고 남편과 다시 결합하게 된다.

이 이야기는 위의 내용에서 알 수 있듯이 인간사회의 삶의 규범이나 생활상의 상식으로는 이해할 수 없는 부분이 너무나 많다. 젊은 여성도 아닌 할머니가 혼자 살면서 임신을 한다는 것도 있을 수 없는 일이고 사람이 구렁이를 출산하였다는 것은 더구나 말이 되지 않는다. 또한 구렁이가 사람과 같이 말을 하면서 사람과 결혼을 하겠다고 나서는 것도 이상하고 구렁이에게 딸을 시집보내겠다고 허락한 장자도 이해하기 어렵다. 구렁이가 허물을 벗고 신선같은 선비로 변했다는 것은 이야기에서나 있는 허황된 내용이다. 이처럼 비현실적이고 비합리적이고 엉터리로 된 이야기란 점에서 인간의 체험에서 형성된 이야기가 아님은 분명하다. 그렇다면 이러한 허황된 이야기를 왜 사람들은 재미있게 생각하고 기억에 담아두었다가 어린이들에게 들려주었던 것인가? 그리고 어린이는 어디가 재미있어서 할머니를 졸라가며 열심히 들었던 것인가?

「구렁덩덩 신선비」의 신화적 성격

「구렁덩덩 신선비」는 신화가 동화로 변질되면서 신의 세계가 거세된 이야기라고 추측된다. 그렇다면 본래의 「구렁덩덩 신선비」에 담겨있던 신화는 어떤 성격이었는가가 궁금하다. 이런 문제를 풀기 위해 「구렁덩덩 신선비」의 비현실적이고 비합리적인 내용을 촘촘하게 다시 살펴보기로 하겠다.

할머니가 혼자서 살며 구렁이 아들을 낳았다는 것은 무엇을 말하는 것일가? 이는 신의 탄생을 의미한다. 구렁이는 인간이 아니라 신이며 할머니의 몸을 빌어 인간세상에 출현한 것이다. 구렁이는 흔히 가정의 업신으로도 신앙되고 용과 같이 비를 오게 하거나 물을 지키고 풍년을 들게 하는 생산신으로 숭앙되기도 한다. 구렁이의 탄생은 할머니가 사는 인간세상에 물과 풍흉(豊凶)을 관장하는 생산신이 출현한 것을 의미한다.

신이 출현하면 신을 모셔 받드는 인간이 있어야 하는데 아무도 구렁이를 알아주지 않았다. 그런데 오직 장자집 셋째 딸이 신선비라고 하며 구렁이의 형체 속에 내재되어있는 신성성을 알아주었던 것이다. 셋째 딸이 구렁이를 보고 신선비라고 한 것은 구렁이가 신임을 알아본 것이고 신이 내린 무녀와 같이 신통력을 갖추고 신을 받들어 모실 사제자로서 자질과 의지가 있음을 드러낸 것이다. 그래서 구렁이는 셋째 딸에게 청혼을 하라고 한 것이다. 여기서 구렁이와 셋째 딸의 혼인은 신과 신을 모시는 사제자의 만남이라고 할 수 있다. 무속인중에는 자기의 몸주신을 부부처럼 모시는 경우가 있다. 그래서 무녀의 남편은 아내가 모시는 신의 질투의 대상이 되어 가정불화가 일어나기도 한다.

구렁이는 청혼을 주저하는 어머니에게 만약 청혼을 하지 않으면 칼과 불을 들고 어머니 뱃 속으로 다시 들어가겠다고 한다. 이 말은 신으로서 인간을 위협한 말이다. 어머니 뱃 속은 만물을 생산하는 대지와 같은 상징적 의미를 가진다. 칼은 전쟁이나 기타 질병과 같은 재앙을 말하고 불은 혹심한 가뭄을 말한다. 자기를 섬겨줄 사제자를 찾아주지 않으면 인간이 사는 대지를 재앙과 가뭄으로 생산력을 고갈시키고 황폐하게 하여 불모지로 만들어 버리겠다는 협박이다. 그래서 어머니는 장자에게 청혼을 한 것이다. 장자는 풍요로운 삶을 사는 존재이고 이를 유지하기 위해서는 신의 가호가 필요했다. 그래서 셋째 딸을 구렁이에게 시집가도록 허락한 것이다. 즉 셋째 딸에게 구렁이 신을 섬기도록 한 것이다. 제주도 당신화(堂神話) 중에는 신이 출현하였음에도 인간이 돌보지 않으면 주민에게 병을 주어 괴롭히고 꿈에 현몽하여 제향을 받들도록 협박하여 마을신으로 좌정하는 사례가 많다.

구렁이는 신혼 첫날밤에 밀가루독, 간장독, 물독을 준비하라고 신부에게 지시하고 이 독에 몸을 담궈 통과 한 뒤 허물을 벗고 미남의 신선비로 변한다. 구렁이가 사람으로 변한 것은 동물신 숭배에서 인격신 숭배로 바뀌어진 인류의 신관(神觀)의 변천사를 반영한 것이라고 해석할 수 있다. 간장과 밀가루는 농경의 산물이다. 이를 통과하면서 구렁이 허물이 벗겨졌다는 것은 농경시대에 접어들면서 신의 형체가 동물의 모습에서 인간의 모습으로 바뀌어졌음을 말한다.

구렁이는 자기의 허물을 잘 보관하라고 아내에게 간곡하게 당부한다. 구렁이 허물은 구렁이의 분신이고 신이 접주(接住)하는 신의 처소라고 할 수 있다. 구렁이 허물을 잘 보존하라는 말은 구렁이에 대한 신앙을 돈독히 가지고 치성(致誠)을 지속하라는 것이다. 그런데 두 언니에 의하여 구렁이 허물은 불에 타버리고 그 냄새가 전국에 퍼지자 구렁이는 잠적하여 다른 세계로 떠나버린다. 이는 구렁이에 대한 숭앙을 거부하여 구렁이 신당을 파괴하자 신은 사라지고 재앙과 가뭄이 세상에 만연하게 됨을 말한다. 구렁이 허물이 불에 타서 누린 냄새가 전국에 풍겼다는 것은 신에 대한 숭앙을 거부하자 전 국토에 질병과 가뭄 등 재해가 극심하게 창궐(猖獗)하였음을 의미한다. 셋째 딸은 사라진 신선비를 찾으려고 전국을 헤매며 갖은 고초를 겪는다. 재앙이 만연한 인간세상을 구원하기 위해서는 사라진 신을 다시 모셔서 받드는 길밖에 없다. 그래서 신을 다시 맞아드리기 위한 전 단계로 신을 찾아내는 사제자의 탐색 여행이 시작된 것이다. 셋째 딸이 지하세계에 도달하여 신선비를 만나고 신선비가 부과한 어려운 과제를 풀어냄으로써 신선비와 재결합한 것은 신의 노여움을 풀고 다시 신을 맞아 봉안하는 데 성공하였다는 의미다.

셋째 딸은 빨래하는 할머니에게 빨래를 대신 해주거나 농부에게 논을 대신 갈아주면서 길 안내를 받아 소댕을 타고 옹달샘 속으로 들어가서 지하세계에 도달한다. 그 곳은 넓은 평원에 곡식이 무르익어 있었으며 새 쫓는 아이가 새를 보면서 노래를 부르고 있었다.

우이여 우이여 웃녁새야

전주, 고부 녹두새야 나락 밭에 앉지 마라
구렁덩덩 신선비님 우리 오빠 장가갈 제
찰떡 찌고 메떡 쪄서
웃논에 한 접시 아랫논에 한 접시
홀떡 홀떡 던져줄게

이처럼 신선비가 사는 별세계는 넓은 들판에 오곡이 무르익은 풍요한 공간으로 나타난다. 여기서 신선비는 농경의 생산과 풍흉을 관장하는 신격임이 드러난다. 반면에 신선비가 사라진 공간은 가뭄과 재해로 사람들이 고통 받는 세상임을 추측할 수 있다. 따라서 신선비는 풍요를 관장하는 신이고, 신선비와 장자의 딸이 혼인하는 것은 신과 사제자의 만남으로서 구렁이로 형상화된 생산신(生産神)에 대한 신앙이 정착되는 모습이라고 해석할 수 있다. 또한 신선비의 잠적은 사제자의 불찰로 금기를 위반하여 신이 떠난 것이고, 신이 사라진 세계는 가뭄과 재해로 인간이 고통 받는 곳이며, 셋째 딸의 남편을 찾는 노력은 대지의 생산성을 회복하기 위하여 다시 신을 맞이하는 영신의례(迎神儀禮)의 성격을 가진다고 해석할 수 있다.

이러한 신화적 내용이 함축된 이야기이기에 할머니들은 「구렁덩덩 신선비」를 즐겨 아이들에게 들려주었고, 아이들은 신에 대한 숭앙이 부부의 사랑으로 바뀌어 표현된 이야기를 통해 인간의 지극한 정성만이 인간세상의 풍요로운 삶을 유지할 수 있다는 교훈을 배웠을 것으로 생각한다.

「구렁덩덩 신선비」와 「큐피드와 사이키」의 대비

「구렁덩덩 신선비」는 세계적으로 널리 전승되는 민담유형으로서 일반담(Ordinary Tales) 중에서 주술담(Tales of Magic)으로 분류되는데, 안티 아르네(Antti Aarne)와 스티스 톰슨(Stith Thompson)이 정리한 설화 유형 '잃어버린 남편을 찾아서'에 해당되는 한국 전승본이다. 이 유형의 이야기로는 세계적으로 널리 알려진 「큐피드와 싸이키」신화가 있다. 이는 「에로스와 프시케」로도 알려져 있는 희랍신화로, 이야기의 발단은 비너스 여신의 질투에서 시작된다.

옛날 어떤 나라의 왕과 왕비 사이에 딸 셋이 있었는데 그 중 셋째 딸 사이키는 너무나 아름다워 사람들은 미의 여신 비너스에게 바칠 찬사를 사이키에게 퍼부었다. 이에 크게 노한 비너스는 아들 큐피드에게 명하여 사이키의 매력을 제거하도록 하였다. 큐피드는 사이키의 매력을 제거하는 중 그녀의 아름다움에 마음이 흔들려 자신의 화살에 상처를 입고 사이키를 사랑하게 된다.

비너스의 징치를 받은 사이키는 매력을 잃어서 구혼자가 나서지 않았다. 사이키의 부모가 걱정이 되어 아폴로 신에게 물어보니 올림포스 산정에 있는 괴물에게 시집을 가게 된다는 신탁이 내렸다. 사이키는 올림포스 산정으로 가서 찬란한 궁전에서 생활을 하며 보이지 않는 남편의 사랑을 받는다. 사이키는 자기의 행복한 생활을 자랑하고 싶어 언니들을 초청하였다. 사이키의 환대를 받은 언니들은 사이키가 아무런 불편 없이 행복하게 사는 것을 보고 질투를 느껴 "너의 신랑은 무서운 뱀이고 너를 살 찌워 잡아먹으려는 것이니 밤에 등불로 정체를 확인한 후 칼로 찔러 죽여라"고 부추겼다.

사이키가 밤에 신랑이 잠든 사이에 등불을 비추어 보니 흉악한 뱀이 아니고 이 세상에서 가장 아름다운 날개가 달린 큐피드 신이었다. 사이키는 좀 더 자세히 보려고 등불을 기울이다가 뜨거운 기름을 그의 어깨에 떨어뜨려 상처를 입히고 말았다. 큐피드는 "남편을 의심하는 너를 더 이상 사랑할 수 없다"면서 영원한 결별을 선언하고는 사라져버렸다. 언니들은 큐피드가 사라진 사실을 알고 그에게 가려고 올림포스 산으로 올라가서 몸을 날려 뛰어내렸으나 바람의 신 제퍼가 도와주지 않아 죽고 말았다.

후회 막급한 사이키는 사라진 남편을 찾아 헤매다가 데메테르 농장에 이르러서 농기구와 보릿단을 정리해 주고 데메테르의 말을 따라 비너스 신전으로 갔다. 비너스신은 사이키에게 산처럼 쌓인 곡식을 정리하라고 하였다. 큐피드는 개미떼를 시켜 곡식들을 모두 정리했다. 그러자 이번에는 다시 사나운 금색양의 털을 모아 오라고 하였다. 사이키는 하천신의 도움으로 금색양털도 무난히 모아왔다. 비너스신은 다시 저승에 가서 미의 상자를 가져오라고 하였다. 사이키는 신의 도움으로 하데스 궁에 이르러 미의 상자를 받아 귀환하게 된다. 그러나 상자 안에 무엇이 있는지 궁금하여 견딜 수 없었던 사이키는 열지 말라는 신의 금령을 어긴 채 상자를 열고야 만다. 상자에는 저승의 잠이 들어 있다가 사이키를 덮쳐 사이키는 길 가운데서 잠이 들어버린다. 한편, 사이키를 그리워했던 큐피드는 사이키가 잠든 곳을 찾아와 잠들을 주워 상자에 도로 담고 사이키를 깨워 일으킨 다음, 그녀가 호기심 때문에 몸을 망칠 뻔했다고 말한다. 그러고는 제우스를 찾아가 사이키와 결합하도록 해 달라고 애원하였다. 그래서 제우스는 비너스를 설득하고 사이키를 신들의 모임에 참석할 수 있는 불사의 신이 되게 한 다음 큐피드와 부부로 맺도록 주선하였다.

이 이야기와 「구렁덩덩 신선비」는 얼핏 보면 전혀 다른 이야기 같이 느껴진다. 사이키신화에는 신과 인간이 공존하고 신중심으로 이야기가 펼쳐지고 있는데 반해 「구렁덩덩 신선비」에서는 신성성이 거세되고 인간중심으로 전개되고 있기 때문이다. 또한 희랍의 신화들은 문인 학자에 의하여 윤색을 거듭한 자료이기에 할머니들의 구술을 그대로 받아 쓴 「구렁덩덩 신선비」와는 상당한 차이가 있다. 그러나 자세히 따져보면 공통된 성격을 찾을 수 있다. 전체적으로 두 이야기는, 한 여성이 자신의 부주의와 언니들의 시기로 잘못을 저질러 아름다운 신랑과 이별하게 되었으나 그녀의 지극한 사랑으로 수많은 난관을 돌파하고 사라진 남편을 찾아 재결합에 성공한다는 이야기다.

「구렁덩덩 신선비」에 등장하는 장자의 셋째 딸은 사이키에 대응되고 신선비는 큐피드에 대응되며 장자의 큰 딸과 둘째 딸은 사이키의 두 언니에 대응된다. 그런데 사이키신화에서 중요한 기능을 하는, 비너스를 비롯한 여러 신들은 「구렁덩덩 신선비」에는 등장하지 않는다. 또한 「구렁덩덩 신선비」에서는 신성성이 드러나지 않으며 신화가 아닌 민담으로 되어 있다.

두 이야기의 주인공을 비교하면 인물 설정의 면에서 적지 않은 차이가 발견된다. 사이키는 외모가 지극히 아름다운 미녀로 설정되어 있고 이 아름다운 용모 때문에 고난이 시작된다. 따라서 사이키에게 있어서 아름다운 용모는 매우 중요한 자질로서 비너스를 화나게 만들고 큐피드에게 사랑의 감정을 불러일으키게 하는 구실을 한다. 그러나 「구렁덩덩 신선비」에 등장하는 장자의 셋째 딸은 외모가 어떻다는 한마디 수식어도 나타나지 않는다. 얼굴이 예쁘다든지 자태가 아름답다든지 하는 수식어는 신화시대의 사고가 아니라 소설시대에 이르러서 만들어진 것이다. 신화시대의 여성의 매력은 건강미에 있었으며 건강은 바로 출산을 잘하고 강한 자식을 낳을 수 있는 자질로서 중요시되었다. 이런 점에서 「구렁덩덩 신선비」 설화는 어떤 면에서는 신화적 원시성을 그대로 잘 간직한 이야기라고 볼 수 있다. 장자의 셋째 딸에 대해서는 아름답다는 찬사는 없다. 그러나 그녀가 구렁이를 보고는 신선비라며 칭찬을 하고 아버지의 말씀을 거역하지 않았다는 점에서 한국의 전통사회에서 요구되었던 여성의 미덕을 갖춘 인물로 설정되어 있음을 알 수 있다.

사이키는 호기심이 많고 귀가 얇아 남의 말을 잘 듣는 인물로 설정되어 있으며 고난을 당하면 신들이 도와주어 별다른 고통 없이 모든 일을 잘 해결해나가는 것으로 되어 있다. 올림포스 산정으로 갈 때도 바람의 신 제퍼의 도움으로 저절로 이동하고 비너스 신전에서 곡물창고를 정리할 때도 큐피드의 도움으로 개미들이 일을 해주었으며, 금빛 양털을 모아 올 때도 하천신의 도움을 받는다. 그러나 장자의 셋째 딸은 신선비를 찾아다니며 길을 가르쳐 주는 댓가로 밭을 갈아주거나 빨래도 해주고 새도 봐준다. 또한 굽이 일곱 치나 되는 나막신을 신고 수십 리 얼음판 길을 걸어서 물을 여나르면서도 물 한 방울 흘리지 않는다. 심지어는 무서운 호랑이 굴에 들어

가서 호랑이 눈썹까지 얻어온다. 이처럼 셋째 딸은 일하는 능력이 뛰어나고 용기가 있으며 억척같은 노력으로 난관을 돌파하는 여성이다.

신선비와 큐피드는 사람들에게 뱀으로 알려져 있으나 실제는 뛰어난 미남자라는 점에서 공통성을 가진다. 신선비는 구렁이로 태어났으나 허물을 벗어 미남자가 되었고 두 언니들이 질투할 만큼 용모가 아름다운 존재로 나타난다. 그리고 큐피드는 밤에만 나타나서 사이키에게 접근하는 괴물로 알려졌을 뿐 아니라 사이키의 언니들이 괴물의 정체를 뱀이라고 했다는 점에서 본래는 뱀의 모습을 한 괴물이야기였을 것으로 추측된다. 즉, 나중에 미남의 신으로 바뀌었을 것으로 생각된다. 실제로 여타 지역에서 전승되는 '잃어버린 남편 찾기' 유형의 설화에서는 부모의 잘못 때문에 괴물로 태어난 남성이 한 처녀의 키스를 받아 괴물의 탈을 벗는 식의 내용이 많다.

사이키신화는 여성과 아름다움의 관계 그리고 남녀의 사랑이야기를 다루고 있다. 남녀의 사랑이 어떻게 싹트고 또 사랑을 지속하는 데 지켜야 할 금기는 무엇이며 파탄이 난 사랑을 회복하는 데 무엇이 필요한가를 가르쳐주는 신화다. 비너스는 신이면서도 인간에게 질투를 느낀다는 점에서, 신이나 인간 모두 여성은 아름답다는 찬사를 듣기를 원하고 아름다움은 결국 성적 매력이 되어 남성 구혼자를 불러 모으는 구실을 한다는 것으로 귀결된다. 즉, 여성의 아름다움은 결국 짝짓기의 요건으로서 후손을 이어가는 생물의 종족 유지의 원리를 함축한 것이라는 해석이 가능한 것이다. 큐피드는 자기 화살에 자기가 찔려 사이키를 사랑하게 되었고 이 사랑의 마음을 지울 수가 없었다 — 이 이야기에서 이성에게 사랑을 느낀 순간 큐피드의 화살을 맞았다고 하는 말이 생겨났다. 여기서 사랑의 본질은 순간적이고 본능적인 느낌이지 따지고 가려보는 사고의 소산이 아님을 알 수 있다. 또한 언니들의 말만 듣고는 신랑을 의심하여 등불과 칼을 들고 잠자는 신랑의 모습을 살펴보다가 그에게 상처를 입히는 잘못을 저지르는 사이키에게서, 애정의 파탄을 일으키는 과오의 본체는 바로 의심이라는 사실을 알 수 있다. 사랑은 신뢰하는 마음에서 성숙할 수 있고 의심이 들면 파경에 이른다는 것이다. 그러나 사라진 남편을 찾는 사이키의 끈질긴 노력은 마침내 신들을 감동시키고 둘 사이의 재결합을 이루어내고야 만다. 그와 같은 끈질긴 집념은 바로 여성의 인내와 지극한 정성에서 나온다. 지성스런 마음으로 고통을 견디며 노력하는 여인만이 진정한 사랑을 얻을 수 있고 부부 해로의 행복을 차지할 수 있다는 것이다.

「구렁덩덩 신선비」에 등장하는 셋째 딸은 구렁이 허물 속에 가려진 신선비의 본체를 파악하는 예지력이 있는 인물이고 부모의 말에 순종하는 여인이며 언니들을 의심할 줄 모르는 순진한 여인이다. 그러나 사랑하는 남편을 찾아내기 위해 험난하고 먼 길을 돌아다니면서 혼신의 노력을 기울이는 맹렬여성이기도 하다. 만난을 무릅쓰고 신선비를 찾아내고서도 선뜻 나서지 못한 채 문간방을 빌려 잠자리를 정하며, 신선비가 자기를 잊지 않고 있음을 확인하고서야 자기 본색을 드러내는 조심스러운 여인이기도 하다.

이런 이야기를 통해서 우리의 어린이들은 여성이 갖추어야 할 미덕이 무엇인지를 배웠을 것이고 부부의 사랑이 얼마나 소중한지를 깨달았으리라고 본다. 한국 전통사회의 여성들은 사회적 활동을 하지 않은 대신 가정을 지키고 가족을 위하여 희생적으로 봉사하였다. 특히 어른을 모시는 일에 정성을 기울였다. 가정을 지키는 일은 결국 사회를 지키는 것이고 국가를 지키는 일이 된다. 한국이 역사적으로 강대국들 사이에서 부대끼면서도 국권을 지키고 고유한 민족문화를 발전시킨 이면(裏面)에는 이러한 여성들의 인내와 지성스러운 마음가짐이 큰 몫을 감당했다고 본다.

더 생각해볼 문제들

1. 구렁이와 같은 동물과 사람이 결혼하는 이야기를 '이류교구(異類交媾) 설화'라고 한다. 이류교구 설화에는 어떤 것이 있는지 알아보자.

   백제 무왕인 서동은 남지(南池)라는 연못의 용과 과부 사이에서 출생했다고 하며, 후백제를 세운 견훤은 상주 북촌에 사는 한 여인이 밤마다 찾아오는 지렁이 화신의 남성과 동침하여 태어났다고 한다. 위대한 인물의 출생담이 사람과 다른 동물의 결합으로 되어 있는 이유를 알아보도록 하자.

2. 구렁이와 장자 딸의 혼인을 신랑 집단과 신부 집단의 결합의 성격으로 파악하여 그 의미를 찾아보자.

   단군신화, 주몽신화 등 건국신화에 나타나는 혼인은 천상계의 남성과 지상의 여인이 결합하는 경우가 대부분이다. 반면 「나무꾼과 선녀」에서는 천상계 여성과 지상의 남성이 부부가 된다. 「구렁덩덩 신선비」에서 구렁이를 물과 친연성이 있는 수신계의 남성으로 본다면 수신계의 남성과 지상의 여인이 결혼하는 것으로서 건국신화나 다른 민담과는 상이한 결혼의 성격을 가진다.

3. 여성이 주인공으로 등장하여 혼사과정에서 많은 난관을 극복하고 결혼에 성공한다는 다른 유형의 서사문학과 「구렁덩덩 신선비」를 비교하여 공통점을 찾아보기로 하자.

무속신화인 「당금애기」, 「자청비」는 모두 여성이 주인공이고 결혼과정에서 부모 특히 아버지의 방해로 고난을 겪는 이야기이다. 「구렁덩덩 신선비」에서는 방해자가 언니들로 되어 있는데 가족원의 방해로 결혼생활에 장애가 발생한다는 점에서는 일치한다. 이른바 '혼사장애 모티브'라고 하는 서사요소가 개입된 설화나 소설을 찾아 그 성격을 파악해 보기로 하자.

고전 소설인 「숙향전」, 「춘향전」 그리고 신소설인 「화세계」, 「추월색」 및 현대 소설 「탁류」 등에는 모두 혼사장애 모티브가 수용되어 있다.

추천할 만한 텍스트

『한국구전설화 전라북도편 I』(임석재전집 7), 임석재, 평민사, 1990.

『구비문학』(한국문학총서 3), 서대석 편, 해냄, 1997.

서대석(徐大錫)

서울대학교 국어국문학과 교수.

서울대학교 문리과대학 국어국문학과를 졸업하고 동 대학원에서 문학 박사 학위를 취득하였다.

논문 「'구렁덩덩 신선비'의 신화적 성격」(1986) 외 구비문학 및 한국 고전 소설 분야의 논문 100여 편이 있으며, 저서로는 『구비문학 개설』(공저 1971), 『한국 무가의 연구』(1980), 『군담소설의 구조와 배경』(1985), 『한국 신화의 연구』(2001), 『한국 구비문학에 수용된 재담 연구』(2004) 등이 있다.

아 그 색시가 그 원의 다리를 주무르구 앉었느라 하닝깨,

이상스런 새소리가 나서 이렇게 쳐다보니까,

무슨 새가 쪼꼬만 새가 날러오더니 처량하게 울어요.

무슨 지저굴거리면서. 잔동 잔동 그러구 울더래요. 그게 무순 소린지.

그러니까 그 샥시가 이렇게 쳐다보면서 눈물을 주루루루 흘리면서,

알어보구는, "난들난들 내탓이냐 넌들넌들 네탓이냐. 느이 어머니 탓이로다."

그러머 울거든요? 아 그러니까 그 원이 그 애중허게 여기는 소실이

무슨 새 한 마리를 보더니 울구 앉었이닝개, 긴 담뱃대루 대꼭지루

톡 때려 죽어 버렸어. 그라니까 그 새를 비단이루다

싹 싸구 해다가서는 그 산이다 묻어줬대요.

— 『한국구비문학세계 5』 중에서

우렁각시의 구연자들

김금자, 박임순, 방경숙, 유조숙, 오영순, 최판순, 박옥염, 이순옥, 김형순, 백금순, 임사봉, 박성예, 고아지, 나보옥, 시봉님, 송점순, 김판례, 이금녀, 이난자, 김영동, 박삼선, 김경선, 최순금, 권옥이, 김도연, 김금순, 김금안… 『한국구비문학대계』에 수록된 「우렁각시」 설화의 구연자들이다. 평소에 같은 마을에 사는 주변 사람들조차 이름을 잘 모르는 채로 함평댁, 필순네, 동수할매 따위로 불렀을 그 여인네들이 바로 민담 '우렁각시'의 전승자이자 작자들이다. 「우렁각시」는 다른 여느 이야기보다도 여성 화자들의 구연 비율이 유난히 높아서 눈길을 끌거니와, 이 땅 여인네들의 삶과 꿈이 그 속에 배어 있는 터다. 가장 오래 깨어나 있고 가장 고되게 일했으면서도 이름 석 자조차 기억되지 못하고 있는, 이 나라 이 역사 참 주인들의.

02

민담의 즐거운 상상, 그 속에 배인 한숨
「우렁각시」

신동흔 ┃ 건국대학교 국어국문학과 교수

그대, 「우렁각시」를 아는가

이 글을 읽는 독자들 가운데 '우렁각시'를 모르는 사람은 거의 없을 것이다. 어느날 외로이 땅을 파던 사내의 "이 땅 파서 누구랑 먹나?" 하는 탄식에 맞추어 들려온 "나랑 먹고 살지!" 하는 청량한 목소리. 아무도 모르게 우렁 속에서 살짝 나와 김 모락모락 나는 맛난 밥상을 차려놓고 감쪽같이 사라지는 아름다운 처녀. 만약 그대가 자취생이거나 노총각이기라도 하다면 우렁각시는 그야말로 꿈의 여인일 것이다.

누구라도 다 잘 알고 있다고 생각하는 우렁각시이야기다. 하지만 그 사연을 처음부터 끝까지 제대로 꿰고 있는 사람은 의외로 많지 않은 것 같다. 총각이 숨어서 지켜보다가 우렁에서 처녀가 나와 밥상을 차리는 것을 발견하고 그를 덥석 붙잡은 데까지는 다들 알고 있는 내용이다. 문제는 그 다음 이야기다. 혹시라도 둘이 그렇게 만나서 잘 살았다는 것으로 끝난다면, 하나의 완성된 민담으로서는 무언가 부족하다. 시골 총각과 고귀한 각시의 특별한 만남이 아무런 우여곡절 없이 그리 싱겁게 흘러갈 수는 없다. 그것은 서사의 현실 반영 원칙에서 어긋난다.

곰곰 생각해 보면 아마도 우렁각시가 금기(禁忌)를 제시한 사실이 떠오를 것이다. 아직 때가 아니니 조금만 기다려 달라는 이야기 말이다. 이 금기를 기억해 냈다면 우렁각시이야기의 행로에 제대로 접어든 것이다. 꿈같은 사랑이나 행복의 실현이란 아무런 걸림 없이 이루어지는 것이 아닌 터, 그 걸림의 표상으로서의 금기는 이 설화의 기본 요소가 된다.

실제 삶에서도 대개 그러하지만, 이야기 속에서 금기는 깨어지기 위해 존재한다. 사내는 차마 기다리지 못하고 아름다운 각시를 꼭 붙잡거니와, 이제 금기의 위반에 따른 결과가 없을 수 없다. 각시를 잃게 되는 것은 자연스러운 흐름이다. 이어질 것은, 그 결과로부터 벗어나 각시를 되찾기 위한 시도. 과연 그 총각은 각시를 되찾았을까?

어느 쪽으로 기억하고 있을지 궁금하다. 각시를 찾아 잘 살았다는 것? 각시를 잃고 좌절했다는 것? 어느 것이라도 좋다. 어느 한쪽만을 뽑아서 그것이 본령이라고 말하기 힘든, 「우렁각시」 설화의 양면적 모습이다. 하지만 만약 그대가 그 사연 속에 한숨이 배어 있음을 미처 감지하지 못하였다면, 특히 그 한숨의 8할 또는 9할이 사내가 아닌 '여인네'들의 것이라는 사실을 아득히 모르고 있었다면, 우렁각시이야기를 제대로 안 것이라 하기 어렵다.

민담이란 기본적으로 '스토리'로 말하는 양식이다. 이 설화 또한 스토리 구도를 따라서 사내를 축으로 삼아 거기 얽힌 욕망의 추이를 읽어내는 것이 정석이다. 그러나 그렇게 취급하고 말기에는, 이 설화 속에 틈입해 있는 여성적 삶의 체취가 너무 짙다. 각시의 편에서 「우렁각시」를 읽어보려 하는 연유다.

현실, 상상을 공격하다

민담은 꿈의 이야기, 상상의 이야기라고 한다. 일상적 욕망을 포용하면서도 서사적 형상에 있어 일상을 벗어난 꿈같은 모험의 세계가, 허구적 상상의 나래가 제한 없이 펼쳐진다. 비현실적인 환상이나 상식을 뛰어넘는 과장도 문제가 되지 않는다.

민담이 펼쳐 보이는 상상의 세계는 본질적으로 낙관적이다. 꿈꾸었던 모든 일이 실현된다. 가난한 나무꾼이 하늘에서 복을 얻어 잘 살고, 무작정 길을 떠난 바보가 금은보화와 아내를 얻으며, 머슴이 거짓말을 교묘히 꾸며내 부잣집 사위가 된다. 『구비문학개설』에서 말한 바, "인간행위에 대한 구김살 없는 신뢰를 나타내고, 어떠한 고난이나 어떠한 적대적인 자와도 싸워 이길 수 있다는 낙관론"을 펼쳐내는 것이 민담이다. 요컨대 민담은 '상상이 현실을 공격하는 이야기'라 할 수 있다. 현실은 상상에 의해 마음껏 뒤집어진다. 사람들이 원하고 꿈꾸는 방향으로.

이와 같은 민담의 문법을 따르자면 사내와 우렁각시의 만남에 얽힌 사연은 이렇게 풀려나가는 것이 제격이다. 즉, 처녀는 사내에게 아직 때가 아니니 기다려 달라고 했다. 하지만 사내는 그 말을 듣지 않고 처녀를 각시로 삼았다. 그렇게 우렁각시를 아내로 삼은 사내는 한시도 아내 곁을 떠나지 않으려 했다. 각시는 사내에게 자기 모습을 담은 그림을 주면서 자기가 생각날 때마다 그것을 보면서 일을 하라고 했다. 사내가 그림을 보며 한창 일을 하고 있는데 그림이 바람에 날려서 (1) 원님이 행차하는 곳으로 날아갔다. 그 미모에 혹한 원님은 우렁각시를 빼앗으려고 사내한테 시합을 걸었다. 먼저 바둑 두기 시합을 걸어왔는데, 우렁각시가 파리로 변해 착점을 알려준 덕에 사내가 승리했다. 그러자 원님은 말 타고 강 건너기 시합을 걸었다. 각시가 골라준 명마 덕분에 사내는 무사히 강을 건넜으나 원님은 강물에 빠져 죽었다. 원님을 물리친 사내는 각시와 함께 오래도록 행복하게 살았다.

또는, 그림이 바람에 날려서 (2) 임금이 행차하는 곳으로 날아갔다. 그 미모에 반한 임금은 그 길로 우렁각시를 데리고 대궐로 향했다. 우렁각시는 붙들려 가면서도 사내한테 뜀뛰기를 배워서 찾아오라는 말을 남긴다. 대궐로 간 우렁각시는 임금이 아무리 잘해주어도 통 웃음을 보이지 않았다. 그러던 어느 날 남편이 새털옷을 입고 대궐로 들어와 춤을 추자 각시가 입을 벌려 활짝 웃었다. 그 모습을 본 임금은 사내의 새털옷을 빼앗아 입고 춤을 추기 시작했다. 그 순간 사내는 용포를 입고 용상에 뛰어올라 임금을 대궐 밖으로 내쫓았다. 사내는 임금이 되어 각시와 행복하게 잘 살았다.

(1)과 (2)는, 구체적인 서사 내용이 좀 다르지만, 본질적으로 그

의미 맥락이 서로 통하는 이야기라 할 수 있다. 주인공은 금기의 위반으로 맞이한 위기를 훌륭히 극복해내어 행복을 실현한다. 위기는 언제나 있는 법, 그것을 넘어서고 나면 더 큰 행복이 맞아준다고 하는 낙관주의적 결말이다. 사람들이 꿈꾸고 상상하는 바가 그대로 이루어진 모습이다. '상상'은 이렇게 펼쳐져 나가야 마땅하다. '현실'이 어떻든 말이다.

하지만, 지금까지 채록된「우렁각시」설화에 있어 위와 같은 스토리 흐름을 보이는 자료는 다수가 아니다. 가끔 볼 수 있을 따름이다. 이보다는 원님 — 또는 임금 — 에게 각시를 빼앗긴 사내가 한이 맺혀 죽고 말았다고 하는 이야기가 더 많이 이어져 내려오고 있다. 다음과 같은 식이다.

> 우렁각시는 함께 살자고 하는 총각에게 아직 때가 아니니 기다려 달라고 했다. 하지만 총각은 각시를 그냥 보낼 수 없었다. 우렁각시를 아내로 맞이한 사내는 아내를 집에 머물러 밖에 나오지 못하도록 했다. 일터에 밥을 나르는 것은 어머니의 몫이었다. 어느 날 어머니는 핑계를 대며 며느리한테 밥을 이고서 일터로 나가게 했다. 각시가 일터로 나가는데 마침 원님 — 또는 임금 — 의 행차가 지나갔다. 각시가 풀숲에 숨었지만 몸에서 빛이 나는 터라 끝내 원님 눈에 띄고 말았다. 원님은 그 자리에서 각시를 데리고 갔다. 그 사실을 알게 된 사내는 어머니를 원망하며 울다 죽어서 새가 되었다. 새는 관아로 들어가 원님 수발을 들고 있는 각시한테로 다가갔다. 각시가 남편의 원혼을 알아보고 "네 탓도 내 탓도 아닌 어머니 탓"이라 했다. 원님이 그 새

를 때려서 죽였다. (그러자 그 아내도 죽어서 참빗이 되었다.)

금기가 주어지면 깨어지고, 그 위반에는 결과가 따른다. 그러면 그 결과로부터의 도피를 시도하는 것이, 그리하여 대개는 그 시도가 성공하는 것이 민담의 서사 문법이다. 그런데 위 이야기는 어떠한가? 잠시도 떠나지 못할 사랑하는 아내를 빼앗겨 버린 주인공이 한번 쫓아가 하소연을 해볼 생각조차 내지 못한 채 엉뚱한 사람한테로 원망을 돌리며 죽어버리다니 말이다. 무척이나 허무한 결말이다.

일반적으로 말하면, 순리에 맞지 않는 비정상적인 결말이라 해야 할 것이다. 그런데 이와 같이 끝나는 이야기가 한둘이 아니라 다수를 이루고 있으니 사정이 간단치 않다. 자료의 숫자보다 더 중요한 것은 그 서사에 담긴 의미맥락이다.

어떠한 상황인가 하면, 상상과 현실의 관계가 역전되어 현실이 상상을 공략하고 있는 양상이다. 원님이나 임금의 그 막강한 권력에 맞선다는 것은 계란으로 바위치기일 뿐이라고 하는 의식이, 또는 아름답고 고귀한 존재와 결합하여 행복을 성취한다는 것은 슬픈 공상일 뿐이라고 하는 현실의식이 서사의 틀을 뒤바꾸었다고 할 수 있다. 단지 이야기일 뿐인데, 상상을 통해 마음껏 현실을 뒤집을 수 있는 것인데 그 상상조차 이렇게 벽에 막히고 있다는 건 슬픈 일이다. 이야기 전승자들을 의식·무의식중에 짓눌렀던 현실의 무게가 이렇게 컸더란 말인가.

이렇게 서로 상반되는 결말에 대하여 앞서 그것이 이 설화의 양면적 모습이라 했다. 임금 또는 원님을 물리치고 아름다운 아내와 함께 행복을 누린다는 것. 무척이나 즐거운 상상이지만, 어디까지나 상상일 뿐이다. 상상에서 나와 현실로 돌아오는 순간 그 즐거움이란 긴 한숨으로 옮겨가는 터다. 사내가 한을 품고 죽었다고 하는 사연은 이야기 안쪽에 진즉 배어있던 한숨이 못내 감추어져 말로 옮겨진 것에 지나지 않을지 모른다.

어떤가 하면, 지금 막 풀어낸 설명은 주로 주인공 사내의 입장에서 살핀 것이다. 이 설화 전승의 절대적 주체인 여성의 입장에 설 때 현실이 상상을 공격하는 양상은 좀 다른 방식으로 풀어낼 수 있다.

선녀와 우렁각시, 그리고 이 땅의 여인들

「우렁각시」만큼이나 유명한 민담 「선녀와 나무꾼」이 있다. 오래도록 나는 이 설화에 있어 욕망의 축이 나무꾼이라 생각했었다. 나무꾼을 매개로 해서 선녀로 표상되는 행복 내지 이상에 대한 꿈을 표출한 이야기라고 여겼었다. 그러던 어느 날 문득 이 이야기 속의 '선녀'가 이 땅 여인네들의 표상임을 깨닫고 전율하고 말았다. 이 이야기 속의 선녀는 '시집 살림을 하는 여성'의 전형, 아니 원형(原型)이었다. 어느 날 갑자기 제 뜻과 상관없이 땅 설고 물 선 곳에 홀로이 던져진 신세. 꼼짝할 도리 없이 붙잡혀 막막하게 이어가는 삶. 마음은 항상 부모님 계신 천상(天上) — 거기가 어찌 하늘나라가 아니랴! — 으로 가 있으니. 함께 사는 사내가 좋아라 위한다 하지만, 그와 정을 붙여 아이까지 낳았다 하지만 여인의 그 애틋한 마음이 어찌 가실까. 이제 자기 사람이 됐으리라고 하는 사내의 생각은 천만 착각일 뿐이다. 아이가 둘 아니라 셋이라 하더라도 붙들어 안고서 그리던 고향으로 달려가는 것, 그것이 선녀에게 의탁한 이 땅 여인네들의 마음이었다. 너무나 절박하여 소름까지 돋는 그 마음이다.

그나마 이 설화에서 잠깐 미소를 짓게 하는 건 자신을 천상의 선녀로 투사한 상상력이다. 『숙향전』 같은 소설에서 볼 수 있고, 「베틀요」 같은 민요에서도 볼 수 있는 애틋한 상상이다.

> 천상에 노던 아기 할 일이 전혀 없어
> 인간세상 내려와서 좌우산천 둘러보니
> 옥난간이 비었구나. 옥난간에 베틀 놓자.

스스로를 하늘에서 내려온 선녀라 일러놓고서는 수줍고 멋쩍은 웃음을 보였을 여인네들의 마음자리가 무척이나 살뜰하여 눈물겹다. 하지만 그것을 일러 어찌 허튼 사치라 할 수 있을까. 천상 선녀의 두 배만큼 또는 열 배만큼 고귀한 그네들이다.

선녀의 모습에 자신을 의탁하면서 지어보는 잠깐의 미소와 깊은 한숨. 그것은 우리의 우렁각시에게도 그대로 해당한다. 우렁각시 또한 선녀와 마찬가지로 이 땅 여인네들의 또 다른 자화상이었던 것이다. 어디서 어떻게 움직이는지 존재감이라고는 퍽이나 미약했던, 그러나 때가 되면 어김없이 신랑이며 시어머니의 '밥상을 차려주던' 그런 존재. 이 땅 수많은 여인네들의, 아내 또는 며느리들의 원형적인 표상이 아닐는지.

이야기 속의 우렁각시는 선녀보다는 사정이 나은 편이다. 제 뜻으로 사내를 점찍어 사랑을 베풀고 있으니 말이다. 하지만 그 사내란 어찌 그리 믿음성이 없는지 모른다. 그저 제 마음 채우기 급급하여 조금만 기다려 달라는 간절한 부탁도 접수하지 못하며, 뒷감당조차 없이 하던 농사일을 툭 놓아버리곤 하는 사내다. 마침내 제 아내를 온전히 지켜내지 못하고 빼앗기게 되자 어찌할 바를 모르고서 전전긍긍하는 모습은 또 어떠한지.

> 하 그 뭐 그걸 어디가 구해여. 속을 끓이고 두러누우닝께 그 마누라가,
>
> …
>
> 하 또 걱정이 되여. 그 남자가 걱정이 돼서 또 밥을 안 먹구서 속 썩이닝께. 그 아내가,
>
> "왜 그래요?"
>
> …
>
> 아 그거 참 어렵거든. 그래 또 두러누워서 속을 끓인께루,
>
> "뭘 그라느냐?"구.[1]

　　일이 주어질 때마다 이렇게 드러누워서 속을 끓이는, 그 아내가 이유를 묻고 나서 방책을 구해주어야 비로소 수가 난 듯 움직이는 그 모습이 바로 이 땅 여인네들이 무의식중에 표출해낸 그네들 사내의 원형적 형상이 아닐는지.

---

1) 충북 영동군 용산면에서 채록한 박임순의 구연설화 「우렁이 마누라 얻은 총각」(『한국구비문학대계 3-4』).

그래도 아내의 가르침을 받고는 훌쩍 나서서 문제를 해결해내는, 그래서 끝내 아내를 지키는 데 성공하는 그 사내들은 아주 훌륭한 축이다. 그가 만약 다음과 같이 나올 때 아내가 할 수 있는 일이 무엇이겠는가.

> 아 그러니까 이 총각은, 구만 집이 와서, 대, 뜰에서 마당까지 떼굴 떼굴 둥글구 몸부림을 치면서,
> "어머니, 왜, 저 하자는 대루 안해 주시구서 밥꽝우리 내 보내가지구 서 붙들려 가게 했느냐?"구.
> 그냥 몸부림을 치구, 울다아 울다 구만 죽었어요. 죽어가지구 혼이 새 한 마리가 됐어.[2]

꿈결같이 얻은 아름다운 아내를 하루아침에 잃어버린 사내의 심정도 모를 바 아니지만, 따지고 보면 더 속이 터지는 것은 이런 사내를 남편으로 둔, 또는 아들로 둔 여인네가 아닐는지. 힘 한번 써 보지 못하고 제풀에 풀썩 쓰러져 버리는 그 철없고 한심한 존재, 그런 남정네를 간수하며 살아야 하는 게 자기네 인생이라고 하는 그 인식에 서린 한숨은 얼마나 또 깊은지.

그렇게 속절없이 제 사내가 무너졌으니 아내 또한 함께 무너지는 게 상례일 것이다. 실제로 각시가 남편을 따라 죽어 참빗이나 꽃송

---

2) 충남 공주군 의당면에서 채록한 유조숙의 구연설화 「우렁각시」(『한국구비문학대계 4-6』).

갓 혼인한 신부(新婦)를 그린 그림.
조선시대의 민화.

이가 되었다는 자료들이 있다. 그런데 꽤나 놀라운 것은 각시가 죽지 않고 원님 또는 임금과 더불어 살았다는 식으로 끝을 맺는 자료들이 의외로 많다고 하는 사실이다.

> 근디 그 원귀가 되야서 그 각시허고 못 살어서 그러서 못 살고 그 사
> 람은 죽어불고. 그 나랫님허고 부자로 살었대요. 각시허고.[3]

이들에 대해서는 서사의 맥락에 닿지 않는 엉뚱한 변이형이라고 치부하면 그만일지 모르겠다. 하지만 그 속에 혹시라도 여인네들의 숨겨진 욕망이 무의식중에 노출된 것은 아닐는지. 그렇게 제 탓으로 — 또는 시어미 탓으로 — 죽어버린 남편, "왜 아내가 따라죽어야 하나" 하는 말없는 항변 말이다. 또는 그런 미욱한 님일랑은 훌쩍 팽개쳐 버리고 새 님과 짝을 이뤄 호강이라도 누려봤으면 하는 그런 마음 말이다.

그런 마음이 불온하다고 눈 흘길 일 아니다. 십중팔구 자업자득일 테니. 죽어서 새가 된 사내의 울음 속에 진리는 담겨 있다.

> "넨들 넨들 네 탓이냐, 낸들 낸들 내탓이다."[4]

---

3) 전북 정읍군 칠보면에서 채록한 이금녀의 구연설화 「우렁색시」(『한국구비문학대계 5-7』).
4) 전주시 풍납동에서 채록한 김형순의 구연설화 「우렁색시(3)」(『한국구비문학대계 5-2』).

「우렁각시」, 동화에서 동화로

민담이란 꽤나 가볍고 단순해 보이지만, 그 민담 속에 스며든 삶의 체취는 그리 만만한 것이 아니다. 겹이 참으로 많기도 하여 벗겨도 벗겨도 끝이 없다. 이 글에서 풀어낸 「우렁각시」에 대한 해석은 다분히 주관적인 것이지만 이 또한 이야기를 이루고 있는 의미의 겹 가운데 하나라고 믿는다. 스토리 사이사이의 빈 공간을 우리네 꿈으로 또는 현실로 채우면서 마음껏 상상을 펼쳐나갈 수 있는 것, 그것이 민담의 매력이다.

그런데 잠깐! 이 「우렁각시」 이야기는 아이들한테 들려주는 동화(童話)가 아니었던가. 구김없이 즐겁고 아름다운 동화를 지금 '현실'의 이름으로 뒤튼 것이 아닌가.

맞다. 「우렁각시」는 십중팔구 어렸을 적에 어른의 입을 통해서 듣는, 또는 그림책이나 만화를 통해서 만나는 어린이의 이야기다. 어린 그들은 우렁에서 각시가 나온다는 상상만으로 충분히 즐거워하고, 사내가 임금이 되어 각시와 살았다는 설정에 기꺼이 환호한다. 총각이 죽어 새가 되고 각시가 죽어 참빗이 되었다는 사연에 잠시 갸우뚱할지 모르나, 금방 잊고서 재잘대며 뛰어놀 것이다.

하지만 그것은 끝이 아니다. 민담의 사연은 사라지지 않고 마음 깊은 곳에 스며든다. 하나의 화두가 되어 주인과 함께 움직여 나간다. 무심히 지내던 어느 날, 그는 이 이야기에서 문득 사내의 한숨을 발견할지 모른다. 만약 그가 여성이라면, 어느 날 문득 여인의 깊은 한숨과 대면할지도 모른다. 또 자신의 숨은 욕망과 만날지도 모른다. 성장이 이루어지는 순간들이다.

그리하여 그가 세상 풍파 다 겪고서 할머니가 됐을 때, 아이들이 와서 청한다.

"할머니, 옛날애기 해줘요!"

"오냐, 「우렁각시」이야기 해주련?"

"네~~!"

"옛날에 늙은 총각이 장가도 못 가고 사는 총각이 있던개벼. 논에 가서 쇠스랑으로 파면서, '이 농사를 져서 누구랑 먹고 사나?' 한 개, '나랑 먹고 살지.' 자꾸 그래서 가본개 우렁이 있더래. 그래 그 우렁을 잡아다 물항에더 넣는디, 일하고 오면은 밥을 해 놓는대. 양식도 없는디, 아무것도 없는디 밥을 해 놓는대. …"

어릴 때 듣던 그대로 풀어내면 된다. 거기 다른 말은 필요 없다. 특히나 이런저런 해석 따위는. 그것은 아이들이 스스로 커가면서 깨우쳐 나갈 스스로의 몫이다. 혹시라도 무엇 하나 깨우치지 않고 스쳐 지나가 버린다 해도 그 또한 그만이다. 이야기는 어디까지나 이야기일 뿐이니!

더 생각해볼 문제들

1. 「우렁각시」설화 자료 가운데는 우렁에서 나온 각시가 제시한 금기를 총각이 지켜서 함께 서로 잘 살게 됐다는 것으로 이야기가 마무리되는 것들도 있다. 민담의 일반적인 서사적 문법에서 벗어난 비정상적 결말이라 볼 수도 있지만, 이 또한 연구자의 편견일 수 있다. 이러한 결말에 대하여 아무런 선입견 없이 서사의 의미 맥락을 풀어내어 그 안에 담긴 소망 또는 현실의식을 도출해 보자.

2. 「우렁각시」나 「선녀와 나무꾼」 자료 가운데는 남자 주인공의 어머니가 등장하는 사례들이 꽤 있는데, 이 경우 이야기는 부부의 이별과 한 맺힌 죽음으로 마무리되는 것이 상례다. 이 또한 '현실이 상상을 공격한 것'으로 해석할 소지가 많다고 하겠다. '시어머니'의 존재에 얽힌 의미를 분석해 보자.

3. 이 글에서는 주로 전통사회 여성상과 관련하여 「우렁각시」 설화를 해석하였다. 하지만 이 설화의 의미는 시대적·사회적 한정성을 지니는 것이 아니다. '현대의 여성상'에 비추어서 이 글의 해석을 되짚어 보고, 나아가 보편적인 인간관계의 측면에 초점을 맞추어 이 설화의 서사적 특성과 의미를 풀어내 보자.

4. 수많은 사물 가운데 왜 하필 '우렁' ― 가끔, 우렁과 비슷한 '고동'으로 돼 있는 경우도 있다 ― 속에서 각시가 나온 것일지, 그 상징적 의미를 자유롭게 상상하여 풀어내 보자. 특히 '물'과의 연관성, 각질 속에 숨은 부드러운 몸 등을 주안점으로 생각해보자.

추천할 만한 텍스트

「우렁 각시」(『한국구비문학대계』 4), 유조숙 구연, 한국정신문화연구원, 1984.
「우렁이 마누라 얻은 총각」(『한국구비문학대계』 3), 박임순 구연, 한국정신문화연구원, 1984.

신동흔(申東昕)

건국대학교 문과대학 국어국문학과 교수.
서울대학교 국어국문학과를 졸업하고 동 대학원에서 문학 박사 학위를 취득했으며 서울대학교 외 여러 대학에서 구비문학을 강의하였다. 전설과 민담, 고전소설을 주로 연구해 왔으며, 최근 민간 신화의 탐구에도 관심을 기울이고 있다. 우리 옛이야기를 동화책으로 출간하는 작업에도 적극 참여하여, 한겨레 옛이야기(전 25권) 시리즈 등을 기획하였다.
저서로 『역사 인물 이야기 연구』, 『세계 민담 전집 1, 한국편』, 『살아 있는 우리 신화』 등이 있다.

그대는 듣지 못했는가? "우스갯소리를 잘 하신다"는 말과,
"문왕(文王)과 무왕(武王)도 한 번 당겼다 한 번 늦추었다 하는 방법을 쓰셨다"는
것을. 제해(齊諧)가 『남화(南華)』에 기록되어 있고, 골계(滑稽)는
『반사(班史)』에 열전(列傳)이 있다. 거정(居正)이 이 전(傳)을 지음에,
처음부터 후세(後世)에 전하려는 데에 뜻을 둔 것이 아니라,
다만 세상에 대한 근심을 잊어버리고자 한 것이다. 대개 이에 돌아갈 뿐이다.
하물며 공자(孔子)께서도 장기나 바둑을 하는 것이 마음을 아무 곳에도
쓰지 않는 것보다는 낫다고 하셨다. 이것 또한 나 서거정이 아무 곳에도
마음을 쓰지 않는 것을 스스로 경계하고자 할 따름이다.
— 「태평한화골계전서(太平閑話滑稽傳序)」 중에서

서거정(1420~1488)

세종 2년에 태어나 성종 19년에 죽은, 조선시대 전기의 문인이다. 본관은 달성이고, 자(字)는 강중(剛中), 호는
사가정(四佳亭)이다. 아버지는 목사(牧使)를 지낸 미성(彌性)이고, 외할아버지는 양촌(陽村) 권근(權近)이다.
세종 26년(1444), 문과에 급제하여 벼슬길에 나아간 후 45년간 여섯 임금을 섬기면서 화려한 관직생활을 하였
다. 23년이나 문형(文衡)을 장악했으며, 20여 차례나 과거시험을 관장하고 인재를 선발했다. 문장과 글씨에
능했으며, 성리학을 비롯하여 천문·지리·의약 등에 이르기까지 정통했다.
세조 때는 『경국대전(經國大典)』, 『동국통감(東國通鑑)』의 편찬에 참여하고, 성종 때에는 『동문선(東文選)』, 『동
국여지승람(東國輿地勝覽)』의 편찬에 참여했으며 왕명으로 『향약집성방(鄕藥集成方)』을 우리말로 번역했다. 또
한 『태평한화골계전』을 비롯해서 『동인시화(東人詩話)』, 『필원잡기(筆苑雜記)』 등의 설화문학 관계 저술들을 남
겼다.

03

500년 묵은, 사대부(士大夫)들의 개그
서거정(徐居正)의
『태평한화골계전(太平閑話滑稽傳)』

박경신 | 울산대학교 국어국문학과 교수

500년 전에도 개그(Gag)가 있었을까?

500년 전에 TV 방송국이 있었을까? 아마도 이것은 어리석은 질문일 것이다. 답은 물론 "아니다"이다. 그렇다면 500년 전에 '개그 콘서트'는 있었을까? 답은 "그렇다"이다. TV 방송국이 없었으니 개그콘서트도 없었을 것이라고 생각해서는 안 된다. 어느 시대에나 개그는 있게 마련이고 조선 전기에도 물론 개그는 있었다.

사람이 말을 사용하는 이상 어느 시대 어느 집단에게나 개그는 없을 수 없다. 웃음, 특히 말을 통해서 웃음을 추구하는 것은 시대와 공간을 뛰어넘는 인간의 보편적 삶의 한 양상이다. 인간의 삶이 언제나 심각하고 고뇌에 차 있기만 한 것 같아도 그런 삶만 계속된다면 아마 우리는 그 중압감을 견뎌낼 수 없을 것이다. 삶이 심각하고 견

151

디기 힘든 무게로 다가올수록 오히려 따사로운 햇살 같은 웃음이 절실해지는 것이 우리의 삶이다. 생활 속에서 자연스럽게 피어나는 건강한 웃음은 우리의 삶에 없어서는 안 될 활력소다.

『태평한화골계전』은 어떤 책인가?

500년 전의 개그는 과연 어떤 모습이었을까? 먼저 그 시대는 중세의 신분제 사회였다는 것을 고려하지 않을 수 없다. 언어는 누구나 사용하는 것이기 때문에 개그는 지배 계층이냐, 피지배 계층이냐에 상관없이 누구나 즐길 수 있는 것이다. 그러나 다른 한편에서 보면 웃음은 그것을 함께 하는 사람들의 문화적 동질성을 바탕으로 하고 있다는 점 또한 지나칠 수 없는 사실이다. 10대 학생들이 배꼽 잡고 웃는 이야기가 60대들에게는 도무지 종잡을 수 없는, 썰렁하기 이를 데 없는 이야기가 되고 마는 것은 이 때문이다.

　조선시대 전기의 피지배 계층 서민들도 자신들끼리는 유쾌한 개그를 많이 가지고 있었을 것이고, 그것을 생활의 유용한 활력소로 삼았을 것이라는 점은 쉽게 짐작할 수 있다. 그러나 그 피지배계층의 개그는 기록에 남아있는 것이 거의 없다. 그래서 오늘날 우리가 확인할 수 있는 500년 전 개그는 기록으로 남은 지배계층의 개그라고 할 수 있다. 『태평한화골계전(太平閑話滑稽傳)』은 바로 그 500년 전 조선시대 전기에 지배 계층의 개그모음집 가운데 가장 규모가 크고 대표적인 것이다. '태평한화골계전'이라는 제목을 글자 그대로 해석한다면 "태평한 시대 한가한 때에 주고받은 우스갯소리" 정도가 될 수 있을 것이다.

조선시대 전기를 대표하는 관료적 문인인 서거정(徐居正)이 『태평한화골계전』과 같은 설화문학서를 남겼다는 것은 쉽사리 수긍하기 힘든 면이 있다. 그러나 다른 측면에서 보면 서거정은 그만큼 뛰어난 관료적 문인이었기 때문에 오히려 자신의 즐거움을 추구할 문학을 절실히 원했고, 그것이 『태평한화골계전』과 같은 설화문학서로 나타났다고 해석할 수도 있다. 국가적 목적을 앞세우고 백성의 교화(敎化)라는 교훈적 측면만을 강조하는 관료적 문학만으로는 창작을 통한 문학가로서의 개인적 만족을 얻기는 어려웠을 것이다. 혹은 순수한 개인적 즐거움의 추구라는, 문학의 또 다른 기능이 서거정에게는 절실히 필요했을 수도 있다.

이 책을 짓게 된 동기에 대해 '태평한화골계전서(太平閑話滑稽傳序)'에서 서거정이 직접 언급한 다음과 같은 대목은 많은 것을 시사한다.

> 거정(居正)이 일찍이 일에서 물러나 한가하게 있을 때 글을 쓰는 것으로 놀이를 삼았다. 이에 일찍이 친구들과 우스갯소리를 했던 바를 써서 『골계전(滑稽傳)』이라 이름했다.

제일 먼저 눈에 띄는 것은 그가 '일〔事〕'과 '놀이〔遊戲〕'를 나누어서 언급하고 있다는 점이다. 여기서의 '일'은 일차적으로는 '벼슬살이 하는 일'이라고 할 수 있겠지만, 서거정이 관료적 문인이었다는 사실과 연결시켜 생각한다면 이 '일'은 '국가적 목적을 앞세운 문학을 하는 일'이라고도 해석할 수 있다. 그러나 그는 그 문학만으로는 만족할 수 없었기 때문에 '일'에서 물러나 한가할 때에 '놀이삼아' 할 수 있는 문학, 곧 개인적 즐거움을 추구하는 문학이 필요했던 것이다. 그래서 그가 놀이삼아 한 구체적 문학 활동이 "친구들과 우스갯소리 했던 것을 기록하는 것"이었고, 그래서 탄생한 것이 바로 이 『태평한화골계전』이었음을 알 수 있다.

『태평한화골계전』의 이본(異本)들

독자들은 『태평한화골계전』이라는 책의 제목은 들어본 적이 있을 것이다. 그러나 정작 이 책의 내용을 본 사람은 거의 없다. 이 책의 지은이인 서거정이 조선시대 전기를 대표하는 문인이고, 『태평한화골계전』이 조선시대 전기를 대표하는 설화문학서라는 점을 고려하면 이 책의 내용을 본 사람이 거의 없다는 것은 쉽사리 수긍하기 어려운 점이 있다. 그러나 거기에는 그럴만한 이유가 있다. 아마도 그것은 이 책 전체가 전하지 않는다는 것이 일차적 이유가 될 것이다.

『태평한화골계전』은 성종 8년(1477)에 지어져서 성종 13년(1482)경에 간행되었다. 이 책의 서문(序文)은 서거정과 가까운 사이였던 강희맹(姜希孟)[1]이 썼는데, 그는 이 서문에서 『태평한화골계전』이 4권으로 되어 있다고 했다. 그러나 불행하게도 오늘날 4권 전체가 완전한 모습으로 전해지지는 않는다. 그 때문에 널리 간행되어 읽히거나 전문연구자들의 연구대상이 되는 데에 어려움이 있

---

1) 강희맹은 세종 6년(1424)생으로 서거정보다 4살 아래이다. 강희맹은 『골계전서(滑稽傳敍)』에서 자신과 서거정이 함께 과거에 급제한 사이라고 했다.

었던 것이다. 오늘날 이 책은 다섯 종의 이본으로 전해지고 있다. 이들 이본들과 다른 자료들을 참고할 때 『태평한화골계전』에 수록되어 있었다는 것이 확인되는 이야기는 총 271화 정도이다.[2]

『태평한화골계전』의 등장인물들

앞에서 말한 바와 같이 『태평한화골계전』은 지은이인 서거정이 친구들과 주고받았던 우스갯소리를 한가할 때에 기록한 것이다. 따라서 같이 듣고 즐긴 사람들은 서거정이 '친구'라고 지칭할 만한 사람들인 당대의 지배 계층, 그것도 대부분은 문인이었다고 할 수 있다. 이 부류에 속하는 주인공들로는 정도전(鄭道傳), 이숭인(李崇仁), 권근(權近), 조운흘(趙云仡), 최만리(崔萬里), 양성지(梁誠之), 김수온(金守溫), 박이창(朴以昌), 성석린(成石璘), 최항(崔恒), 신숙주(申叔舟), 정인지(鄭麟趾), 이개(李塏), 김문기(金文起) 등이 있

---

2) 현재 전해지는 이본으로는 만송본(晚松本), 일사본(一簑本), 민자본(民資本), 백영본(白影本), 순암본(順庵本)이 있다. 만송본(晚松本)은 고려대학교 만송문고에 소장되어 있는 현전 유일의 목판본이고, 일사본(一簑本)은 서울대학교 도서관과 영남대학교 도서관 도남문고에 소장되어 있는 프린트본이다. 민자본(民資本)은 민속학자료간행회에서 간행한 『고금소총(古今笑叢)』 속에 들어 있는 프린트본이고, 백영본(白影本)은 백영 정병욱 선생이 소장했던 필사본이다. 순암본(順庵本)은 일본(日本) 천리대(天理大) 금서문고(今西文庫)에 소장되어 있는 필사본이다. 이들 이본들은 전체 4권 중 제 1·2권의 내용을 담고 있는 만송본·일사본·민자본 계열과 전체 4권에서 발췌한 순암본·백영본 계열로 나눌 수 있다. 그리고 이 다섯 종의 이본에 실린 이야기들은 중복된 것을 하나로 계산하면 총 267개의 이야기가 된다. 또한 권별이 지은 『해동잡록(海東雜錄)』에는 이들 5개의 이본에 전혀 들어있지 않는 이야기가 4개 더 있다. 따라서 현재 우리가 『태평한화골계전』에 실려 있었던 것으로 확인할 수 있는 이야기는 271개 정도가 된다.

는데, 이들은 당대 정계와 문단의 명사(名士)들이었다. 그리고 실제 이름을 들지는 않았지만 어떤 조정 관리, 어떤 군수, 상사(上舍), 어떤 선비라고 되어 있는 이야기들도 넓은 의미로는 이런 유형의 이야기로 분류할 수 있다. 반면에 무사(武士), 협객(俠客)으로부터 불교 승려나 기생에 대한 이야기도 있고, 심지어는 어떤 늙은 할미, 어떤 백성, 어떤 장님, 어떤 양수척(揚水尺), 어떤 배우(俳優), 자린고비, 어떤 시골 아낙네, 어떤 시골 영감, 재인(才人) 등을 주인공으로 한 이야기도 상당수를 차지한다.

시대적으로 보면 '고려달관지불배(高麗達官池佛陪)'로 시작된 지불배에 대한 이야기를 제외하고는 조선시대 전기부터 서거정 당대까지의 인물들로 이루어져 있다.

『태평한화골계전』의 특징

『태평한화골계전』에 실린 이야기들은 다음과 같은 몇 가지 특징을 가지고 있다.

첫째, 이야기의 주인공은 조정 관리나 선비 등 식자층(識者層)인 경우가 많지만 그렇지 않은 경우도 얼마간은 있다. 그러나 서술자와 청자는 언제나 식자층이다. 청자가 명시되지 않은 경우에도 서술자는 같은 계층의 청자를 상정하고 이야기를 진행하는 것으로 볼 수 있다. 식자층이 아닌 사람이 주인공일 수는 있어도 그 이야기는 어디까지나 식자층이 듣고 웃을 만한 것이 아니어서는 안된다.

둘째, 전고(典故)를 포함하고 있는 이야기들이 많다. 『태평한화골계전』에 실린 이야기들은 이야기하는 사람이나 듣는 사람 모두가 식자층이라는 것을 전제하고 있기 때문에 그들 사이에 문화적 동질성이 보장되어 있어서 어려운 전고가 포함된 이야기라도 의미 전달에 어려움을 느끼지 않았을 것이다. 동시에 이런 많은 전고들은 그들의 동류의식을 확인하고 지적 즐거움을 제공하는 효과도 있었을 것이다. 그리고 이것은 민간의 소화(笑話)와 구별되는 요소로 작용함으로써 자신들이 주고받는 이야기들이 일정한 품위를 유지하고 있다는 명분을 제공하는 구실도 겸할 수 있었을 것이다. 실제로『태평한화골계전』에 실린 이야기의 상당수는 전고의 덩어리라고 해도 지나친 말이 아닐 정도로 많은 전고를 포함하고 있으며, 그러한 전고들을 정확히 이해하지 못하면 이야기의 묘미를 느끼기 곤란한 경우도 상당수에 달한다. 그냥 문맥에 나타난 줄거리를 따라 읽어도 물론 재미있지만 그 전고들을 잘 알고 읽어야 더욱 묘미가 있는 이야기들이『태평한화골계전』에 실린 이야기들이다.

셋째, 시(詩)나 시구(詩句)를 포함하고 있는 이야기들이 많다. 조선시대 식자층이 지은 시는 물론 한시(漢詩)다. 한시는 아무나 지을 수 있는 것이 아니기 때문에 이러한 시나 시구가『태평한화골계전』에 실린 이야기들을 식자층의 이야기답게 만드는 중요한 특징의 하나로 작용하고 있다.

넷째, 글자나 글귀를 이용한 이야기들이 상당수 있다. 파자(破字)를 교묘하게 이용하거나 한문 글귀의 음을 우리말의 음으로 교묘히 대치한 이야기들이 상당수 있다.

다섯째,『태평한화골계전』에 실린 이야기는 우스갯소리이기는 하지만 그래도 일정한 품위를 유지하려는 자세를 견지하고 있다.

그래서 민간의 소화(笑話)에서 많은 비중을 차지하는 과장담(誇張譚), 모방담(模倣譚), 사기담(詐欺譚) 등은 드물며, 어희담(語戲譚), 지략담(智略戲), 치우담(痴愚譚) 등이 상대적으로 높은 비중을 차지하고 기원담(起源譚)도 상당수 있다. 경쟁담(競爭譚)도 몇 편 있는데 이들은 대개가 글재주를 통한 경쟁담이라는 것이 특징이다.

『태평한화골계전』에 실린 이야기들
이제 『태평한화골계전』에는 어떤 이야기들이 실렸는지 구체적으로 살펴보자.

> 어떤 대장(大將)[3]이 아내를 몹시 두려워했다.
> 어느 날 교외(郊外)에다 붉은 깃발과 푸른 깃발을 세우고 명령하여
> 말하기를,
> "아내를 두려워하는 자들은 붉은 깃발 쪽으로, 아내를 두려워하지
> 않는 자들은 푸른 깃발 쪽으로!"
> 라고 했다.
> 뭇 사람들이 모두 붉은 깃발 쪽이었는데, 오직 한 사람만이 푸른 깃
> 발 쪽이었다. 대장(大將)은 그를 장하게 여겨 말하기를,
> "자네 같은 사람이 진짜 대장부(大丈夫)일세. 온 세상 사람들이 온통
> 아내를 두려워하네. 내가 대장이 되어, 백만 명의 무리를 거느리고

---

3) 대장(大將)은 단위 부대의 지휘관을 통칭하는 말이다. 조선 문종 때의 진법체제(陣法體制)에 의하면 대장은 오위(五衛), 이십오부(二十五部), 일백통(一百統)을 지휘하게 되어 있었다. 실제로 지휘하는 인원은 편제에 따라 2,500명일 수도 있고 12,500명일 수도 있었다.

적을 맞아 죽기 살기로 싸울 때에, 화살과 돌이 비 같아도 담력과 용기가 백배하여 일찍이 조금도 꺾인 적이 없네. 그러나 안방에 이르러 이부자리 위에서는 은애(恩愛)가 의(義)를 가리지 못해서, 부인에게 제압을 당한다네. 자네는 어떻게 닦았길래 이에 이르게 되었는가?"

그 사람이 말하기를,

"아내가 항상 경계해서 이르기를, '사내들이란 세 사람만 모이면 반드시 여색(女色)을 이야기하니, 세 사람이 모인 데는 당신은 삼가서 가지 마세요' 라고 했는데, 이제 붉은 깃발 아래를 보니 모인 사람들이 매우 많았습니다. 그래서 가지 않았습니다."

라고 했다.

대장(大將)이 기뻐하며 말하기를,

"아내를 두려워하는 것이 이 늙은이뿐만은 아니로구나."

라고 했다.

이 이야기는 『태평한화골계전』에 실린 이야기 가운데 하나다. 아내의 명령 때문에 남자들이 많이 모인 데는 갈 수가 없어서 홀로 푸른색 깃발 밑에 가서 서야만 했던 그 병사의 난감을 표정을 상상해 보자. 또 이 이야기를 주고받으면서 박장대소하였을 당대 사대부들의 사랑방 풍경을 상상해 보자. 그들 사이에 이 이야기가 유통될 수 있었던 것은 그들이 어떤 의미에서건 이 이야기에 공감했기 때문이라고 보아야 할 것이다. 겉으로 보기에는 근엄하기 이를 데 없었을 것 같은 당대의 사대부들도 실상은 오늘날의 평범한 남편들이나 별반 다름없는 삶을 살았다는 것을 우리는 이 이야기를 통해서 확인

할 수 있다. 그 병사의 대답을 듣고 안도했던 대장처럼 당대의 사대
부들도 이 이야기 속에서 자기 위안을 찾았을 법도 하다. 그리고 오
늘을 사는 우리도 이 이야기를 통해 우리의 삶이 나약한 것이 아니
며, 그렇게 호기로왔을 것 같은 우리 조상들의 삶도 실제로는 우리
와 크게 다르지 않았다는 것을 확인하는 기쁨이 있다.

공기(孔頎)[4] 선생은 술을 좋아했는데, 머리는 벗어져도 수염은 길었
다. 손님 가운데 우스갯소리를 잘하는 사람이 있어 말하기를,
"같은 몸인데, 왜 턱에는 털이 나고 머리에는 털이 안 나는 거요?"
라고 했다. 공(孔)이 말하기를,
"그것은 술의 화(禍) 때문이요."
라고 했다. 이에 손님이 말하기를,
"술이 어째서 능히 머리에는 화가 되면서 턱에는 화가 되지 않습니
까?"
라고 하자, 공이 웃으면서 말하기를,
"그대는 술 취한 사람이 아파하는 소리를 들어보지 못했소? 항상 머
리가 아프다고 하지 턱이 아프다고 하지는 않소. 아픈 것이 화를 받
고, 아프지 않은 것은 화를 받지 않는 것이 어찌 아니겠소? 이것이
내가 턱에는 털이 나고 머리에는 털이 나지 않게 된 까닭이외다."

---

4) 『신증동국여지승람(新增東國輿地勝覽)』(제9권)의 수원도호부 조(條)에 의하면, 공기(孔頎)
라는 인물은 성균사성을 지냈고, 수원 사람인 것으로 되어 있다. 또한 성현(成俔)의 『용재총
화(慵齋叢話)』에는 조선시대에 경학(經學)과 글을 잘했던 사람 가운데 한 사람으로 언급되
어 있다.

「선조조기영회도(宣祖朝耆英會圖)」.
조선시대 선비들의 주연(酒宴) 광경을 묘사한 그림(서울대학교 박물관 소장).

라고 했다. 손님은 자신도 모르게 피식 웃고 말았다.

주인공인 공기(孔頎)라는 사람은 당대에 우스갯소리를 잘하기로
꽤 유명했던 모양이다. 이 이야기 외에도『태평한화골계전』에는 그
에 관한 몇 개의 이야기가 더 실려 있다. 이야기는 대머리이면서도
수염은 길고 술을 좋아하는 주인공과 손님의 대화를 중심으로 하고
있다. 수염은 있으면서 왜 머리털은 없느냐고 손님이 놀리자 그는
술을 좋아하기 때문이라고 태연하게 대답한다. 대머리인 사람에게
왜 대머리냐고, 그것도 수염은 있는데 왜 대머리냐고 놀린다면 화

가 날 법도 한데, 주인공은 태연자약하게 엉뚱한 대답을 하고 있는 것이다. 도무지 무슨 말인지 알아들을 수 없었던 손님이 무슨 말이냐고 되묻자, 그는 술을 마시면 머리가 아프지 턱이 아프지는 않은데, 그 머리 아픈 것의 화(禍) 때문에 대머리가 된 것 아니겠느냐고 해서 웃고 말았다는 것이다.

> 판서(判書)인 허성(許誠)은 본래 고집이 세었다. 정차공(鄭次恭)이 좌랑(佐郎)이 되어 뵈었더니, 허(許)가 맞으면서 일러 말하기를,
> "자네 이름이 정차궁(鄭次窮)이지?"
> 라고 했다. 정(鄭)이 얼굴빛을 고치고 말하기를,
> "차공(次恭)입니다."
> 라고 하자 허(許)가 말하기를,
> "차공(次恭)이 아니라 차궁(次窮)이잖아?"
> 라고 했다. 들은 사람이 웃으며 말하기를,
> "차공의 이름을 아는 데에 누가 차공만한 사람이 있다고 감히 이다지 고집을 부린단 말인가?"
> 라고 했다.

고집이 센 어느 고위관리에 대한 이야기다. 그가 얼마나 고집이 세었는가 하는 것을 이 짧은 이야기는 여실히 보여준다. '정차공'이라는 사람이 좌랑으로 왔는데, 판서 허성은 그의 이름이 '정차궁'인 것으로 알고 있었다. 발음이 비슷해서 오해가 있을 법도 한 상황이라고 하겠다. 그러나 일차 확인과정에서 본인이 자신의 이름이 '정

차궁'이 아니라 '정차공'이라고 했으면 당연히 "아 미안하네. 내가 잘못 알고 있었네. 나는 지금까지 자네의 이름이 정차궁인 줄로 알고 있었네"라고 하면 될 것을, 그는 고집을 부려서 당사자에게 "자네 이름은 자네가 말하는 것처럼 정차공이 아니라, 내가 알고 있는 정차궁이 맞네"라고 하는 형국이다. 어쨌든 본인보다 자기 이름을 더 잘 아는 사람이 있겠는가? 이렇게 우기는 것이야말로 고집불통이 이만저만이 아니라고 하겠다.

되살려야 할 생활 속의 건강한 웃음

오늘날 우리는 생활 속의 건강한 웃음을 점차 잃어가고 있는 것은 아닌지 의구심이 드는 때가 많다. 만약 그렇다면 그것은 커다란 비극이 아닐 수 없다. 건강한 생활 속의 웃음을 상실하는 것은 단순히 우리 세대만의 비극이 아니라 민족의 문화사 전체로 보더라도 크나큰 비극이자 손실이라고 하지 않을 수 없을 것이다. 『태평한화골계전』은 우리가 생활 속의 건강한 웃음이라는 의미있는 전통을 추구하고 그것을 실천해 왔음을 잘 보여주고 있다. 그리고 『태평한화골계전』에 실린 이야기들은 특정 시대에 특정 집단이 즐겼던 특별한 이야기들이 아니다. 그것들은 시대감각에 맞게 약간만 윤색하면 오늘날에도 그대로 통용될 수 있는 이야기이고 모든 사람들이 함께 즐길 수 있는 이야기이기도 하다. "나는 개그 콘서트의 대본을 쓰는 작가가 되어 보고 싶다"고 생각하는 학생이 있다면 『태평한화골계전』은 더 이상 없는 좋은 지침서가 될 것이다. 그 정도는 아니라 하더라도 생활 속에서 건강한 웃음을 즐기고 싶은 욕구를 가진 평범한 사람들에게도 이 책은 커다란 즐거움과 위안이 될 것이다.

더 생각해볼 문제들

1. 서거정이 조선 전기를 대표하는 관료적 문인이었음에도 불구하고 『태평한
   화골계전』 같은 설화문학서를 편찬한 이유에 대해서는 생각해 볼 필요가 있
   다. 이 문제는 문학이 가지는 두 가지의 큰 기능, 곧 교훈적 기능과 쾌락적
   기능이라는 것과 관계가 있다고 할 것이다. 어느 한 쪽의 기능만을 지나치게
   강조하는 것은 결코 바람직한 문학이 될 수 없다는 것을 서거정의 사례가 보
   여준다고 할 수도 있다.

2. 앞에서 예를 든 3개의 이야기들이 오늘날에도 공감될 수 있는 이유가 무엇
   인지 생각해 볼 필요가 있다. 『태평한화골계전』에 실린 이야기들은 단순한
   말장난이 아니다. 이 이야기들을 자세히 검토해 보면 거기에는 시대를 뛰어
   넘는 인간의 본질적 가치와 삶의 진실된 모습이 담겨져 있음을 발견할 수
   있다.

3. 『태평한화골계전』에 실린 이야기들을 오늘날 되살려서 활용할 방법을 모색
   해 보자. 고전은 단순히 옛 것이 아니라, 거기에는 시간과 공간을 뛰어넘는
   삶의 진실과 지혜가 담겨 있다. 옛 것을 되살려서 오늘 우리의 삶의 거울로
   삼을 수 있을 때 고전은 진정한 고전일 수 있을 것이다.

추천할 만한 텍스트

『대교·역주 태평한화골계전(太平閑話滑稽傳)』(1-2권), 서거정 지음, 박경신 대교·역주, 국학자료원, 1998.
『역주 태평한화골계전(太平閑話滑稽傳)』, 서거정 지음, 이내종 역주, 태학사, 1998.

박경신(朴敬伸)

울산대학교 국어국문학과 교수.
서울대학교 국어국문학과를 졸업하고 동 대학원에서 석사 및 박사 학위를 받았다. 박사 학위 논문은 「무가(巫歌)의 작시원리(作詩原理)에 대한 현장론적(現場論的) 연구(硏究)」다.
저서로 『안성무가(安城巫歌)』(공저), 『역주(譯註) 병자일기(丙子日記)』(공저), 『동해안(東海岸) 별신굿 무가(巫歌)』(1-5권), 『한국(韓國)의 별신굿 무가(巫歌)』(1-12권), 『고등학교 문학』(공저), 『서사무가(敍事巫歌) 1)』(공저), 『대교·역주 태평한화골계전(太平閑話滑稽傳)』(1-2권), 『서거정(徐居正) 문학(文學)의 종합적 검토』(공저), 『한국 구비문학의 이해』(공저), 『동해안 별신굿』(공저), 『한수(韓脩)와 그의 한시(漢詩)』(공저) 등이 있고 「무속제의(巫俗祭儀)의 측면에서 본 변강쇠가」 등 30여 편의 논문이 있다.

황진이는 이사종을 이끌고 자기 집으로 와서 며칠을 머물게 하고는 말했다.

"마땅히 그대와 함께 6년을 살아야 하겠습니다."

이튿날 3년 동안 살림살이할 재물을 이사종의 집으로 모두 옮기고는
위로 부모를 섬기고 아래로 처자식을 기르는 비용을 모두 자기 집에서 마련하였다.

진이는 직접 비구(臂韝) ― 일하기에 편리하게 소매를 걷어 올리는 가죽띠 ― 를
착용하고는 첩의 예를 다하면서 이사종의 집에서는 조금도 돕지 못하도록 하였다.

3년이 지나자, 이사종이 진이 일가를 먹여 살리기를 진이가 이사종을
먹인 것과 똑같이 하여 갚아 또 3년이 되었다. 진이는 이렇게 작별을 하고 떠나갔다.

"업(業)이 이미 이루어졌으며 약속한 기일이 다 되었습니다."

―『어우야담(於于野談)』 중에서

유몽인 (1559~1623)

조선 시대 중기의 문장가로서 자는 응문(應文), 호는 어우(於于)·간암(艮庵)·묵호자(黙好子) 등이 있다. 1589년
(선조 22) 문과에 급제하여, 대사간·이조참판 등을 역임하였다. 광해군 후반 인목대비(仁穆大妃) ― 선조의 계비
로 영창대군(永昌大君)의 어머니이다. 대북파의 핍박을 받아 1618년 폐위되어 서궁(西宮)에 유폐되었다가 인조반정 이
후 복호(復號)되었다 ― 폐위론(廢位論)을 계기로 물러나 있다가, 말년에는 금강산에 들어가 은둔하였다. 인조반
정 때 역적으로 몰려 아들 약(瀹)과 함께 처형당했으며, 1794년(정조 18) 신원되었다. 시호는 의정(義貞)이다.
그의 문장은 제제와 구상이 독창적이며, 의견이 참신한 것으로 평가받고 있다. 문집으로「어우집」이 있으며, 야담
집「어우야담」은 수필문학의 백미로 손꼽힌다.

04

시정세태와 인간군상에 대한 방대한 서사정신

유몽인(柳夢寅)의 『어우야담(於于野談)』

신익철 | 한국학중앙연구원 교수

설화문학의 백미, 「어우야담」

> 말이란 성정에서 나옴에 사악함과 올바름이 분별되는 것이다. 어찌
> 차마 네모난 마음을 지니고서 말을 둥글게 하여 스스로 속일 수 있
> 겠는가? 그러므로 문장을 지을 때면 붓을 마음껏 휘둘러 두려워하
> 거나 거리끼는 바가 없었다.

금강산에 은거하여 생을 마치고자 했던 유몽인(柳夢寅)이 유점
사의 영운(靈運)이란 스님에게 준 글의 한 대목이다. 이 말대로 유

조선시대 후기 이인문(李寅文)이 그린 「단발령망금강도(斷髮嶺望金剛圖)」.

몽인은 차마 '네모난 마음을 지니고서 말을 둥글게 하지' 못하였기에 비극적인 죽음을 맞이한다.[1] 글을 지을 때면 마음속에 품고 있는 바를 직서(直敍)할 수밖에 없었기에 그는 세상과 불화하는 일이 많았다.

---

[1] 유몽인은 인조반정(仁祖反正) 직후 광해군을 복위시키려 한다는 무고를 받아 처형당한다. 당시 65세의 유몽인은 새 정권에 참여할 수 없는 자신의 처지를 늙은 과부에 비유하여 국청(鞠廳)에서 [늙은 과부의 노래(孀婦詞)]를 읊었으며 이 시를 가지고 죄를 준다면 달게 받겠다고 하였다. 시의 내용은 다음과 같다.

"칠십 먹은 노과부/ 단정히 거처하며 빈방을 지키고 있다/여사(女史)의 시를 익히 외웠고/임사(姙姒)의 가르침도 자못 알고 있다네/이웃 사람은 개가하길 권하며/잘생긴 얼굴 무궁화꽃 같다 하나/하얗게 센 머리에 화장을 한다면/어찌 연지 분가루가 부끄럽지 않으리?"

유몽인은 방달(放達)한 기질의 문인이다. 사대부 사회에서 용납받기 힘든 분방한 기질이나 세상과의 불화를 그는 민중의 세계에 투사함으로써 해소하였다. 그의 문학적 성과 중 최고봉이라 할 『어우야담(於于野談)』은 이러한 의식의 소산이다. 곧 민간의 구비문학이 지닌 진실성과 발랄한 미의식을 깊이 있게 수용하여 당대의 시대상을 폭넓게 구현하였던 바, 그 저변에는 민중의식과의 깊은 교감이 관류하고 있는 것이다.

『어우야담』에는 수많은 사건들이 다양한 서사적 화폭 속에 담겨져 있다. 시화와 고증 및 잡록류의 기록들 그리고 인물의 일화 및 사건담과 함께 귀신에 관한 이야기도 다수 수록되어 있다. 이러한 다양성은 기본적으로 『어우야담』이 필기(筆記) 문학의 전통을 이어받았으면서 다수의 패설(稗說)적 이야기가 뒤섞여있는 데서 연유하는 것이다.[2] 전통적으로 필기 문학에서 민간의 이야기를 취한 이유는 대개 흥미로운 읽을거리가 주된 동기였다. 그런데 그 속에 작자의 진지한 창작 정신이 개입할 때에는 주목할 만한 변모가 일어

---

2) '필기'는 문인 학자들이 견문한 바를 자유롭게 서술하는 서사 갈래의 하나로 오늘날의 수필과 흡사한 양식이다. 그렇지만 문사철(文史哲)의 종합적 교양을 갖춘 조선시대 지식인에게 있어 그 범주는 오늘날의 수필보다 훨씬 광범위한 것이었다. 예컨대 필기 문학 중에서 시화나 고증 및 잡록류의 기록은 한시의 창작과 비평에 관한 것이나 역사 전고 등에 대한 잡다한 고증을 그 내용으로 하는바, 이는 오늘날에는 학술적 비평의 범주에서 다루어지는 것이라 하겠다. 한편, 패설은 민간에 유전되는 이야기로 민중의 생활과 미의식을 반영한 것이다. 「어우야담」에는 사대부중심의 필기와 민간의 패설이 공존함으로써 다양한 성격의 이야기가 함께 수록되어 있다.

유몽인이 저술한 『어우야담(於于野談)』의 표지와 내용.

나게 된다.

　유몽인은 민간에 전해지는 이야기를 수용함에 있어서 한낱 파적거리 대상에 머물지 않고 현실의 세태를 비판하고 풍자하는 문학적 지향을 담았다. 우리는 『어우야담』을 읽으면서 수많은 인간 군상들의 희로애락과 시정세태를 생생하게 접하면서 그 시대와 사람살이의 의미에 대해서 새삼스럽게 되돌아보게 된다. 아울러 중요한 것은 『어우야담』의 이야기가 대부분 매우 재미있게 읽힌다는 점이다. 이는 이야기 작가로서 유몽인의 탁월한 능력에 기인한다. 현실 세태에 대한 비판과 풍자가 이야기의 재미와 잘 어우러져 구현되고 있기에 그 문학적 감염력 또한 배가되고 있는 것이다.

　『어우야담』은 현전하는 이본의 수가 30여종을 상회하는데, 이는

야담집으로는 타의 추종을 불허하는 많은 종류로 광범위한 독자층이 존재했음을 말해준다. 국문학 연구의 초창기에 김태준이 '설화문학의 백미'라고 지칭한 것은 『어우야담』이 지닌 이러한 문학적 성취를 간파한 평가로 여겨진다.

백묘(白描)의 서술 수법과 전형적 인물 형상

백묘(白描)란 원래 동양화에서 소묘법의 하나로 먹의 농담이 없이 진한 선만으로 대상을 그려내는 수법을 말한다. 이것이 문학에 있어서는 대상을 미문(美文)으로 윤색하지 않고 스케치하듯 골격을 제시하는 수법을 의미한다. 백묘의 수법은 인물화를 그릴 때에 주로 사용되는데, 문장에서는 몇 마디 말이나 간단한 행동의 묘사를 가지고 그 인물의 전형적 면모를 표현하는 방식이다. 필기문학의 고전이라 할 유의경(劉義慶)[3]이 지은 『세설신어(世說新語)』의 인물 형상은 대개 이 수법으로 그려진 것이다. 『어우야담』에 등장하는 인물의 일화 역시 이러한 방법으로 인물의 형상을 그려낸 것이 두드러지게 나타난다.

> 어떤 사람이 다리 하나가 짧았는데, 손님이 그것에 대해 이야기를 꺼내자 상진이 말하였다.
> "손님께서는 어째서 남의 단점을 말하시오? 의당 다리 하나가 길다

---

3) 중국 남조 송나라의 문학가로 그가 지은 『세설신어』는 당대 지식인과 귀족 계급의 생활상을 간결한 표현으로 생생하게 그려낸 명작으로서 오늘날에도 널리 읽혀지고 있다.

고 말해야 할 것이오"

당시 사람들이 명언(名言)이라고 칭찬하였다.

상진의 말 한마디를 소개함으로써 그 인물의 도량이 넓음을 단적으로 그려내고 있다. 상진의 말 한마디는 작자가 이런저런 묘사로 중언부언하는 것보다 훨씬 효과가 클 수 있는 것이다.

경우에 따라서 한마디의 말은 서술의 방향을 비틀어 대상 인물의 복잡한 내면 심리를 드러내주기도 한다. 노수신의 독서 습관을 기술한 일화를 살펴보자. 이 이야기는 ① 노수신은 진도에서 19년간 귀양살이하였다. ② 겨울이면 굴실(窟室)에서 수많은 책을 읽었다. ③ 승상이 되어서도 책읽기를 그치지 않아, 매일 밤 술 한 병을 마시면서 책을 읽었다. 작자는 이러한 이야기를 차례로 서술하고 나서, 노수신이 젊어서는 강직하였는데 귀양살이에서 돌아온 후에는 강직함이 없어졌다고 하였다. 그리고 결말에 다음과 같은 최영경의 말을 인용하면서 이야기를 끝맺고 있다.

"노재상의 침은 의당 종기를 치료하는 데 써야 할 것이다."
종기를 치료하는 데는 말하기 전에 고인 침을 사용하면 잘 낫기 때문이다.

대부분의 독자들은 언뜻 "이 말이 앞에서 말한 노수신의 독서 습관과 무슨 관련이 있는가?" 하는 의문을 떠올리게 될 것이다. 작자가 이 말을 인용하여 이야기를 끝맺은 의도를 쉽사리 알아차릴 수 없기 때문이다. 그런데 생각해보면 19년간의 오랜 귀양살이는 인생에 대한 태도를 바꿀 수도 있는 긴 세월이고, 노수신의 독서 취미는 그의 기구한 인생 역정에서 형성된 습관이다. 19년에 걸친 오랜 귀양살이의 체험은 젊은 시절 강직한 성품을 지녔던 노수신으로 하여금 매사에 신중하고 근신하는 처세의 태도를 만들었을 것이다. 작자는 노수신이 평생 홀로 독서하기를 즐긴 것과 귀양살이의 체험 사이에 모종의 연관관계가 있음을 암시하기 위해 최영경의 말을 인용하여 이야기를 끝맺은 것이다. 이처럼 문면에 드러나지 않은 '이면의 말하기' 또한 백묘의 수법이 지닌 미학적 효과의 하나이다.

백묘의 수법으로 인물을 전형적으로 형상화한 대표적인 예는 황진이에 관한 이야기에서 찾아볼 수 있다.

① 황진이는 화담 서경덕이 고상하고 학문이 깊은 선비라는 말을 듣고는 그를 시험하고자 하여 제자가 되어 유혹한다. 화담은 끝내 흔들리지 않는다.
② 금강산을 재상가의 아들 이생(李生)과 함께 유람한다. 하인을 따르지 못하도록 하고 산행의 옷차림을 하고서 일 년간 유람하는데, 양식이 떨어지자 자신의 몸을 팔아 유람을 계속하였다.
③ 선전관 이사종(李士宗)에게 제의해 6년간 계약결혼을 한다. 3년씩 생활비를 서로 부담하였으며, 황진이는 첩부(妾婦)의 예를 다하였다.
④ 송도 큰길가에 황진이 묘가 있는데, 임제가 평안도사로 부임하다가 문제(文祭)를 지어 조정의 비방을 입었다.

위의 일화들은 하나같이 일상의 규율을 넘어서는 파격적인 내용을 담고 있다. 그런데 이들 일화 사이의 연관 관계를 암시하거나, 황진이의 파탈(擺脫)적 행위에 대한 작자의 부연 설명은 전혀 찾아볼 수가 없다. 철저한 백묘의 서술법이라 하겠는데, 이러한 서술법으로 인해 황진이의 인물 형상은 신비스러울 만큼 강렬한 개성적 색채를 지니게 되는 것이다. 아울러 이야기의 흥미성을 극적으로 고조시키고 있는 점 또한 간과할 수 없다.

흥미로운 점은 이러한 서술법은 중세 예교의 속박을 남김없이 벗어던진 듯한 황진이의 파탈적 행동에 대한 평가, 곧 작품의 주제를 고스란히 독자의 몫으로 떠넘기고 있다는 것이다. 작자가 전혀 개입하지 않고 사건만을 제시하고 있기 때문이다. 그러면서 단순히 기생 신분으로서의 갈등과 고뇌를 넘어 한사람의 여성으로서 가부장적 질서에 저항하는 인물 형상을 부각시킨다는 점에서 각각의 일화들은 연관되고 있다. 황진이 일화는 여러 야담집에 보이지만, 대부분 미모와 재주가 뛰어난 '특이한 기녀'의 형상으로 그려지고 있다. 이처럼 황진이가 '중세 예교의 속박에 저항하는 문제적 인물'로 그려진 것은『어우야담』이 유일하다. 작자의 이러한 서술 시각에는 기생이면서 여성이라는, 신분과 성적으로 이중의 속박에 매어있던 황진이라는 인물에 대한 깊은 이해와 공감이 전제되어 있는 것이다.

상대주의적 사고와 명분과 실상의 괴리에 대한 풍자

『어우야담』에는 인물이나 대상을 특정한 가치로 고정시키고 정형화하는 것을 거부하는 상대주의적 사고가 두드러지게 나타난다. 상층과 하층의 신분 문제, 중국과 우리나라의 문화적 독자성, 음식과 풍속 등의 차이 등에 있어서 유몽인은 어느 한편을 절대화하는 것을 거부하고, 상대적 독자성을 인정하고 있다.

이처럼 유연한 상대주의적 시각으로 유몽인은 중세 사회의 대표적 가치 덕목인 충(忠)·효(孝)·열(烈)의 문제에 있어서도 명분과 어긋나는 실상에 주목하고, 그 괴리에 대해 풍자적으로 서술한 이야기를 다수 남겼다. 천하의 요부가 자신의 음행을 감추기 위해 손가락을 잘라 정려문(旌閭門)을 하사받거나, 삼년동안 소식(素食)하다가 죽음에 이르러 오히려 불효가 된 사례를 언급하면서 삼년상의 문제점을 지적하거나, 고려의 대표적 충신인 정몽주의 충절에 대해서 의문을 제기하는 것 등이 그 예이다.

명분과 실상의 괴리를 풍자하는 민간의 설화에도 유몽인은 관심을 기울였다. 중국 사신이 우리나라가 동방예의지국이라는 선입견에 사로잡혀 무식한 떡보를 현자로 여기고 공경하는 우스꽝스런 상황을 서술한 「떡보와 사신」, 헛된 명성을 추구하다가 자신의 정체성을 찾아나가는 과정을 그린 「들쥐의 혼인」, 헛된 사람의 꾐에 넘어가 인간에서 소로 변신해 갖은 고난을 겪는 것을 묘사한 「여우고개」 등등이 그것이다. 이중 「여우고개」는 「소가 된 게으름뱅이」로 알려진 설화의 내용을 다소 변개시켰는데, 이는 개인적인 품성보다는 오히려 사회의 세태에 휩쓸려 몸을 망치는 경우가 많음을 말하기 위함이다. 단순한 설화에서 현실 세태를 풍자하기 위한 우언으로 그 성격을 변용시킨 것이다. 「들쥐의 혼인」 역시 사랑하는 딸을 위해 가장 좋은 사윗감을 찾아다니다가 결국 같은 들쥐가 최고임을

깨닫게 된다는 설화인데, 이를 왕실과의 혼인을 통해 세력을 잡고
자 하는 세태를 비판하기 위한 것으로 활용하고 있다.

여기에서는 조선시대 여인의 수절을 강요한 개과금지법(改過禁
止法) 시행에 따른 폐해를 그린 「선비 보쌈」 이야기의 한 대목을 보
도록 하자.

정덕(正德)연간[4] 이전에 한 지방 유생이 과거에 응시하러 서울에 왔
다. 친구를 방문하고는 여사(旅舍)로 돌아가는데 밤은 이미 인정(人
定)이 지났다. 구리개[銅街]에 이르렀을 때 장부 네 사람이 이문(里門)
으로부터 나와서는 유생을 발로 차 땅바닥에 넘어뜨렸다. 그리고는
가죽 자루로 덮어씌워 넣고서 대여섯 번 돌려 묶고는 말하였다.
"네 만약 한 마디라도 하면 쳐 죽일 것이다."
그리고는 짊어지고 달려가는데 어디로 가는 건지 알 수 없었다. 담
장은 높고 웅장하며 행랑이 빙 둘러 있는 곳이었다. 옷을 벗겨 목욕
을 시키고는 새 옷으로 다 갈아입히더니 한 방안으로 들여 넣었다.
그 방은 능화지(菱花紙)로 발라져 있으며 이불과 요 등, 잠자리가 지
극히 화려했다. 조금 지나자 한 젊은 미인이 시비의 부축을 받고 나
왔다. 의복이 곱고 깨끗하였으며 용모가 세련되었는데, 안색은 조금
초췌해 보였다. 그녀와 더불어 동침을 하였다.
…
유생은 정신이 몽롱하여 어느 길로 해서 누구 집으로 들어가 어떤

---

4) 1506년에서 1521년 사이의 시기다.

사람과 잔 것인지 알 수 없었다. 그렇지만 마음속으로는 늘 잊지 못하였다. 이듬해 유생은 다시 과거에 응시하러 서울에 왔다. 매일 밤 인정 때가 되면 구리개에 와서 일부러 서성거려보았지만 끝내 가죽 자루를 다시 만날 수는 없었다. 대개 이 당시 개가를 금지하는 법이 시행된 지 얼마 안 되어서 사족의 집에서 좋지 못한 짓을 한 것이라고 한다.

개과금지법은 개가한 여자의 자손은 문무과 및 생원, 진사 시험에 응시할 수 없도록 한 것이다. 국초부터 수차례의 논란을 거쳐 성종 8년(1477) 조신회의를 거쳐 금법(禁法)으로 확정되어 시행된 이 법은 조선왕조 내내 시행되다가 갑오경장에 이르러서야 폐지되었다. 이 이야기는 여인들의 수절을 강요했던 당시의 세태를 잘 보여주는 작품으로 개과금지라는 명분과 실상의 괴리를 풍자적으로 그려내고 있다.[5]

---

5) 이 이야기는 홍명희의 역사소설『임꺽정』에 그대로 삽화로 차용된바 있으니, 갖바치의 아들 금동이가 보쌈을 당하는 에피소드가 바로 그것이다. 『임꺽정』에는 당시의 세태를 묘사하면서 『어우야담』의 기록들을 적절히 활용하여 생생한 리얼리티를 확보하고 있는 것이 주목된다. 「선비 보쌈」 외에도 연산군 시절에 귀양지에서 도망쳐 백정의 딸과 결혼해 목숨을 부지한 이장곤이나 유인숙의 계집종 갑이가 주인의 원수 정순붕에게 복수하는 이야기 등 여러 이야기를 소설 속에 차용하고 있는 것이다. 최근 TV 드라마나 영화에서 이른바 한류 열풍이 거센데, 역사 기록을 활용한 사극이 그 주요한 장르의 하나로 각광받고 있다. 드라마『대장금』이나『서동요』, 영화『황산벌』, 『스캔들』, 『혈의 누』에서 최근『왕의 남자』를 떠올려 보라. 『어우야담』의 이야기들을 역사적 개연성과 창조적 상상력을 환기시키는 문화콘텐츠로 활용할 가능성 또한 주목할 필요가 있을 것이다.

소외된 계층에 대한 관심과 애정

『어우야담』 중에서 그 비중을 무시할 수 없는 부분은 임진왜란이라
는 대전란 속에서 겪은 체험에 대한 상세한 기록이다. 「홍도」와 「강
남덕의 어머니」는 민간의 무명 인물들이 온갖 고난을 극복하고 가
족과 재회하기까지의 기구한 역정을 기록한 이야기이다. 이들 이야
기 속에는 구체적인 역사 현실의 현장에서 온갖 난관을 극복해 나
가는 민중의 역량이 생동적으로 그려져 있다. 「홍도」의 경우 조위
한(趙緯韓)의 「최척전(崔陟傳)」같은 사실주의계 소설로 형상화되
기도 하였거니와, 미증유의 대전란 속에 처한 민중의 동태와 격변
기 시대상의 일면이 여실히 포착되고 있는 것이다.

　「홍도」와 「강남덕의 어머니」가 전란 속에서의 민중의 고난과 이
의 극복을 다룬 사실적 기록이라면, 「서녀 진복의 일생」이나 「불교
에 몸을 바친 이예순」은 사뭇 다른 유형의 이야기이다. 「서녀 진복
의 일생」은 재상가의 서녀(庶女)로 태어난 진복의 비참한 운명을
그린 것이고, 「불교에 몸을 바친 이예순」은 사대부가의 재능 있는
여성이 불교를 신봉하게 됨으로써 겪게 되는 기구한 인생행로를 다
룬 작품이다. 두 이야기 모두 중세 가부장적 질서 하에서 희생당한
여성의 비극적 형상을 다루고 있는 것이다.

　이밖에 유자광(柳子光)의 일생을 기술한 이야기는 여타 야담집
에서 그가 대개 사악한 인물의 전형적 형상으로 그려지고 있는 데
에 비해, 여기에서는 서얼 출신으로서의 울분과 지모에 뛰어난 인
물로 묘사하고 있어서 주목된다. 아울러 당대의 재승(才僧)인 동윤
(洞允)의 일화에서는 조선조 승려들이 겪어야 했던 천대를 그려내

「보석사감로탱화(寶石寺甘露幀畵)」 부분도. 귀신을 묘사한 조선시대 그림(국립중앙박물관 소장).

고 있다. 이러한 이야기에는 사회적으로 소외된 계층에 대한 유몽인의 관심과 애정이 밑바닥에 흐르고 있다.

『어우야담』에는 귀신담이 많은 편인데, 이 또한 소외된 이들에 대한 작자의 관심을 반영한 것으로 이해할 수 있다. 『어우야담』에 등장하는 귀신은 전란이나 역질, 기근 등의 이유로 원통하게 죽은 모습이 대다수를 차지한다. 그것은 기본적으로 임진왜란이라는 미증유의 전란 속에서 겪어야 했던 참혹한 민중의 삶을 우의하는 것으로 파악할 수 있다.

북교(北郊)에서 제사를 받아먹을 수 없는 귀신의 정상에 대해 이야기한 것을 보도록 하자.

① 북교에서는 제사를 받아 먹을 수 없는 귀신에게 제사를 지낸다. 수화(水火)와 기근, 병화로 죽은 사람들은 모두 제향하였는데 아이를 낳다가 죽은 자는 제향하지 않았다.

② 전에 한성부윤(漢城府尹)이 북교에 제사 지내고 돌아오다 성문이 잠겨 있어 성 아래에서 잠이 들었다. 한 여자가 피를 흘리며 나타나 국법에 아이를 낳다가 죽은 자만 제향하지 않아 이를 호소하러 왔다고 하였다. 잠에서 깨어난 한성부윤이 임금에게 계를 올려 산사녀(産死女)에게도 제사를 지내게 되었다.

③ 정선군수 정원경(鄭元慶)이 판관으로 북교 제사에 참여하고 야막(野幕)에서 자는데 꿈에 귀화(鬼火)가 산을 뒤덮었고 아우성 소리가 가득하였다.

④ 우리나라에 무주지혼(無主之魂)이 수억인데 제수는 밥그릇 열 개와 술 열병에 불과하다. 저승에서도 굶주리는 자가 매우 많을 것이니 슬픈 일이다.

⑤ 내거 전에 산사에 있을 때 우란법회 지내는 것을 보았는데, 허공에다가 무언가를 쓰기에 그 이유를 물었다. 대답하기를 이렇게 하면 한 그릇이 백 그릇, 백 그릇이 천 그릇, 천 그릇이 만 그릇이 된다는 것이다. 아, 북교의 제사에 누가 이렇게 쓸 수 있으리오?

이 글에서 귀신의 존재는 결국 민생의 질고와 원통함을 우의하는 것에 다름 아님을 알 수 있다. '제수가 턱없이 모자라니 저승에서도 굶주리는 자가 많을 것'이라는 말에서 이승에서 굶주려 죽은 이들이 저승에서도 굶주림에 시달릴 것을 애달파하는 작자의 마음을 읽을 수 있다. 결말에서 우란법회에서의 의식을 떠올린 것 또한 이러한 측은지심의 발로이리라. 이밖에 처녀 귀신을 만나 동침하였는데, 날이 밝아 보니 시체여서 거두어 장사 지내주었다는 이야기가 여러 차례 보인다. 이들 이야기 역시 전란이나 역질을 만나 장사조차 치르지 못하고 죽어 가는 시체가 쌓이는 참혹한 현실을 '처녀 귀신과의 동침'이라는 전기적 틀 속에 담은 것은 것으로 이해된다.

더 생각해볼 문제들

1. 『어우야담』은 '야담'이란 명칭이 붙은 최초의 저작으로 알려져 있다. 야담은 대개 민간의 하찮은 이야기로서 당시 사대부 문인들의 문학 관념에서는 저속한 것으로 치부되어 멀리 하는 풍조가 일반적이었다. 이러한 풍조 속에서 유몽인 같은 당대 최고의 문장가가 『어우야담』을 창작한 동기는 무엇이라고 생각하는가?

2. 『어우야담』에서 다루고 있는 제재는 실로 광대무변해 보인다. 천문·경제·사회·문화의 제반 영역까지 저자는 다양한 제재의 글을 남기고 있는 것이다. 중세의 사대부 문인들은 문사철(文史哲)의 교양을 종합적으로 겸비한 바탕 위에서 문필 활동을 하였다. 오늘날 문학의 기능이 축소되고, 인문정신의 종합적 사고 능력이 날로 실종되는 마당에서 이러한 중세 문인들의 글쓰기 방식에서 배울 점은 없는 것인지? 인문학의 위기가 심심치 않게 거론되는 오늘날의 상황을 염두에 두며 『어우야담』의 글쓰기 방식에서 계승할 점이 있다면 어디에서 찾을 수 있을까?

3. 유몽인과 동시대에 활동한 문인 성여학(成汝學)은 『어우야담』의 발문에서 다음과 같이 말한 바 있다.

묵호공(默好公) — 유몽인의 일호(一號) — 은 문단의 노장으로 절세의
문장인데 『어우야담』 몇 권을 지었다. 그 중에는 놀랍고 기이한 것
이 한둘이 아니고 편언척자(片言隻字)라도 세교(世敎)에 관계되지 않
음이 없고, 붓끝으로 사람을 고무시키는 절묘함은 곧바로 칠원노선
(漆園老仙) — 장자를 가리킴 — 과 함께 구만리 상공으로 날아올라
나란히 달려 진실로 웅위하고 범상함이 없다.

위의 평은 『어우야담』의 특징으로 세상의 교화에 보탬이 된다는 것과 『장
자』의 문장처럼 절묘하게 사람을 고무시키는 힘이 있음을 지적한 것이다.
유몽인이 가장 즐겨 쓴 '어우(於于)'란 호는 의미 없는 허사로 이루어져 독
특한 느낌을 준다. 이는 『장자』의 '천지(天地)'편에 나오는 말로서 "자랑하
여 떠벌리며 자신을 내세우는 모습"을 지칭하는 말이다. 유몽인의 사유방식
이나 문학세계에 있어서도 『장자』의 영향이 두드러지게 보이는 바, 『어우야
담』의 어떤 글에서 장자적 표현을 찾을 수 있을지 생각해보자.

추천할 만한 텍스트

『어우야담』, 유몽인 지음, 시귀선·이월영 옮김, 한국문화사, 1996.

『역주 어우야담』, 유몽인 지음, 박명희 외 옮김, 전통문화연구회, 2001.

『교감역주 정본 어우야담』, 유몽인 지음, 신익철 외 옮김, 돌베개, 2006.(출간 예정)

신익철(申翼澈)

한국학중앙연구원 교수.

성균관대학교 국어국문학과를 졸업하고, 태동고전연구소에서 한학을 수학하였으며, 성균관대학교 대학원에서 석사 및 박사 학위를 취득했다.

저서로 『유몽인 문학 연구』가 있고, 역서로는 『나 홀로 가는 길』·『역주 이옥전집』(공역) 등이 있으며, 「이봉환(李鳳煥)의 초림체(椒林體)와 낙화시(落花詩)에 대하여」·「근대문학 형성기 변영만(卞榮晩)의 사상적 지향과 문학세계」 등 다수의 논문이 있다. 고전을 대중들에게 친숙하게 번역하는 데에도 관심을 가지고 활동하고 있다.

III 여행기와 세계로 향한 눈

고향에서는 등불의 주인을 잃고

객지에서는 보배나무가 꺾였구나.

신령스런 영혼은 어디로 갔는가?

옥 같은 용모는 이미 재가 되었네.

생각하면 슬픈 마음 간절하여라.

그대 소원 못 이룸이 못내 섧다오.

고향으로 가는 길을 그 누가 알랴.

돌아가는 흰 구름만 부질없이 바라보네.

— 『왕오천축국전(往五天竺國傳)』의 「신두고라국(新頭故羅國)」에서

혜초 (704~787)

신라의 고승으로 신라 성덕왕 때인 723년에 당나라 광주(廣州)에 가서 인도의 승려 금강지(金剛智)의 제자가 된 뒤, 그의 권유로 인도 동해안에 도착, 불교 성적(聖跡)을 순례하고 파미르고원을 넘어, 727년경 당나라 안서도호부(安西都護府)가 있는 쿠차에 이르렀다.

733년 당나라 장안(長安) 천복사(薦福寺)에서 금강지와 함께 『대승유가금강성해만주실리천비천발대교왕경』이라는 밀교(密敎) 경전을 연구하였다. 740년부터 이 경전의 한역에 착수, 이듬해 금강지의 죽음으로 중단되었으나 금강지의 법통을 이은 불공(不空)의 6대 제자 가운데 한 사람으로 당나라에서 활약하였다. 그 뒤 780년 불공이 활동했던 오대산 건원보리사(乾元菩提寺)에 들어갔다. 그곳에서 20일 동안 『대승유가금강성해만수실리천비천발대교왕경』의 한역을 시도하였다.

01

우 리 나 라 기 행 문 학 의 효 시 ,
노 정 기 와 서 정 시 의 만 남
혜초(慧超)의
『왕오천축국전(往五天竺國傳)』

심경호 | 고려대학교 한문학과 교수

한국문학사 최초의 문헌작품 『왕오천축국전』

혜초(慧超) — 혜초(惠超)라고도 적는다 — 의『왕오천축국전(往五天竺國傳)』은 완전한 문헌 형태로 남은 가장 오래된 여행기다. 여행을 테마로 하였다는 사실, 시와 문을 함께 엮었다는 사실에 주목할 필요가 있다. 이 위대한 여행기는 신라시대의 문인 최치원(857~?)이 당나라에서 활동한 시기보다 무려 110년 이전에 작성되었다. 곧, 신라에서 당나라로 들어가 밀교(密敎)를 공부한 혜초는 다시 천축국이라고 알려진 인도를 여행하고 이 위대한 기행문학을 낳았다. 권자(卷子) 형태로 된 필사본의 잔권 1권이 현재 프랑스 파리국

187

립도서관에 소장되어 있다.

이 여행기가 존재하기에 한국 문학의 역사는 문헌상 8세기 이전으로 소급된다. 또한 그 속에 삽입된 서정적인 한시들은 한국의 지식인들이 매우 이른 시기에 한자와 한문을 받아들여 자신의 생활감정과 사상을 동아시아 보편문학의 형태로 표출할 수 있었음을 분명하게 증명해준다.

그런데 이 여행기에 대해서 한국학 연구자들이 본격적으로 연구한 것은 최근의 일이다. 이 여행기는 프랑스의 동양학자 펠리오(Paul Pelliot)가 1905년에 중국 간쑤성(甘肅省) 둔황(敦煌)에서 권자 형태로 발견하였을 때, 겉장과 앞부분이 훼손되어 있어서 제명이나 저자명도 적혀 있지 않았다. 하지만 펠리오는 당나라 승려 혜림(慧琳)이 작성한 『일체경음의(一切經音義)』 100권 ─ 이 책의 초고는 817년에 완성되었다 ─ 의 뒤에 『왕오천축국전』 3권의 음의의해(音義義解) 84조를 부기한 것이 있음을 알았으므로, 1908년에 그것을 승려 혜초의 『왕오천축국전』이라고 판정한 논문을 발표하였다. 1915년에 이르러 일본의 다카구스 준지로(高楠順次郎)는 당대 밀교 최성기의 문헌인 원조(圓照)의 『대종조증사공대판정광지삼장화상표제집(代宗朝贈司空大辦正廣智三藏和尚表制集)』[1] 속의 사료를 이용하여 이 여행기의 저자 혜초가 신라 출신이며, 유년기에 당나라

혜초의 『왕오천축국전(往五天竺國傳)』.

로 들어가 남천축 출신으로 밀교의 시조였던 금강지(金剛智)[2]의 제
자로 있으면서 밀교의 진흥에 활약하였다는 사실을 밝혔다.

　『왕오천축국전』의 현존본은 잔본이다. 글자는 6천여 자 남짓이
다. 어떤 학자는 현전본은 절략본이고 장편의 원본이 따로 있다고
주장하였다. 하지만 일본 학자 다카다 도키오(高田時雄)는 현전본
의 한문을 검토한 결과 그 어법이 여러 면에서 한국한문의 특성을
그대로 지니고 있음을 밝혀내고, 현전본이 곧 8세기에 혜초가 필사
한 원본이라고 주장하였다. 펠리오의 9세기 전사본설을 부정한 것

2)　금강지(671~741)의 범어 이름은 봐지라보디(Vajrabodhi), 법명은 삼장(三藏)이다. 용지
　　(龍智) 곧 나가보디 보살로부터 밀교를 전수받아 해로로 중국에 들어와 주로 『금강정경(金
　　剛頂經)』계통의 밀교를 선포하는 데 공적을 세웠다.

이다. 이 현전본에는 결락자가 160여개나 있고, 107개 글자는 이론이 분분하다. 정밀한 주석이 앞으로도 필요한 실정이다.

『왕오천축국전』은 두 가지 점에서 우리에게 질문을 던진다. 첫째, 주 활동 무대가 우리 강역의 테두리 바깥에 있는 작품을 한국문학사 속에서 적극적으로 평가할 수 있는 기준이 무엇인가? 둘째, 우리 연구자들은 한국의 고대 문학을 연구할 수 있을 만큼 텍스트 교감학과 문체비평론 등의 방법론에 관심을 가지고 있는가?

한국문학사 최초의 여행기

『왕오천축국전』의 기록은 노정기의 형태로 되어 있어서 서술이 간단하다. 짧은 글로 40여 개 지역의 견문과 전문을 개괄하였으므로, 내용이 소략할 수밖에 없다. 지명·국명 등이 없는 부분도 있고, 언어·풍습·정치·산물에 대해서도 간단한 기술밖에 없기도 하다. 하지만 현재로서는 8세기의 인도와 중앙아시아에 대한 거의 유일한 기록으로서 세계적으로 주목을 받고 있다.

당시 혜초 이외에도 인도로 구법 여행을 떠난 승려가 적지 않았다. 6세기 무렵 백제의 겸익(謙益)은 배로 인도에 가서 율종(律宗)을 배웠다. 7세기 초 신라승 아리야발마(阿離耶跋摩), 혜업(慧業), 현조(玄照), 현각(玄恪) 등은 당나라를 거쳐 인도로 가서 거기서 세상을 떴다. 또한 1215년에 고려 승려 각훈(覺訓)이 기록한『해동고승전(海東高僧傳)』에는 인도에 간 승려들의 이야기가 많다. 그들도 여행기를 적었는지는 확실하지 않으나, 현재 혜초의 여행기 이외에는 전하지 않는다.

혜초는 신라 성덕왕(聖德王) 때인 704년에 태어났다고 하는데, 어느 지방 출신인지, 어떻게 불교에 귀의하였는지는 알 수 없다. 723년, 20세 때 당나라 광주(廣州)에 도착한 그는 남천축 출신 승려 금강지의 제자가 되었다. 금강지는 그의 제자 불공(不空)[3]과 함께 실론 — 현재의 스리랑카 — 과 수마트라를 거쳐 719년에 중국 광주에 도착해 있었다. 혜초는 금강지의 권유로 723년에 배를 타고 광주에서 인도로 떠났다. 그는 일단 수마트라 섬과 그 서북부의 파로(Breueh)을 거쳐 동천축 — 현재의 캘커타 지방 — 에 상륙하였다. 그 뒤 약 4년 동안 인도와 서역의 여러 지방을 여행하고, 727년 11월 상순에 당시 안서도호부가 있던 구자(龜玆) — 즉, 현재의 중국 신강성 위구르 자치구에 있는 쿠차 — 에 이르렀다.

천축이란 중국에서 인도를 가리키던 이름으로, 산스크리트어인 신도(Shindo), 즉 인더스에서 유래하였다고 한다. 한자로는 '신독(身毒)'이라 적는데, 우리 발음으로는 연독이라 읽는 것이 관례다. 동천축이라고 표기한 캘커타 지방, 중천축이라 한 룸비니 일대, 남천축이라 한 테카탄 고원, 서천축이라 한 봄베이 일대, 북천축이라

---

3) 불공(705~774)은 인도의 바라몬 족의 혈통을 이어, 서역에서 태어났다. 범어로는 아모가 와지라(Amoghavajra)라고 한다. 숙부에게 이끌려 젊어서 장안에 들어가, 금강지의 제자 가 되었다. 금강지가 죽은 뒤, 인도로 가서 수년간에 걸쳐 『금강정경』 계통의 밀교를 배운 다음, 수많은 경전을 가지고 746년에 장안으로 되돌아왔다. 불공은 수많은 밀교 경전을 번역 하고 당나라 조정에 대해 적극적으로 밀교를 선포하여, 밀교가 중국사회에서 비로소 인정받 도록 만들었다. 하지만 당나라 현종이 도교를 더욱 존중하자, 밀교를 더 습득하려고 다시 인 도로 도항하려고 하다가, 병에 걸려 입적하고 말았다.

한 차란타라의 다섯 지방을 오천축이라 하였다. 혜초는 인도의 이 다섯 지방을 실제로 다 돌아보지는 않았으며, 특히 남천축에는 전혀 들어가지 못했다.

현존본 『왕오천축국전』은 폐사리국 ─ 바이샬리(Vaiśālī) ─ 의 풍습에 대한 기록으로 시작한다. 혜초는 인도 동북 해안에 상륙한 뒤 폐사리국 부근을 거쳐, 한 달 만에 중천국의 석가 열반처 쿠시나국 ─ 쿠시나가라(Kuśinagara) ─ 에 이르렀다. 그는 쿠시나국에서 다비장(茶毘場)과 열반사(涅槃寺) 등을 보았고 다시 남쪽으로 향해서, 석가모니가 깨달음을 얻어 삼·칠일(三七日)에 다섯 비구를 제도했다는 녹야원(鹿野苑)에 이르렀다. 거기서 동쪽 라자그리하로 가서 불교 역사상 최초의 사원인 죽림정사(竹林精舍)를 참배하고 『법화경』의 설법지인 영취산(靈鷲山)을 돌아본 다음 석가모니가 깨달음을 얻은 부다가야에 이르렀다. 이어 중천축국의 사대영탑(四大靈塔)과 룸비니를 방문하고 서천축국·북천축국을 거쳐 지금의 파키스탄 남부와 간다라문화 중심지, 카슈미르 지방 등을 답사하였다.

그 뒤 혜초는 이른바 실크로드를 따라 가다가 동·서양 교통의 중심지였던 토화라(吐火羅, Tokhara)에 이르렀다. 그는 토화라의 서쪽에 파사국(波斯國) ─ 페르시아(Persia) ─ 과 대식국(大食國) ─ 사라센(Saracen) ─ 이 있다는 사실을 기록했다. 최근 연구에 따르면 혜초는 실제로 대식국까지 갔다고도 한다. 그 후 파미르고원을 넘어 727년 11월 상순에 쿠차에 이르게 되었다. 『왕오천축국전』에서는 호탄 ─ 우전국(于闐國) ─ 을 언급하였으나, 거리로 볼 때 그곳으로 되돌아갔을 리 없다. 그 다음, 구차에서 동쪽으로 언기국(焉

耆國) — 카라샤르(Kharashar) — 에 이르러 기록은 끝난다.

산문과 시의 직조 방식

『왕오천축국전』은 노정을 한문의 산문으로 적었다. 직접 경유한 곳은 '종(從)-지명', '방향-행(行)', '경(經)-숫자-일(日)〔월月〕', '지(至)-지명'의 형식으로 적었다.

> 우종차도란달라국(又從此闍蘭達羅國), 서행(西行), 경일월(經一月), 지
> 일사탁국(至一社吒國).

(다시 사란달라국에서 서쪽으로 한 달을 가서 탁사국[원문의 사탁국은
탁사국의 오기로 본다]에 이르렀다.)

　그 다음에는 그곳의 자연지리 및 인문지리와 풍습, 불교의 성황
정도를 기록하였다. 서술문은 4언체를 중심으로 정돈하려 하였고,
어구의 중복을 꺼리지 않았다. 요컨대 충분히 정련한 문체가 아니
다. 탁사국(원문의 사타국)의 예를 들면 다음과 같다.

　　언음초별(言音稍別), 대분상사(大分相似). 의(衣)[저(著)]인풍(人風), 토
　　지소출(土地所出), 절기한난(節氣寒暖), 여북천상사(與北天相似), 역족
　　사족승(亦足寺足僧), 대소승구행(大小乘俱行). 왕급수령백성등(王及首
　　領百姓等), 대경신삼보(大敬信三寶).
　　(언어만 조금 다르고, 다른 것은 [사란달라국과] 대체로 비슷하다. 의
　　복과 풍속, 풍토와 소출, 절기와 기후 등이 북천축과 비슷하다. 절도
　　많고 승려도 많으며, 대승과 소승이 함께 행해지고 있다. 왕과 수령 및
　　백성들은 삼보를 크게 경신한다.)

　짧은 글 속에 '상사(相似)'라는 어휘를 중복하였고, "절도 많고
승려도 많다"를 정격 한문과는 거리가 있는 '족사족승(足寺足僧)'
으로 표현하였다.
　『왕오천축국전』에는 다섯 수의 한시가 들어 있는데, 그 형식이
완정할 뿐만 아니라, 그 가운데 3수는 매우 서정적이다. 그 중에서
혜초가 인도에 도착한 뒤 얼마 되지 않아 파라나사국(波羅癩斯國)

에 이르렀을 때, 구도 여행의 바람이 충족된 것을 기뻐하여 지은 시를 살펴보자.

보리수(菩提樹)가 멀다고 걱정 않거늘
어찌 녹야원(鹿野苑)을 멀다 하랴.
다만 험준한 길을 시름할 뿐이요
사나운 바람이야 염려하지 않는다.
여덟 탑을 보기는 진실로 어렵구나
오랜 세월 겪으며 어지러이 타 버렸으니.
어쩌다 그 사람은 원만(圓滿)하였던가
직접 눈으로 오늘에 보겠네.[4]

위에서 '여덟 탑'이라고 한 것은 여래탑·보살탑·연각탑·아라한
탑·아나함탑·사다함탑·수다원탑·전륜성왕탑 등으로 팔종탑(八種
塔)이라고도 한다. 여덟 성인이 입멸한 뒤에 각각 탑을 세웠으므로
이러한 이름을 붙인 것이다. 당시 여덟 탑은 오랜 세월 동안 타 버
리고 없었던 듯하다. 하지만 여덟 탑이 없더라도 녹야원은 이제 곧
가 볼 수 있으리라는 희망에 들떠 있었다. 원만(圓滿)은 신만성불
(信滿成佛)의 뜻이다. 성불한 분들이 사적을 이제라도 목도하게 되

---

4) 이 시의 원문은 다음과 같다.
不慮菩提遠 / 焉將鹿苑遙 / 只愁懸路險 / 非意業風飄 / 八塔誠難見 / 參差經劫燒 / 何其人圓滿
/ 目睹在今朝.

었다는 기쁨을 토로한 것이다.

그 뒤 남천축국에 이르렀을 때 혜초는 객수(客愁)를 느껴서 다음과 같은 시를 지었다.

> 달 밝은 밤에 고향 길 바라보니
> 뜬구름은 너울너울 바람 타고 돌아가네.
> 편지 봉해 그 편에 부치지만
> 바람 급해서 화답이 돌아오지 않네.
> 우리나라는 하늘가 북쪽에 있고
> 이곳 남의 나라는 땅 끝 서쪽.
> 해 아래 남방에는 기러기 없으니,
> 누가 나를 위해 계림으로 전해 주랴.[5]

신두고라국(新頭故羅國)에서 지은 시는 구도의 불안감을 담아내어, 전체 시 가운데 가장 심각한 주제를 담고 있다. 우선 시를 짓게 된 동기에 대해 혜초는 다음과 같이 적었다.

> 산 중에는 절이 또 하나 있는데, 이름은 나게라타나(那揭羅馱娜) ─ 나가라다나(Nagaradhana) ─ 라고 한다. 여기에 중국인 승려 한 분이 있었는데, 이 절에서 입적하였다. 그 절의 대덕이 말하기를, 그

---

5) 月夜瞻鄕路 / 浮雲颯颯歸 / 緘書忝去便 / 風急不聽廻 / 我國天岸北 / 他邦地角西 / 日南無有鴈 / 誰爲向林飛.

승려는 중천축에서 왔으며 삼장(三藏)의 성스러운 가르침을 환히 습
득하고 고향으로 돌아가려고 하다가 갑자기 병이 나서 그만 천화(遷
化)하고 말았다고 하였다. 나는 그 말을 듣고 너무 상심하여, 사운(四
韻)의 시를 적어 그의 죽음을 애도한다. 오언시다.

고향의 등불은 주인을 잃고
객지의 보배나무는 꺾이고 말았구나.
신령스런 그대 영혼은 어디로 갔는가
옥 같은 용모가 재가 되다니.
생각하면 슬픈 마음 간절하거니,
그대 소원 못 이룸이 못내 섧구나.
누가 고향 가는 길을 알리오
돌아가는 흰 구름만 부질없이 바라보네.[6]

고향으로 돌아가지 못한다는 것은 자기의 본질, 존재를 회복하지
못한다는 말이다. 당시(唐詩)의 고향상실 주제와 매우 닮아 있다.
구도의 길을 다 나아갈 수 없을지도 모른다는 불안감도 함께 담아,
고도로 철학적이다.

신라시대의 불교시는 원효(元曉, 617~686)의 『대승기신론소
(大乘起信論疏)』, 의상(義湘, 625~702)의 『화엄일승법계도(華嚴
一乘法界圖)』, 태현(太賢) — 경덕왕 재위기인 742년~765년경에 활

---

6) 故里燈無主 / 他方寶樹摧 / 神靈去何處 / 玉皃〔貌〕已成灰 / 憶想哀情切 / 悲君願不隨 / 孰知鄉
國路 / 空見白雲歸.

동했던 승려 — 의『성유식논학기(成唯識論學記)』·보살계본종요(菩薩戒本宗要)』등의 저술 끝에 붙인 게송(偈頌), 사복(蛇福)의 게송, 혜초의『왕오천축국전』삽입시로 이어진다. 그 가운데서도 혜초의 시들은 구도(求道)에 따르는 불안감과 향수의 절절함을 담아내어 서정성이 매우 높은 것으로서 다섯 수가 모두 오언율시다. 오언율시는 칠언율시와 달리 질박한 풍격을 지니면서도 내면의 생각을 곡절 있게 드러내는데 유효하다. 아마도 생각과 서정을 곡진하게 펼쳐 보이기 위해서 시 양식을 선택한 듯하다.

더구나 혜초의 시는 공간적 배경이 광대하여, 그 이후 한국 한시에서 찾아보기 어려울 정도의 풍격이다. 토화라국에서 동쪽으로 호밀(胡蜜) — 와칸(Wakhan) — 왕의 거성에 이르렀을 대 이역으로 들어가는 중국 사신을 만나, 혜초는 다음과 같은 시를 지었다.

> 그대는 서쪽 이역이 멀다고 한탄하고
> 나는 동쪽 길이 멀다고 탄식하네.
> 길은 험하고 눈 덮인 산은 굉장한데
> 험한 계곡에는 도적이 길 앞을 막네.
> 새도 날다가 아스라한 산에 놀라고
> 사람은 기우뚱한 다리를 난감해 하네.
> 평생 눈물을 훔친 적 없는 나건만

---

7) 君恨西蕃遠 / 余嗟東路長 / 道荒宏雪嶺 / 險澗賊途倡 / 鳥飛驚峭嶷 / 人去〔難〕偏樑 / 平生不揾淚 / 今日灑千行.

오늘은 하염없이 눈물을 뿌린다오.[7)]

　토화라에 눈이 온 겨울 날, 혜초는 파밀 고원을 쳐다보면서 구도
행로의 험난함을 되새겼다.

　　차디찬 눈은 얼음에 들러붙고
　　찬바람은 땅을 가르네.
　　큰 바다는 얼어서 단(壇)을 흙손질한 듯하고
　　강물은 벼랑에 덮쳐 갉아먹는다.
　　용문(龍門)에는 폭포가 끊기고
　　우물 테두리는 뱀이 똬리 튼 듯하구나.
　　불을 벗삼아 계단을 오르며 노래한다마는
　　어찌 저 파밀을 넘을 수 있으랴.[8)]

종교사의 문제

혜초는 밀교 승려였다. 이 사실은 신라 불교사에서 중요한 의미를
지닌다. 밀교는 범어로 바즈라야나(Vajrayāna)라 하는데, 현교(顯
敎)에 대응되는 명칭으로서 비밀불교 또는 진언불교라고도 한다.
인도 대승불교의 말기인 7세기 후반에 융성한 유파이다. 대승불교
의 『반야경(般若經)』과 『화엄경(華嚴經)』, 중관파(中觀派)·유가행

---

8) 冷雪牽氷合 / 寒風擘地〔裂〕/ 巨海凍壞壇 / 江河凌崖囓 / 龍門絕〔瀑〕布 / 井口盤虵結 / 伴火上
　〔陟〕歌 / 焉能度播密.

파(瑜伽行派) 등의 사상을 기반으로 하고 힌두교의 영향을 받아 이루어졌다. 뿌리는 멀리 베다 시대에 만트라(mantra) — 즉, 진언(眞言) — 를 외고 양재초복(攘災招福)을 하였던 데에 있다. 원시불교의 교단에서는 치병(治病)·연명(延命)·초복 등의 주술이나 밀법을 엄금하였지만 그 뒤에는 그러한 것들을 인정하게 되었다. 전설에 의하면 진언밀교는 대일여래(大日如來)가 비밀법을 금강보살에게 전수하고 그것이 용맹(龍猛)·용지(龍智)에게 전해졌다고 한다.

인도 밀교는 힌두교의 성력파(性力派) 등의 설을 도입한 좌도밀교(左道密敎), 즉 탄트라 불교가 되어 13세기 초까지 전하다가 이슬람교도의 침입으로 괴멸하였다. 또한 8세기 말에는 파드마삼바바에 의해 티베트에 전해져, 민족종교인 브라만교와 합하여 라마교로 되었다. 라마교는 1042년 아티샤의 개혁 이후 몽골과 중국 동북 지방으로 확대되었다.

한편, 중국에서는 다라니와 주술적 요소를 내포한 밀교 경전이 동진시대에 일부 번역되어 남북조(南北朝)와 수나라를 거쳐 당나라시대 초기까지 단속적으로 전해졌다. 그러다가 8세기 초엽부터 중엽에 걸쳐 선무외(善無畏)[9]와 금강지(金剛智)가 차례로 당나라에 찾아가, 선무외가『대일경(大日經)』을 한역하고 금강지가『금강정경(金剛頂經)』을 번역하면서부터 본격적으로 전해졌다. 그 뒤 불

---

9) 선무외(善無畏)는 중천축에서 태어나 80세의 고령임에도 불구하고 장안에 들어가 경전을 번역하였다. 또한『대일경소(大日經疏)』를 제작하여『대일경』계통의 밀교를 중심으로 교학을 일으켰다.

돈황 막고굴(莫高窟). 중국 감숙성 돈황현 명사산에 있다.

공(不空)이 스리랑카에 가서 밀교를 배우고 80여 부의 밀교경전을 가져와 그 중 여러 경전을 번역하여 밀교를 대성시켰다. 그러다가 당나라 말엽에 이르러 밀교는 쇠미해졌다. 그리고 일본의 경우에는 헤이안(平安)시대에 밀교가 전래되었다. 특히 공해(空海)는 진언종을 개창하였으며, 이후 일본의 불교는 밀교가 상당히 큰 세력을 형성하였다.

천축국의 구도 여행을 마치고 혜초는 중국의 장안에 돌아왔다. 그 뒤 혜초는 신라에는 돌아오지 않은 듯하며 오로지 중국에서 밀교의 연구에 일생을 바쳤다. 곧, 혜초는 733년 정월 1일부터 약 8년 동안 금강지와 함께 천복사(薦福寺)에서 『대승유가금강성해만수실리천비천발대교왕경(大乘瑜伽金剛性海曼殊實利千臂千鉢大教王經)』[10]이라는 밀교 경전을 연구하였다. 740년 정월에는 금강지의 지도 아래서 이 경전의 한역을 시작하였으나, 741년 중추에 금강지가 입적하자 작업을 중단하였다. 773년 10월부터는 장안 대흥선사에서 금강지의 제자 불공(不空)으로부터『대교왕경』의 강의를 받았다. 774년 5월 7일에 불공이 입적하자 황제의 부조가 내렸는데, 혜초는 동료들과 함께 황제에게 표문을 올려 부조에 감사하고 스승이 세운 사원을 존속시켜 줄 것을 청하였다. 혜초가 쓴 그 표문에 따르면 그는 불공의 여섯 제자 중 둘째의 지위를 차지하고 있다. 혜초는 대흥선사 등 밀교 사원에서 혜랑(慧郞)과 함께 관정도량을 개최하였고, 대종(代宗) 때는「하옥녀담기우표(賀玉女潭祈雨表)」를 지어 올렸다. 780년 4월 15일에 산서성(山西省) 오대산(五臺山) 건원보리사(乾元菩提寺)에 들어가 5월 5일까지 20일간『대교왕경』의 구 한역본을 얻어 다시 필수(筆受) ― 경전 번역의 역어를 전수하여 필기하는 일 ― 하였다. 그리고 그해 그곳에서 열반하였다.

동아시아의 종교사와 비교할 때 혜초의 밀교 연구는 새로운 각도에서 조명할 필요가 있다. 또한 한반도에 밀교가 전파되고 독자적으로 이해된 과정도 연구할 필요가 있다. 종래 신라 불교에 대해서

---

10) 이 책은 모두 10권으로 이루어져 있는데, 천비천비 천수실리 보살의 비밀삼마지(秘密三摩地)의 법을 설한 것이다. 무생(無生)·무동(無動)·평등(平等)·정토(淨土)·해탈(解脫)의 다섯 문으로 되어 있다. 현재 한역본은 불공(不空)이 번역한 것이라고 전한다.

는 말기에 발흥한 선종의 역사적 의의를 논하는 연구가 활발하였으나, 밀교의 영향에 대해서는 깊은 연구가 없었다. 하지만『삼국유사』와『삼국사기』에 모두 실려 있는 왕거인(王巨人)의 분원(憤怨)설화에 보면, 진성여왕 2년(888년) 누군가 다라니(陀羅尼)의 은어인 "나무망국 찰니나제 판니판니소판니 우우삼아간 부이사바하(南無亡國 刹尼那帝 判尼判尼蘇判尼 于于三阿干 鳧伊裟婆詞)"라는 구절을 노상에 걸어 두었다고 하였다. 중앙귀족의 부패와 진성여왕의 실정을 풍자하였다는 이 다라니 은어의 작가로 대야주(大耶州)의 왕거인이 의심을 받아서 옥에 갇히게 되었다. 왕거인의 시를 살펴보면, 그는 천인상관설을 믿은 유학자인 듯한데 어째서 그가 다라니 은어의 작자로 지목되었는지는 알 수가 없다. 다만, 그 다라니 은어의 존재는 민중의 참요(讖謠)와 밀교의 주술적 언어가 결합된 양식일 것이라는 추측을 해 볼 수가 있다. 혜초와 그 여행기『왕오천축국전』의 존재는 우리나라 불교사에서 밀교가 지녔던 민중종교적 위상을 재고하게 만든다.

더 생각해볼 문제들

1. 『왕오천축국전』은 한국 문학사에서 완결된 도서의 형태로 전하는 최초의 작품이라고 할 수 있다. 혜초는 신라의 승려로서 당나라에 들어가 밀교를 공부하고, 구도의 한 방편으로 천축국을 여행하였다. 그 여행의 과정을 노정기식으로 적은 것이 이『왕오천축국전』이다. 그런데 혜초는 천축 여행 뒤 당나라로 가서 밀교의 연구에 일생을 바쳤다.『왕오천축국전』은 1905년에 둔황 석실에서 잔권의 형태로 발견되기까지 우리 문학사에 아무런 영향도 끼치지

못하였다. 그렇다면 혜초의 문학 활동은 국내의 문학사와 실질적으로 관련이 없다고 할 수 있다. 그럼에도 불구하고 혜초의 『왕오천축국전』을 우리 문학사의 처음 부분을 장식하는 작품으로서 높이 평가하여야 할 근거는 무엇인가?

2. 『왕오천축국전』은 노정기를 간단히 적은 책인데, 그 중간에는 개인의 심경을 노래한 오언율시 다섯 수가 들어 있다. 노정기와 한시를 함께 직조하는 방법을 사용한 것이다. 고려시대 중엽까지의 기행문학은 단행의 형태로 전하는 것이 없으므로 잘 알 수 없으나, 고려시대 말엽부터는 기행문학이 단행되었다가 문집 속에 수록된 것들이 나오기 시작하였다. 조선시대에 들어오면 기행문학 가운데서도 산수유기(山水遊記)가 발달하게 된다. 고려시대 말엽과 조선시대의 기행문학 혹은 산수유기 가운데는 뒷날 문집에 수록될 때 시와 산문이 분리되어 별도의 부류 속에 놓인 예들이 상당히 많다. 하지만 대체로 보아 종래의 기행문학 및 산수유기는 시와 산문을 직조하는 것이 본래의 모습이다. 그렇다면 혜초의 『왕오천축국전』은 바로 그러한 직조 방식의 조기(早期) 형태로서 부각시킬 필요가 있지 않은가? 또 『왕오천축국전』에서 시와 산문 노정기는 각각 어떤 기능을 담당하였는가? 그 방식은 후대의 기행문학이나 산수유기와 어떤 차이가 있는가?

3. 혜초는 밀교 승려로서 당나라에서 많은 활동을 하였다. 그의 스승 금강지(金剛智)와 불공(不空)은 당나라사회에 밀교를 성행하게 만든 주요한 인물들이다. 특히 그들은 『금강정경(金剛頂經)』을 번역하여 유통시킴으로써 선무외(善無畏)와는 다른 유파를 형성하였다. 그런데 금강지와 불공의 밀교 경전 번역 사업에는 혜초가 중요한 역할을 담당한 것으로 알려져 있다. 그럼에도 불구하고 중국 및 동아시아 불교사에서 혜초의 위치에 대해서는 그리 주목하고 있지 않다. 혜초의 『왕오천축국전』은 단순히 우리나라 문학사의 초기 작품으로서만 가치가 있는 것이 아니라, 동아시아 불교사상사에서 일정한

가치를 지니는 것으로서 재해석하여야 하지 않겠는가?

4. 『왕오천축국전』은 잔권인데다가 결락되거나 이설이 있는 글자들이 있어서 아직 완전한 주석이 이루어지지 못하고 있다. 더구나 그 한문으로 된 문체는 중국의 문체와는 달리 우리나라 특유의 어법이나 표현들이 들어 있다고 한다. 또한 『왕오천축국전』에 나오는 지명들에 대한 비정(比定)도 여전히 미흡한 상태다. 앞으로 『왕초천축국전』을 연구하기 위해서는 한문문체론과 교감학의 방법을 구체적으로 어떻게 도입하여야 한다고 보는가?

추천할 만한 텍스트
『혜초의 왕오천축국전』, 혜초 지음, 정수일 옮김, 학고재, 2004.

심경호(沈慶昊)
고려대학교 문과대학 한문학과 교수.
서울대학교 인문대학 국어국문학과 및 동 대학원을 졸업하고 일본 교토(京都)대학교 문학연구과 박사 과정에서 중국어학 및 중국문학을 전공했으며 동 대학원에서 「조선 시대 한문학과 시경론」으로 문학 박사 학위를 취득했다. 그 후 한국정신문화연구원 조교수, 강원대학교 인문대학 국어국문학과 조교수를 역임하였다.
저서로 『강화학파의 문학과 사상(1~4)』, 『조선시대 한문학과 시경론』, 『김시습 평전』, 『한학연구입문』, 『한시의 세계』, 『간찰, 선비의 마음을 읽다』 등이 있으며 역서로는 『주역철학사』, 『불교와 유교』, 『역주 원중랑집』, 『한자, 백가지 이야기』 등이 있다.

우리나라 인물로서 친히 양자강 이남지역을

견문한 사람은 근고를 통하여 없었다.

그대가 홀로 이와 같이 여행하며 살펴보았으니 어찌 다행한 일이 아니겠는가?

—『표해록』중 광영역에서 만난 성절사 채수의 말 중에서

외조 금남 선생은 박학하고 굳센 절개로 당대에 명성을 떨쳤으며,

『표해록』은 또한 중원을 묘사한 대작이다.

—『표해록』유희춘의 발문 중에서

최부 (1454~1504)

본관은 탐진으로 나주에 살았으며, 자는 연연(淵淵)이고 호는 금남(錦南)이다. 진사 택(澤)의 아들로 성종 8년 24세의 나이에 진사시에 급제하고, 뒤에 친시문과에 합격하였다. 전적(典籍)으로 있을 때『동국통감(東國通鑑)』 편찬에 참여하고, 문과 중시에 급제했다. 1487년 추쇄경차관으로 제주에 파견되었다가 다음해 귀향 도중 풍랑을 만나 중국 태주만으로 표류하여 북경을 경유 반년 만에 귀국, 왕명으로 기행문을 써서 바쳤다. 탈상 후 홍문관교 리·춘추관편수관·예문관응교 등 여러 청요직(清要職)을 거쳤다.

그는 김종직의 제자로 1498년(연산군 4) 무오사화에 김굉필 등 동문들과 함께 함경도 단천으로 유배되었다가 갑자사화 때 처형당하였다. 사관은 "최부는 공염 정직하고 경사(經史)에 능통하고 문사(文詞)에 풍부하였으며, 간관이 되어서는 회피하는 일이 없었다. … 이때 와서 죽임을 당하니 조야가 모두 애석하게 여겼다"고 평하였다. 1506년 중종의 즉위와 동시에 신원되어 승정원도승지로 추증되었으며 문집에『금남집』이 있다.

외손자 유희춘(柳希春)이 최부의 중국기행문을『표해록』으로 간행하였으며, 이 책은 일본에서 주자학자 기요다 군긴(清田君錦)이 번역하여『당토행정기(唐土行程記)』(1769)라는 이름으로 간행하였다.

02

중국과 일본에 떨친
조선 선비정신의 보고

최부(崔溥)의 『표해록(漂海錄)』

조영록 | 동국대학교 명예교수

최부의 중국 표류와 『표해록』

최부(崔溥)는 성종 1487년(성종 18) 제주3읍 추쇄경차관으로 부임하였다가 다음해 윤정월 초, 부친상을 당하여 급히 고향으로 돌아오던 중 제주 앞바다에서 태풍을 만나 표류하게 되었다. 그와 그의 수하 43명이 탄 배가 표류하여 14일간의 천신만고 끝에 절강 연해에 표착하였다. 그 과정에서 두 차례나 해적을 만나 겨우 탈출하여 상륙하였으나 다시 왜구로 오인되어 갖은 고초를 겪은 뒤에 비로소 조선 관인의 대우를 받으며 호송을 받게 되었다. 임해 도저소에서 출발하여 영파·소흥을 지나 운하를 따라 항주·소주 등 번화한 강남지방을 지나고, 양주·산동·천진을 거쳐 북경에 도착하여 명

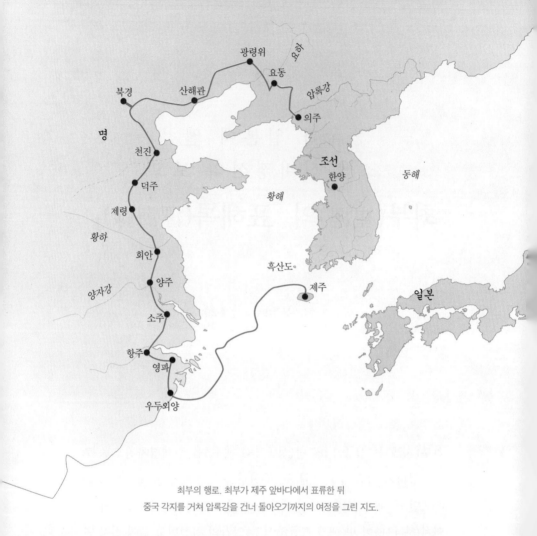

최부의 행로. 최부가 제주 앞바다에서 표류한 뒤
중국 각지를 거쳐 압록강을 건너 돌아오기까지의 여정을 그린 지도.

(明) 효종(孝宗)을 알현하였으며, 북경에서 다시 요동반도를 거쳐
약 6개월 만에 압록강을 건넜다. 이전까지 조선인으로서 중국 경제
와 문화의 중심지였던 강남지방(강소성·절강성)과 산동지방을 여
행한 것은 처음 있는 일이었다. 금남은 서울에 도착하자 성종의 명

으로 청파역에 일주일간 머물면서 그 견문기를 일기체로 써서 바쳤다. 이 책이 『표해록』이다.

그러나 처음부터 『표해록』이라 이름 지은 것은 아니다. 최부가 처음 쓴 초고는 '중조견문일기(中朝見聞日記)'라는 제목이었는데, 뒤에 간행할 때 굳이 '표해록'이라는 제목을 붙인 까닭은 그의 중국 여행이 원래 왕명에 따른 것이 아니었기 때문이다. 그런데 책의 내용은 바다에서 풍랑을 만나 표류하게 된 과정과 상륙 후 중국의 내지를 여행하게 되었던 과정을 포함하고 있기는 하지만, 분량 면으로 대비해 보면 해상 표류기는 실제로 내륙 견문기의 삼분의 일에도 미치지 못한다. 따라서 오늘날 이 책은 편집자의 의도에 따라 전자 쪽에 비중을 두어 '해양문학'으로 취급되기도 하고, 혹은 후자 쪽으로 분류하여 '연행록'이나 혹은 '중국견문기'에 포함되기도 한다.

『표해록』이 해양문학에 속하건 중국 견문기에 속하건 간에 그 속에 일관되게 드러나는 것은 조선의 선비, 즉 최부의 도학자적 정신이다.

중국에 떨친 조선의 선비정신

바다에서 태풍을 만나 10여 일 동안이나 사투를 벌이면서도 최부는 지도자로서의 권위를 하시라도 망각하지 않았다. 예컨대, 심한 풍랑을 만나 좌초의 위기에 처하자 뱃사람들은 애당초 궂은 날씨에 출발한 것 자체가 잘못이라고 항의한다. 그리하여 지금이라도 기도를 올려 하늘의 노여움을 달래야 한다면서 최부에게도 함께

기도할 것을 권하지만, 그는 일언지하에 이를 거절했다. 유교의 이치에 닿지 않는 어떠한 행위도 용납할 수 없었기 때문이다. 또한 중국 해안에서 해적 — 기실 왜구를 방위하는 군인들이었으나 그들은 곧잘 해적으로 돌변하곤 했다 — 들을 만났을 때, 뱃사람들이 최부로 하여금 상복 대신 관복으로 갈아입어 의젓한 자세를 보여 주자는 요청을 하지만 그것도 거절했다. 예에 어긋난 것이었기 때문이다.

그러면서도 그는 예교(禮敎)의 이치에 어긋나지 않는 한 언제나 사대부로서 일행들에 대하여 멸사봉공(滅私奉公)의 자세를 잃지 않았다. 그 덕택에 오랜 시일 동안 표류가 계속되면서 식수와 식량이 떨어져 허기와 갈증으로 시달리는 와중에도 빗물을 받아 목을 축이고, 남아 있는 약간의 청주와 제주 감귤을 한 쪽씩 나누어 먹는 등 질서를 잃지 않았다. 무인도에 도착하였을 때도 뱃사람들로 하여금 묽은 죽을 쑤어 먹도록 하는가 하면 허기진 배에 과식하지 않도록 이끌었다. 또한 중국 해안에 도달하여 왜구로 오인 받았을 때나 혹은 왜구의 혐의가 풀린 뒤 중국 관헌을 접하게 되었을 때도 최부는 항시 관인으로서의 의연한 언행으로 일관하였다. 더구나 중국 고전(古典)에 해박한 지식을 가진 그는 종종 중국 관인들의 경탄을 이끌어 냈을 뿐 아니라 때로는 중국 관헌의 행위가 법도에 어긋날 때 그들을 상대로 논쟁을 벌이는 일도 서슴지 않았다.

그 일행이 북경에 당도하여 황제를 알현했을 때 예부(禮部)에서는 최부에게 마땅히 상복을 벗고 길복으로 갈아입도록 지시를 내렸다. 그러나 그는 상주 신분으로서 상복을 벗는 일은 효에 어긋나므로 이를 받아들일 수 없다고 거절하였다. 양자 사이에 효가 먼저니, 충이 먼저니 논쟁을 벌이다가 결국 황제를 알현할 때만 잠시 길복으로 갈아입는다는 선에서 타협이 이루어졌다. 조선의 일개 선비가 '대명(大明)'의 예부와 맞서 예를 논한 것이었다.

최부는 『표해록』을 통하여 조선 선비의 투철한 예교사상을 십분 표출하고 있다. 중국의 관인(官人)들과 대화를 나누면서 그는 우리 역사에 대한 자부와 긍지를 피력하는 가운데 고구려의 강성을 자주 언급했던 것이다. 어느 관인이 이렇게 물었다.

"고구려는 무슨 장기(長技)가 있어서 수당(隋唐)의 군대를 물리칠 수 있었는가?"

그러자 그는 이렇게 대답했다.

"지모 있는 신하와 용맹 있는 장수가 군사를 부리는 방법이 있었으며, 병졸은 모두가 윗사람을 친애하여 그들을 위해 죽었소. 그런 까닭으로 고구려는 한 작은 나라로서도 오히려 백만 군사를 두 번이나 물리칠 수 있었던 것이오."

말하자면 문관과 무장들은 수하 장졸들을 헌신적으로 거느리고, 병졸들은 상관을 믿고 따르는 신의와 명분윤리가 전쟁을 승리로 이끈 원동력이었다는 설명이다.

최부의 이러한 명분의식은 조선 고래의 사대부적 전통에 바탕을 둔 자긍심의 발로였다. 사대부란 원래 중국 춘추시대의 사(士)와 대부(大夫)가 송나라시대에 이르러 합칭된 것이다. 최부는 심지어 유교적 사대부 정신의 정통이 조선으로 계승되어졌다는 자긍심에 차 있었음에 틀림없다. 사실 조선 성종 때는 점필재의 학문을 계승한 제자들을 중심으로 사대부의 기풍을 형성하였으니, 흡사 송나라 시대의 경력사풍(慶曆士風)[1]을 방불하게 한다. 성종의 문치주의 정치는 지방의 사림들이 대거 중앙으로 진출하여 정치적 사림파로 성장할 수 있는 토양을 마련해 주었다. 최부가 북경의 어느 관리로부터 조선의 국왕이 책을 좋아하느냐는 질문을 받자, "우리 임금님은 하루 네 번 유신(儒臣)을 접견하시며, 학문을 좋아하여 즐겨 독서하십니다" 하고 대답하였다. 실제로 국왕으로서 하루 네 차례 경연(經筵)에 참석하는 일은 중국의 어느 군주에게서도 그런 예를 쉽게 찾아 볼 수 없었다.

조선의 선비 최부의 중국 비판

사대부의 정치이념은 『논어』의 정명(正名)사상에서 비롯한다. 공자는 "정치란 무엇인가"라는 물음에 대하여 "임금은 임금다워야 하고 신하는 신하다워야 하며, 아버지는 아버지다워야 하고 아들은 아들다워야 한다"고 했다. 즉, 인륜의 명(名)과 실(實)을 바로 하는 정명(正名)이 정치의 요체임을 말한 것이다. 그런데 그들 상하관계를 이루는 군과 신, 부와 자라고 하는 이름〔名〕들 사이에도 서로 지켜야 할 도리〔分〕가 있으니, 이것이 명분(名分)이다. 특히 송나라시

---

1) 북송 인종(仁宗) 경력연간(1041~1048)에 범중엄(范仲淹)을 필두로 한 일단의 사대부들이 유교이념에 입각한 정학(正學)운동을 일으켰는데 이를 역사상 '경력연간의 사대부 기풍'이라 일컫는다. 범중엄의 "사는 모름지기 천하의 근심을 먼저 근심하고, 천하의 즐거움은 뒤로 한다"고 천명한 「악양루기(岳陽樓記)」에서 그러한 기풍의 일단을 엿볼 수 있다.

대 성리학의 이러한 명분주의는 대외적으로는 화이(華夷)적 세계관을 중시하며, 내부적으로는 사·농·공·상이라는 사회적 계층간의 윤리를 강조하였다. 유교적 명분사상은 원리적 면에서는 조선과 중국의 경우가 다를 수 없으나, 현실사회에 있어서는 그들 양자 사이에 차이가 있게 마련이다.

조선의 선비란 유교적 사대부의 조선적 존재로서 그것은 신사(紳士) 혹은 향신(鄕臣)이라 불리는 명·청(明淸)시대의 사대부와는 차이가 있다. 조선의 신분제 사회에서의 사림(士林) — 혹은 산림(山林) — 은 때로는 왕권을 초월할 정도로 기개가 있으나 중국의 향신계층 내지 신사계층은 황제의 전제적 지배체제 아래서 그 종속적 속성을 벗어나지 못한다는 특징이 있다. 그러한 양자의 차이를 우리는 최부의『표해록』을 통하여 어느 정도 확인할 수 있다는 사실은 매우 흥미롭다.

조선 성종 때의 선비 최부가 30대 중반의 한창 나이로, 비록 불시의 표류에 의한 여행이었으나 일찍이 아무도 가보지 못한 중국의 내지(內地)를 관찰할 수 있었던 것은 오히려 행운이었다. 그가 여행한 강남은 송나라 이래 중국문화의 중심지로서, 이 지역의 사대부 문화에 대한 강한 비판적 관찰이 그의 여행기에 담겨 있다. 따라서 여기에는 미리 의도된 것이 아니라 조선 사림의 명분주의 안목에 비추어진 현실 그대로가 반영되어 있어 사료적 가치가 높은 것이다.

『표해록』에 나타난 비판적 요점은 다음 세 가지로 나누어 볼 수 있다. 첫째는 환관의 정치 참여에 대한 비판이다. 그들 일행이 산동성 노교역(魯橋驛)을 지날 때 유(劉) 태감의 행차를 만났는데 산하를 뒤덮을 만큼 소란을 피우며 미치광이처럼 총포를 난사하는 광경을 목도하였다. 이 밖에도 얼마 전 궁중에서 "어느 상서(尙書)와 학사(學士)가 마주 서서 귓속말을 한 사실을 문제 삼아 금의위(錦依衛)에서 조사한다"는 이야기를 그의 호송인으로부터 전해 들었다. 명나라의 황제 절대체제에서는 환관으로 하여금 군주를 대리하여 관(官)과 군(軍)을 감시하고 취조할 수 있도록 막강한 권한을 제도적으로 부여하였다. 이 말을 듣고, 최부는 "우리나라 내관은 단지 궁중의 청소나 심부름에만 종사할 뿐 공적인 업무에는 전혀 관여치 않는다"고 사실 그대로를 이야기 해줌으로써 명나라의 환관특무정치의 변태적 정치행태를 우회적으로 비판하고 있는 것이다.

둘째는 명나라의 비(非)유교문화에 대한 비판이다. 그들 일행이 표류 끝에 처음 도착한 절동(浙東)지역은 천태산과 보타산을 비롯하여 불교가 번성한 곳이었다. 처음 상륙하여 은사(隱士) 왕을원(王乙源)을 만났을 때 "조선에도 불교가 있느냐"는 질문을 받고, 최부는 "우리나라에는 불법을 숭상하지 않고, 오로지 유술만을 숭상하여 집집마다 효제충신으로서 업을 삼는다"고 잘라 말하였다. 이러한 내용의 대담은 우리가 이 책을 읽을 때 여러 곳에서 반복되고 있음을 알 수 있게 된다. 사실 명나라는 태조 때부터 성리학을 대도(大道)라 하여 치국의 이념으로 삼았지마는 불교와 도교도 개인의 안심입명(安心立命)에 도움을 주는 소도(小道)로 인식하여 국가 재정에 피해가 없는 한 굳이 이를 금지하지 아니하였다. 명나라시대 후기에 천하에 유행한 양명학(陽明學)에 대해서도 "유교를 표방하지만 내용은 불교다"고 한 것 역시 당시 사회의 실상을 반영한 것에 다름 아니다.

셋째는 사회적 명분질서의 혼란에 대한 비판이다. 그들이 중국의 수도 북경에 이르러 "그 여염의 사이에서는 도교와 불교를 숭상하고 유교를 숭상하지 않으며, 상업만 직업으로 삼고 농업은 직업으로 삼지 않으며, 의복은 짧고 좁아 남녀 모두 제도가 같았으며, 음식은 누린내 나는 것을 먹고 존비(尊卑)가 그릇을 같이 하여 …"라고 하여 총체적 명분질서의 혼란을 비판하고 있다. 최부는 여행기를 다 마친 후 중국사회의 공통적 특징을 서술하면서 "사람들은 모두 상업을 직업으로 삼아 비록 높은 벼슬이나 문벌이 있는 사람도 때로는 저울을 소매 속에 넣었다가 조그만 이익이라도 챙긴다"고 사대부의 비속함을 지적한다. 말하자면 최부가 본 중국은 유교 보다는 이단(異端)을 숭상하며, 농과 상의 본말(本末)이 뒤바뀌고, 상하 존비 남녀의 명분질서가 크게 문란한 나라였던 것이다.

『표해록』의 소극적 해양인식

최부는 황해를 표류하는 과정을 아주 생생하게 문학적으로 표현하면서도 바다를 통한 우리의 해외 진출에 관한 관심을 한 번도 표명하고 있지 않다. 사실 그가 제주에서 표류하였던 동중국해 연해의 절동지역[2]은 계절풍이 불고 해류가 흘러 고래로부터 교통로로 자주 이용되었으며, 특히 당·송(唐宋)시대에는 한중 교류의 주요 항로로서 당나라에 거주했던 신라인의 활동 무대였다. 최부가 표착한 강남(江南)지방에는 신라와 고려의 사신과 상인, 그리고 승려들의 족적이 지금도 여기 저기 산재해 있다. 그러나 항주 팔반령에 의천 대각국사와 관련이 있는 고려사(高麗寺)가 있다는 말을 호송인으로부터 듣고, 그는 "그것은 고려인이 세운 것으로 지금 우리 조선과는 무관한 것"이라 하여 애써 외면하고 있다.

『표해록』에는 일본과 유구에 대한 관심도 거의 찾아 볼 수 없다. 최부 일행이 산동의 어느 역을 지날 때 그곳 뱃사람들로부터 '오야지(烏也機)'라는 말을 들었다. 그들이 일본 사신들을 실어다 준 경험이 있어 최부를 일본인으로 알고 그렇게 부른다는 것이다. 최부보다 반세기 후에 교토 묘지원(妙智院) 승려 사쿠켄(策彦)도 두 차례나 조공무역선단을 따라 갔다가 『입명기(入明記)』를 쓴 바가 있다. 당시 일본의 조공사신은 10년 1회씩 영파항(寧波港)으로 들어가 운하를 따라 북경으로 가서 황제를 배알하고 다시 해로로 귀국하도록 되어 있었다. 이와는 달리 조선은 지정된 요동의 육로로만 출입하도록 하여 바다의 길이 막혀 있었다. 신라와 고려시대에 활발했던 한·중 사이의 내왕이 단절되어 버렸다. 이는 14세기 후기, 명 제국의 건국과 함께 해금(海禁)정책을 실시하여 동아시아 세계가 쇄국적 분위기로 접어들면서 취해진 현상이다.

그러나 섬나라 일본은 명과의 교섭도 해로를 통하지 않을 수 없

---

2) 동중국해 연해는 양자강에서 남쪽으로 절강성과 복건성을 포함하는 연해지역이며, 절동이
란 절강(浙江), 즉 전당강(錢塘江)의 동쪽 지역을 가리킨다.

최부가 왜구로 몰려 처음 심문받았던 도저소 성터.

었으므로 해상진출에 대한 관심이 높았다. 일본 도쿠가와시대 『표해록』을 자국어로 번역한 기요다 군킨(淸田君錦, 1719~1785)은 최부가 중국 관헌으로부터 "국왕이 책을 좋아하느냐"는 질문을 받고, "하루 네 차례 유신(儒臣)을 접견한다"는 대목에 평하기를 "최부가 당토(唐土)에서는 무슨 거짓말이라도 할 수 있다. … 〔국왕이〕하루 네 번씩 유신을 대한다는 것은 거짓으로 있을 수 없는 일이다"고 하여 순전한 거짓이라고 비웃고 있다. 성종 때의 정치가 실제로 그러하였지만, 일본과 같이 무사가 지배하는 사회에서는 상상조차 할 수 없는 일이었다. 이와 같은 경향은 일본의 저명한 주자학자 야마자키 간사이(山崎闇齊, 1618-1682)와 그 제자들 사이의 다음 대화에서도 살필 수 있다. 즉 그는 "지금 중국에서 공자와 맹자가 장

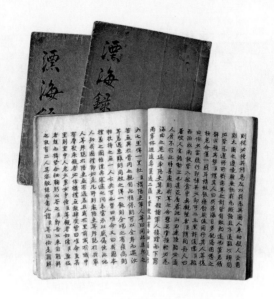

『표해록(漂海錄)』.

수가 되어 우리 나라를 침략해 온다고 하자. 그러면 우리 가운데 공
맹을 배우는 자라도 마땅히 무장하고 나가 싸워 그들을 붙잡아 나
라 은혜에 보답해야 한다. 이것이 공맹의 도"라고 했다는 일화가 전
한다.

최부가 중국에 표류하여 처음 심문을 받았던 태주부(台州府) 도
저소(桃渚所)는 명나라 초기에 왜구를 방지하기 위하여 설치한 해
안 경비소였다. 그들은 도저소에서 왜구의 혐의를 벗은 뒤에는 중
국 관변의 호송을 받으며 이동하는데 이웃에 역시 경비구역인 건
도소(健跳所)와 월계순검사(越溪巡檢司)를 지나 내륙으로 북상하
였다.

이 지역은 불교의 성지인 보타산(普陀山)과 천태산(天台山)이 가깝고, 또한 명주(明州), 월주(越州) 등 절동의 중심지여서 당·송시대까지는 한·일 양국에서 구법승의 발걸음이 잦았으며, 그리하여 그들의 관련 유적지가 즐비하다. 그러나 그 이후에는 왜구가 창궐하면서 동아시아의 협조적 삼국관계는 금가기 시작하였다. 특히 왜구의 피해가 잦았던 동중국해 연안에는 어왜비(禦倭碑) 등 어왜 관련 사적(史蹟)들이 여기저기에 세워지게 되어 처처에 발견되는 한반도의 평화적, 협조적 사적들과는 좋은 대조를 이루고 있다.

조선의 사민(士民)은 서해로 명나라의 해금책을 어길 수 없었고, 남동해로 왜구의 노략질을 감당하기 어려웠다. 이러한 국제적 상황에서 사대부는 오로지 내면적 수행에 힘써 선비사회의 청백(淸白)하고 단아한 기풍을 형성하였다. 최부의 숭유배불이나 소극적 해양인식의 경향을 우리는 『표해록』에서 적나라하게 읽을 수 있다. 이와 같은 조선 선비의 소극적 해양인식의 한계성은 후기의 실학자들에게서 한층 열린 모습을 볼 수 있게 된다.

견문기를 넘어 선비정신의 표상으로

『표해록』은 최부가 제주도 앞바다에서 불의에 태풍을 만나 천신만고 끝에 동중국 연해지역으로 표류하여 조선시대 누구도 가보지 못한 강남지방을 여행하고 돌아와 쓴 기행문이다. 따라서 이 책은 동중국해 해상 표류기이면서 동시에 훌륭한 중국 강남지방 견문기이다.

황해와 동중국해 연안지역은 삼국시대 및 고려시대에 잦은 왕래로 친숙한 지방이었다. 여기에 산재해 있는 '신라'와 '고려'가 붙은 지명을 지금도 여기저기서 발견할 수 있다. 특히, 9세기 전반 장보고 선단이 동아시아 해상을 종횡으로 누빌 때 일본인들도 신라상인의 배를 얻어 타고 내왕하였던 사실은 엔닌의 『입당구법순례행기』를 통하여 확인할 수 있다.

그러나 14세기 후반기에 들어오면서 명나라가 앞장서 해금정책을 실시함으로써 동아시아 국제관계는 쇄국적 경향을 띠게 되었으며, 이러한 국제 환경은 특히 조선의 사대부들로 하여금 소극적 해양인식을 강요하였다. 이리하여 그들은 해상으로의 적극적 진출 보다는 내면적 자기수양에 힘써 높은 예교문화의 발달을 가져온 것이다. 최부가 중국 황실에서 관료를 상대하여 당당히 예의 근본(孝)을 논한 것이 오히려 있을법한 일이며, 일본의 주자학자가 『표해록』을 번역하면서 성종 때의 유교정치에 대한 몰이해 역시 무(武)를 숭상하는 사회에서 있을 수 있는 일이다.

최부의 『표해록』에 나타난 조선의 선비정신은 동아시아 3국에만 한할 것이 아니라 세계 정신사에 있어서도 특기할 가치를 지니고 있다. 동시에 이 책은 한 선비가 쓴 험난한 표류기로서 또는 15세기 중국 강남사회에 대한 생생한 견문기로서 독자로 하여금 흥미진진한 읽을거리를 제공해 준다. 그래서 국내외에서 통속소설식으로도 여러 형태로 번역되어 일반에 즐겨 읽혔던 것이다.

더 생각해볼 문제들

1. 최부가 제주에서 표류하여 동중국해 연해지역으로 간 해로에 대해서 알아보자.

   고대 한·중 해상교섭의 길은 첫째 연안을 따라 내왕하는 연안로, 둘째 서해안과 산동반도를 가로 지르는 황해 직항로, 셋째 서남해에서 동중국해 연해지역으로 비스듬히 가로지르는 사단항로이다. 이 가운데 세 번째 사단해로는 겨울에는 한국에서 중국으로, 여름에는 중국에서 한국으로 계절풍이 불고 조류가 흐르기 때문에 최부의 표류도 그렇게 이루어진 것이다. 항해술이 발달하게 되면서 이 길은 더욱 활발하게 한·중 교섭로로 이용되었기 때문에 중국 강소성과 절강성 연해지역에는 신라와 고려인의 발자취를 특히 많이 찾아 볼 수가 있다.

2. 동아시아의 유교적 사대부사회에서 조선의 선비는 어떤 존재인가?

   사(士) 혹은 사대부는 유교적 교양을 갖춘 지식인으로 중국 춘추시대부터 그 이름이 보이며, 그 후 동아시아 3국에 한자의 보급과 함께 유교문화도 시대를 달리하면서 수용 전파되었다. 중국은 송나라시대 이후 명·청 제국, 한국은 조선왕조, 일본은 도쿠가와 막부에 이르러 각각 성리학이 체제이념으로서 수용되었으며, 그 수용 주체는 명·청시대는 신사, 조선은 선비, 일본은 무사로 각각 달랐다. 이 가운데 조선은 사(선비)와 사족(양반) 계층에서 성리학적 명분이념에 투철하여 중국과 일본에 보기 어려운 청렴과 절의를 숭상하고 예교적 질서를 중시하였다.

3. 조선 초기의 소극적 해양인식은 조선 후기의 실학자들에 의하여 어떻게 적극적으로 변모하여 갔는가?

   『표해록』의 최부 언행에서 볼 수 있듯이 조선의 선비의식에는 성리학적 예교질서를 중시한 나머지 불교를 이단으로 배척하고 상업을 천시하는 경향이 없지 않았다. 최부는 고구려의 강성함을 자랑하면서도 장보고의 해상 무역

활동에 대해서는 평가 자체를 유보하고 있다. 이러한 조선의 선비의식에서의 부정적인 측면은 다음 실학자들에 의하여 수정되고 있으니, 예컨대 연암 박지원은 허생이라는 선비를 주인공으로 하여 해상무역을 통하여 큰 이익을 낼수 있다는 소설을 쓰고 있다. 우리는 선인들의 선비의식에서 좋은 점을 취하고, 미비한 점은 보충하고 수정하여 우리의 전통을 창조적으로 발전시켜야 할 것이다.

추천할 만한 텍스트

『표해록』 최부 지음, 서인범·주성지 옮김, 한길사, 2004.

『표해록역주』 최부 지음, 박원호 옮김, 고려대학교출판부, 2006.

조영록(曺永祿)

동국대학교 명예교수.

동국대학교 사학과를 졸업하고, 서울대학교 대학원 동양사학과를 수료한 뒤 1987년 박사 학위를 취득했다. 학위 논문은 「명대 과도관체계의 형성과 정치적 기능에 관한 연구」다. 1965년 동국대학교 사학과 조교로 시작하여 강사, 전임강사, 교수로 있으면서 일본 경도대학인문과학연구소·대만 중국문화학원·중국 항주대학에서 각 1년간 연구했으며, 2002년에 정년퇴임하였다. 재직 중 명청사학회장·동양사학회장 등을 역임하였다.

박사 학위 논문을 『중국 근세정치사 연구』로 개제 간행했고 동 논문을 일본에서 『명대 정치사 연구』으로 출판하였으며, 저서로 『중국 근세지성의 이념과 운동』·『근세 동아시아 삼국의 국제교류와 문화』·『장보고 선단과 해양불교-9·10세기 동아시아 해상불교교류』 등이 있다. 그리고 편저로 『중국의 강남사회와 한중교섭』·『한중 문화교류와 남방해로』가 있다.

왕의 신하인 저희들이,

사신의 직책을 받아 어디로 가는가 하면 동으로 일본에 갑니다.

일본은 만 리 길인데, 바다 밖의 오랑캐 땅입니다.

저 날뛰고 교활한 것들을 회유시켜, 평화로이 사이좋게 하려고

지금까지 백 년 동안 사신이 자주 왕래했습니다. …

이에 박한 제물을 차려놓고, 모두 정성껏 비오니

신이여 반드시 훤하게 살펴보시고 지켜보시고 은혜를 내리 주소서! …

우리를 잘 가도록 빨리 바람에게 명령한 뒤,

아름다운 상서를 내려주어 편리한 바람 따라가고,

사납고 지친 바람 없게 하면 고래가 두려워하고,

악어가 도망갈 것입니다. … 살찐 희생 술잔에 제수가 향기롭습니다.

강림하여 흠향하시고 신령의 감응이 나타나기를 공손히 바라나이다. 상향.

— 『국역 해유록(海游錄)』 중에서

신유한(1681~1752)

호는 청천으로 경상도 밀양 죽원리에서 출생했고 시인, 문장가로 이름이 높았다. 슬하에 몽기, 몽준의 두 아들을 두었다. 25세에 진사시에 급제하였고 과거 급제 후 34세 때 처가가 있는 고령 양전리로 이사했으며 37세에 관리로 임명되었다. 그 다음 해 통신사의 제술관(製述官)으로 발탁되어 일본에 갔고 귀국 후에는 숭문원, 성균관 전적, 태상시 등의 직책에 중용되었다. 나중에는 무장, 장사, 평해, 연천 등의 현감을 역임했다. 저서로 『이하록(二荷錄)』, 『청천집(青泉集)』, 『청천선생속집(青泉先生續集)』 등이 있다.

03

18세기 조선 지식인의 일본 기행록

신유한(申維翰)의 『해유록(海游錄)』

최박광 | 성균관대학교 국어국문학과 교수

국위선양의 장도

신유한(申維翰)이 쓴 『해유록(海游錄)』 — 원제목은 '해사동유록 (海槎東遊錄)'이다 — 은 기행문학의 백미라고 일컬어지고 있다. 혜초의 『왕오천축국전』, 박지원의 『열하일기』에 비견할 만한 커다란 문화유산 중 하나이다. 『해유록』은 18세기 전반 조·일 관계 및 서방 세계로 향한 대외 인식은 물론, 타문화에 대한 저자의 독특한 문학적 감수성을 잘 나타나고 있다는 점에서 높이 평가된다.

신유한의 일본 파견은 조선 후기인 1719년, 제9차 통신사가 파견되었던 때이다. 그 전 해인 1718년에 새로 장군직을 맡은 도쿠가와 요시무네의 습직을 도쿠가와 바쿠후가 통보하면서 축하 사절로 통신사의 파견을 요청해왔다. 조선 조정은 많은 논란 끝에 파견을

조선통신사 행렬.

결정하게 된다. 당시 신유한은 제술관이라는 직책으로 통신사 일행의 문사에 관한 것을 주관하면서, 다른 한편으로는 일본 문사들과 교류를 담당하는, 말하자면 문화교류를 위한 총책임자의 역할을 담당하게 되었다. 그가 일본에 체류한 약 10여 개월에 이르는 동안 일어난 일들을 일기체 형식으로 엮은 것이 『해유록』이다. 『해유록』의 말미에는 그가 견문한 것을 부록으로 묶고 있는데, 이를 「문견잡록」이라고 이름하고 있다. 이것은 그의 귀국 후 곧장 간행되어 국내에서는 물론 일본에서도 크게 반향을 불러 일으켰다.

신유한 일행이 국왕을 배알하고 일본을 향해 한양을 출발한 것은

1719년 음력 4월 11일이며, 사행의 임무를 마치고 대궐에 복명한 것은 다음 해인 1720년 1월 24일로서 일본 왕복에 소요된 여정은 약 10개월이 된다.

통신사의 파견은 양국간의 우호증진이라는 표면상의 명분을 내세웠으나, 그 이면에는 국위선양을 통해 일본인을 회유하고 교화해야 한다는 소중화사상이 깔려 있었다. 『해유록』 첫머리에 보면 곤륜학사 최창대(崔昌大)[1]가 신유한에게 당부한 말을 다음과 같이 적고 있다.

> 일동(日東) — 일본을 가리키는 말이다 — 은 땅이 넓은데다 그 산수가 맑고 곱다하니, 반드시 재주가 높고 눈이 넓은 사람이 있을 것이네. 사관의 창수(唱酬)하는 자리에 참예하지 않더라도 군의 글을 구독하여 비평해 보고 마치 옛날 규구의 회맹(會盟)에 마음속으로 복종하지 않은 한 두 나라가 있던 것과 같이 된다면 이것이 두려운 일이니….

글로써 회유와 교화를 당부하고 있다. 말하자면 통신사의 파견목적, 특히 제술관의 임무가 학문으로써 국위 선양을 하는 데 있음을 분명히 밝힌 셈이다. 이 점은 신유한 일행이 부산에서 일본으로 출발하기에 앞서 일행 475명 전원의 무사귀환을 해신에게 빈 기풍

---

1) 최창대(1669~1720)는 당시 유명한 정치가이자 문인이었다.

제에도 잘 나타나고 있다.

조선조 지식인들에게 있어 일본은 이적(夷狄), 즉 야만의 나라였으며, 왜인들을 문명사회로 이끌어야만 평화가 유지될 것이라는 일관된 인식을 지니고 있었다. 이와 같은 인식은 조선시대 초기로부터 말기에 이르기까지 줄곧 지속되고 있는데, 정약용의 「일본론」에도 잘 나타나 있다.

왜인을 회유해야 한다는 명분론은 통신사 인원 구성에서도 잘 나타나고 있다. 문사를 담당하는 제술관 외 세 명의 사신과 서기 한 명이 있었으며 비장, 사자관, 의원, 악공, 마상재 등이 포함되었고, 공적인 원역(員役)들 외에 글을 잘 짓는 문사들을 대동하여 일본 지식인들과의 교유에 임하도록 하였다.

미야케 히데도시는『근세 일본과 조선 통신사』라는 책에서 일본을 '만이(蛮夷)의 나라'라고 했다. 이것은 미야케 스스로의 인식이 아니라 당시 조선인들의 표현을 그대로 인용한 것으로 보인다. 조선의 대외 정책은 '사대교린(事大交隣)'을 표방하고 있었으므로 일본과는 교린정책을 취했다. 게다가 고려시대 말부터 일본을 회유해야한다는 인식이 줄곧 이어 내려 왔다. 사실 조선에 비친 일본의 이미지는 극히 좋지 않았다. 따라서 이웃나라로 함께 살아가기 위해서는 금수처럼 잔혹한 일본인을 교화시켜야 했고, 그렇게 하기 위해서는 교류가 필요했던 것이다.

통신사 일행이 일본에 가는 뱃길은 일반적으로 '죽음에 이르는 길'이라고 인식하고 있었다. 이것은 뱃길의 험난함을 의미하는 것이지만, 한편으로는 '만이'라는 인식 때문이다. 누구든지 통신사의

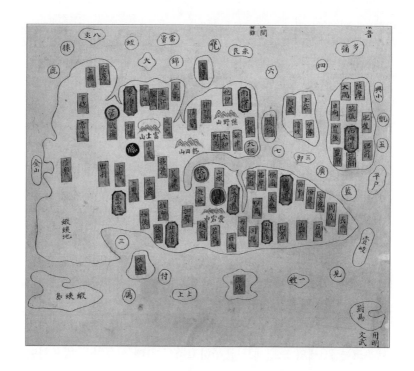

조선시대에 그린 일본 지도.

임무는 꺼렸으나 피하려 한다고 해서 피할 수 있는 일도 아니었다. 부산에서 배로 출발할 때의 광경을 두고 신유한은 골육에게 보여서는 안 될 정도로 처절한 정경이었다고 『해유록』에 적고 있다.

쓰시마에 도착하자 신유한은 그의 글을 구하는 사람들로 인해 분주하게 된다. 오사카에서는 하루를 넘겨 새벽에 닭이 울 때까지 그의 글을 받기 위해 기다리는 사람들이 줄지었으며, 심지어 식사를 하다가 뱉어야 할 정도로 글을 구하는 문사들로 연일 붐볐다고 한다. 이들 중에는 일본 서남단 구마모토에서 14세의 어린 나이로 재능을 인정받고자 2천 여리나 떨어진 곳까지 내방한 미즈타리 하쿠센과 같은 인물들도 허다했다. 『해유록』에 의하면 그가 일본의 인물들과 만난 것은 관백(關白)을 위시해 말단 관리에 이르기까지 수천 명이었다고 한다. 『해유록』 및 당시 주고받은 문장을 묶은 『창화집(唱和集)』을 종합해 보면 신유한은 일본 전국의 문사들 대부분을 접견했던 것 같다. 예를 들어 에도에서는 하야시 보우코의 문인 28인과 창수했고, 오규우 소라이의 문인 및 그 외 다른 파의 문인들을 합하면 그 인원은 상당수에 달한다.

신유한이 일본 사회에 미친 영향은 대단하였다. 일본 문인 중에는 신유한을 두고 이백과 두보가 다시 나타났다고 평하는가 하면, 에도 바쿠후(幕府)의 학문을 관장했던 태학두(太學頭)인 하야시 보우코는 76세의 노령에도 불구하고 6, 7차례 신유한을 방문하여 나이와는 상관없이 학문적인 교분을 돈독히 하였다. 1748년의 통신사 방문 때는 아카마세키에서 유학자인 야마네 카요나, 에도에서 나가오카의 성주 미나모토 다카도라, 그리고 나고야의 유학자인 치무라 모오타쿠 등과 만나 문답을 주고받았는데, 이들도 신유한의 학문에 대해 흠모와 존경의 마음을 표했다고 한다. 오늘날에도 일본 전국에 산재하고 있는 그의 시문을 통해 그 명성은 여전히 퇴색되지 않고 있음을 볼 수 있다. 특히 가미노세키에 있는 모리번 성주의 찻집 뜰 시비에 새겨져 있는 그의 시는 300여년이 지난 오늘에까지도 이곳을 찾는 많은 사람들에게 우호의 귀감이 되고 있다.

이문화에의 호기심

신유한의 이상향에 대한 호기심은 단순한 호기심 정도를 넘어 선험적인 생활과 깊은 관계가 있었다. 그가 쓰시마의 사수나에서 처음 목격한 것은 도원경의 세계였다. 마치 바다 한 가운데 떠 있는 듯한 30여 호의 조그마한 어촌이 펼쳐져 있었는데, 그 광경은 그가 이제껏 염원해 왔던 도원경의 풍광이었다고 한다.

> 이 때 하늘은 한 없이 아득하고, 물결은 맑고 밝은데, 다만 한 가닥의 구름과 놀이 사방 산에 오르락 했다. 북과 피리 소리가 요란스러운 가운데 별과 은하수가 흔들거렸다. 계절적으로 이미 한 여름이 무르익기 시작한 시기에 남국풍의 이국의 섬에는 귤, 동백, 종려, 풍죽, 삼, 솔 등이 우거져 원시림의 자태를 드러내고 있었다.

환영 나온 사람들이 외치는 소리가 그의 귀에는 마치 "새소리와 같이 저저귀고", "모두 급하고 빠르게 외쳐" 뭐라고 소리치는지 들을 수 없었으며, 음식이라고 차려나온 것도 먹을 수가 없었다고 한다.

> 왜인이 조그마한 소반에다 검은 나무 그릇 두어 개를 놓아 밥, 나물, 술, 과일을 가져왔는데, 맛이 없고 물건도 또한 보잘 것 없었다. 한숨이 나와 잠을 이루지 못했다.

이국의 험난한 여행길에서 처음으로 겪는 심란한 마음, 무엇보다

도 풍토·언어·음식·복장 면에서 위화감이 잘 나타나고 있다. 그가
느낀 도원경의 세계, 타국문화의 위화감은 사수나에 도착한 다음날
에 지은 시에서도 잘 나타나고 있다.

> 아침에 짧은 지팡이로 바닷가에 산보하니,
> 옷에 채색 노을이 휘감기네.
> 골짜기에 가득한 푸르고 서늘한 것은 모두 빼어난 대이고,
> 울타리의 붉고 아름다운 것은 모두 아름다운 꽃이더라.
> 맑게 갠 포구에는 어룡이 출몰하고,
> 해 저문 모래밭에는 황새와 학이 노니네.
> 흥이 나자 오랑캐 누추한 것 잊어버리고
> 사슴타고 신선의 집에 온 양 자랑하네.

자연 풍광의 아름다움은 신유한으로 하여금 때로는 도원경의 세
계를, 때로는 선향의 세계를 마음껏 구가하도록 하였다. 서박포에
서는 「서포회선가(西浦懷仙歌)」를, 후쿠오카 앞 남도에서는 「남도
망선곡(藍島望仙曲)」을 읊어 선향의 세계를 마음껏 추구하였다. 특
히 남도에서는 강원도 삼일포에 영랑 신선이 3일간 머물렀다는 고
사를 예로 들어, 신유한 일행이 남도에 9일간 머물렀으므로 구일포
로 명명할 만큼 산수의 아름다움을 극찬하고 있다. 이처럼 자연의
아름다움에 대한 호기심은 본토에 가까워짐에 따라 점차 커졌다.
배가 세토나이카이로 접어드는 순간 신유한은 새로운 별천지를 접
하게 된다. 지금까지 보아왔던 작고 소담스러운 도원경, 선향의 세

계와는 달리 커다란 도회인 고쿠라성과 접하게 된다. 이것은 마치 물위에 떠 있는 듯한 도회로 "그림 가운데의 현포(玄圃)" 정도가 아닌 황홀하고 아름다운 도회였다.

> 바다를 막아 성을 만들어 성의 길이가 10리 쯤 되었는데, 분첩 ― 석회 등을 바른 성가퀴 ― 이 영롱하고 그 가운데 5층 문루를 지었는데 푸른 기와채색 들보가 구름 밖에서 찬란하였다. 바닷물을 끌어당겨 호를 만들고 호 위에는 돌기둥으로 된 긴 다리를 놓았는데, 단청이 아련하여, 마치 채색 무지개가 엎드려 물결을 마시는 것 같았고, 다리가 수문 옆에 있어서 또 맑은 달이 바다에 나오는 것과 같다. 또 늙은 소나무, 높은 삼목, 귤, 유자 등이 동산에 빽빽하게 치솟아서 기림옥수(琪林玉樹)라고 할 수 있다. … 우리 배는 몇 리 떨어져 가고 있어 바다를 보고만 지나가니 정신이 나르고 눈이 동하여 … 섭섭하여 돌아보니 성과 나무가 잘 보이지 아니하여 이미 봉래산 금은궁궐에서 바람이 끌고 가버린 광경이 되었다.

고쿠라성은 1602년에서 1607년까지 약 6년간에 걸쳐 개축 공사를 한 바가 있었다. 성 중앙은 6층 6계로 서양풍과 중국풍의 절충양식으로 건축되었고, 바다에 면한 곳에는 돌을 쌓아 그 위에 천수각을 세웠다. 성 안쪽 해자에는 바닷물을 끌어 들여 바다에서 보면 성 전체가 마치 물에 떠 있는 것처럼 보였다. 역대의 사행 기록에서, 이곳을 물 위에 떠 있는 것으로 기술하고 있는 것은 이 때문이다. 그리고 성 주변에는 고쿠라 번(蕃) ― 지금의 '현(縣)'에 해당

— 의 시가지가 형성되어 있었다.

고쿠라성을 본 후로 그는 도회로서의 이상향에 대해, 특히 3대 도회지인 오사카, 교토, 에도에 이르면서 도회로서의 번화함에 관심을 갖게 된다. 이 3대 도회지는 인구 35만을 상회하는 근대적인 도시로 번화하고 아름다운 면모를 갖추고 있었다. 신유한은 오사카에 있던 200여 개의 다리, 300여 개의 사찰 이외에도 화원, 약국, 서점, 출판, 문화 등 평민들의 생활에 이르기까지 세심하게 관찰하였다. 그 한 예가 유녀에 관한 것으로 이들의 애환을 담은 노래인 「낭화여아곡(浪華女兒曲)」 30수를 신악부체로 번역하기도 했다.

이 같은 작업은 그의 왕성한 지적 호기심에서 기인한 것이다. 그가 일본의 상류층인 지식인들 이외에 시중의 평민들까지도 세심하게 관찰함으로써 이들의 진정한 삶을 이해하고자 했던 점은 높이 평가되어야 할 것이다. 오사카에 대해서 그는 "이런 번화하고 풍부하며 시원하고 기이한 경치가 천하에 으뜸이라 할 수 있다는 것이 옛 글에 기록된 바, 계빈(罽賓)·파사(波斯)의 나라도 이보다 더할 수는 없을 것이다"고 하여, 페르시아에 비교해서도 뛰어나다고 찬사를 아끼지 않았다. 교토에서는 산죠 대교의 아름다운 건축미와 산쥬산켄도 사원의 불상 3만 3,300개의 장엄미를, 또한 길가에 있는 찻집에 들려 차를 마시면서 점포의 청결함과 여인들의 아름다움에 대해서도 언급하였다. 에도에서는 밀려드는 글에 화답하느라 평민들의 생활상을 살펴볼 기회가 없었는지, 기록을 별로 남기지 않았다. 하지만 에도성을 비롯해 장군 가계 및 문인들에 대해서는 세심하게 기록하고 있다.

오사카, 교토, 에도의 3대 도회는 도회로서의 기능과 번영을 누리고 있었다. 신유한이 보아오던 사수나, 아이노시마의 고쿠라성과 같은 도원경 세계 또는 서복(徐福)의 선향의 세계, 이른바 소담하고 작은 세계와는 달리 도회로서의 번화함과 평민들의 즐거운 생활 및 행복을 이곳에서 관찰하고 있다. 그러나 신유한은 여기에 머물지 않고 외부로 향한 세계, 즉 화란을 비롯한 서방세계 및 여인국, 유구 등 그가 보지 못한 미지의 세계를 향하여 끊임없는 관심을 보이고 탐색하였다.

문화교류의 한마당

통신사 파견 목적이 양국간의 문화교류에 있었기에, 양국 문사들의 만남 역시 활발하게 일어날 수 있었다. 앞에서 언급했던 것처럼, 신유한은 일본에 체류하는 기간 동안 줄곧 수많은 일본의 문사들과 교유했다. 그가 이르는 각 지방마다 쓰시마의 안내역이 엄격하게 출입을 통제했음에도 불구하고, 수많은 문사들이 그를 방문했던 것이다. 신유한 일행을 만날 수 없는 경우에는 사전 혹은 사후에라도 지인들을 통해 글을 보내오기도 했다. 통신사의 일본 방문이란 일본인에게 있어서는 일생일대의 큰 경사였다. 따라서 사관(使館)은 연일 인산인해를 이루었다. 18세기 후반에 소설가로 활약했던 우에타 아키나리(1734~1809)는 그의 수필집인 『탄타이고심록』에서 "조선인을 두 번 보는 것은 나이를 잃어버리는 것"이라는 하이쿠(俳句) — 일본의 단형시가 — 를 인용하면서 그도 3번은 보지 못했

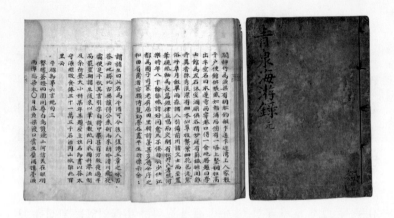

『해유록(海游錄)』의 표지와 내용.

다고 기록하고 있다. 그토록 통신사의 방문은 일본인들에 있어서
최대의 관심사였던 것이다.

　구마모토 번의 미즈타리 하쿠센, 아이즈 번의 미나모토 마사유키
와 같은 이는 가장 먼 곳에서 찾아온 인사에 속한다. 이들은 거리의
멀고 가까움과는 상관없이 일생에 한 번 밖에 없는 기회를 얻기 위
해 달려왔던 것이다. 이처럼 일본 전국에서 몰려든 문사들과의 만
남을 통해 학문 교류가 이루어졌으며, 또한 우정을 더욱 돈독히 다
지게 되었다. 신유한은 수많은 문사들 중 특히 나이 어린 동자들에
게 깊은 애정과 관심을 기울였던 것 같다. 미즈타리 하쿠센 외에도
카미노세키의 11세 소녀인 아와야 분란, 가와쿠치 호우죠, 아카시
게이호우 등과의 교류는 국경을 넘어선 사제지 교분의 표본이기도
하다.

한편, 문인들과의 교유와는 달리, 교토 찻집에서의 여인에 대한 배려나 쓰시마의 「쇄신곡(僸神曲)」, 「낭화여아곡」 등에서 서민들에 기울인 애정은 양국간 우호와 이해를 위한 귀감이라고 하겠다. 당시 신유한이 일본에 심었던 우의는 오늘 날에도 그대로 면면히 이어져 오고 있다. 카미노세키 번주(藩主)의 별장 뜰 앞에 서 있는 시비(詩碑)에는 신유한이 오쿠라 쇼사이에게 화답한 시 두 수가 새겨져 있어 오늘에도 그의 정신이 여전히 살아있음을 보여주고 있다.

문화상대주의의 귀감

『해유록』은 장르상으로 보면 기행문학이다. 하지만 이는 또한 문화와 직결되는 기록이기도 하다. 즉, 문화 전반에 관해 언급한 글이라 하겠다. 특히 「문견잡록」에서 논하고 있는 강역, 산수, 물산, 음식, 관제, 전제, 병제, 방역, 문학, 이학, 선가, 의학, 여색, 외속, 송원 등은 일본문화 전반을 개별 항목으로 나누어 언급한 부분이다.

신유한은 소중화사상을 지니고 있었으나 일본문화와 접하면서 양국간의 문화적 차이를 이해하고자 하는 쪽으로 나아갔다. 총제적인 면에서 본다면 상대주의적인 면에서 일본문화에 접근하려 했다는 것을 의미한다.

일본으로 출발하기 전까지 신유한의 일본관은 분명히 '만이의 나라'로 인식하고 있었다. 그는 일본인을 교화해야 하는 것이 방문의 목적이라고 인식했던 것이다. 하지만 이와 같은 소중화사상이 변화를 보이기 시작한 것은 배가 고쿠라 항을 지나면서부터 서서히 나타난다. 쓰시마에서는 이미 일반 서민들의 삶을 이해하고 널리 알리기 위해 「쇄신곡」을 채집하여 한역하였고, 오사카에서는 「낭화여야곡」과 「남창사(男唱詞)」를 악부체로 한역하기도 하였다. 그런가 하면 쿄토에서는 찻집에 들려 차를 마시면서 찻집의 모습과 그곳에서 일하는 여인들의 모습을 살피기도 하였다. 뿐만 아니라 오사카, 교토, 에도의 번화상과 활기찬 모습에 찬사를 보내고 시정의 출판업, 서점, 약국, 화원 등의 모습들을 관찰하면서 서민의 삶에 줄곧 깊은 관심을 나타내었다. 이것은 단순한 관심과 관찰의 표명이라고 하기 보다는 일본문화를 이해하기 위한, 상대주의 입장에서 보고자 한 의도라고 할 수 있다. 이러한 점은 그의 일본어 터득에서도 찾아 볼 수 있다. 일본에 머문 2개월 후부터 신유한은 일상생활에 필요한 용어들을 구사하고 있다. 또한 「문견잡록」에는 한자를 일본음으로 적으면서 이를 음성학적으로 분석하였을 뿐 아니라 일본음에는 왜 청음이 많은가에 대해서도 논평을 하고 있다.

그밖에 일본 체류 중 가장 많이 접촉한 인사들로는 유학자와 승려, 의원, 출판업자 등이 있었는데, 이중에서도 승려와의 교분이 특히 두터웠다. 이를 통해 그는 불교 교리에 대해서도 논의의 폭을 넓혀 갔던 것 같다. 귀국 후 만년에 승려들과 교분이 두터웠던 것 역시 이때 영향이 컸으리라 짐작된다. 이러한 다양한 교유가 그의 주자학적 세계관을 보다 확대해 나가게 했던 것으로 보인다. 『해유록』에서 화란을 비롯한 서방세계, 유구 등에 빈번한 관심을 표명하고 있는 것 역시 그의 세계관 확대 내지는 상대주의적 세계관에서 비롯된 것이라고 할 수 있다.

더 생각해볼 문제들

1. 18세기 지식인에 있어 여행의 의미는 무엇인가?

   여행에 대해 사람들은 다양한 의미를 부여하고 있다. 이를테면 '일상생활로부터 탈피', '생활 속의 즐거움', '사람과 문물과의 만남' 등등을 들 수 있다. 18세기 조선의 지식인들은 주자학적 세계관을 벗어나지 못하고 있었다. 이들이 주자학적 세계관이 아닌, 인류 보편적 세계관을 지닐 수 있었던 것이 바로 이 여행을 통해서 얻을 수 있었다.

2. 신유한이 가지고 있던 소중화사상이 상대주의적 사상으로 전환될 수 있었던 것은 무엇 때문일까?

   17세기 중엽 이후 조선 사회의 지배적인 이념으로 등장한 것은 소중화 사상으로 이를테면, 중국의 중화사상의 적자는 조선이라는 것이다. 여기에는 민족의 자존적 사상이 강하게 부각된다. 이러한 자기 중심적 사상을 신유한은 이문화와의 접촉을 통해서 상대방의 문화를 이해하고 그 특수성을 인정함으로써 이를 보편성으로 인식하고자 했던 것 같다. 그런 면에서 신유한의 사상적 특수성을 찾아볼 수 있다.

3. 오늘날 세계화의 추세 속에서 자국중심주의에서 벗어날 수 있는 길은 무엇일까?

   이 물음에 대한 해답은 우선 이웃 나라에 대한 이해에서 비롯된다고 할 수 있다. 그런 면에서 여행기는 좋은 길잡이가 될 것이다. 이웃 나라를 방문하기에 앞서 『연행록』이나 『해행총재』도 좋은 필독서 중의 하나이다. 한국인 스스로를 알기 위해서는 근대 초기 외국인들이 쓴 기행문도 좋은 지침서가 될 것이다. 이 중에서 특히 이사벨 버드비숍이 쓴 『한국과 이웃나라들』은 자국 중심주의에서 벗어날 수 있는 기틀을 마련해주리라고 생각된다. 왜냐하면 편견 없이 자국중심주의가 아닌 상대방의 입장에서 객관적이며 사실적으로 한국을 기술하고 있기 때문이다.

추천할 만한 텍스트

『해행총재』(고전국역총서), 민족문화추진회, 1974~1981.

최박광(崔博光)

성균관대학교 국어국문학과 교수.

성균관대학교 국어국문학과를 졸업하고 동 대학원 석사과정을 수료하였으며, 일본 동경대학교 대학원
에서 비교문학－비교문화 석사 및 박사과정을 수료했다. 건국대학교 교수를 역임했고 한국 비교문학회
회장, 성균관대학교 인문과학 연구소장으로 활동하기도 했다.

편저로『세계 속의 일본학』,『아시아의 비교문학』,『전환기의 동아시아 문학』등이 있으며 그 외 다수의
논문이 있다.

마침내 홍군은 항주의 세 선비와 이야기 나눈 것을 적은

세 권의 초고를 꺼내서 내게 보여주며,

"서문을 부탁하외다!' 라고 하였다.

나는 그 책을 다 읽고 탄복하여 혼자 이렇게 중얼거렸다.

"홍군은 벗 사귀는 법에 통달했구나!

나는 이제야 벗 사귀는 법을 알았다.

그가 누구를 벗으로 삼는지를 보고

누가 그를 벗으로 삼는지를 보며,

또한 그가 누구를 벗으로 삼지 않는지를 보는 것,

이것이 나의 벗 사귀는 방법이다."

― 홍대용의 『회우록』에 게재된 박지원의 서문 중에서

홍대용 (1731~1783)

18세기 북학파(北學派)의 대표적인 인물로 호는 담헌(湛軒)이다. 『의산문답(毉山問答)』을 저술한 사상가이자
혼천의(渾天儀)를 만든 과학자이며 『주해수용(籌解需用)』을 저술한 수학자이기도 하다. 또한 『임하경륜(林下經
綸)』을 지은 경세가이자 당대의 뛰어난 거문고 연주가이기도 했으니, 가히 백과전서적 실학자라고 할 만하다.

충청남도 천원군 수촌(壽村)에서 태어난 홍대용은 12세에 남양주 석실서원(石室書院)에서 강학하던 김원행(金
元行) 선생의 문하로 들어간다. 이곳에서 황윤석(黃胤錫) 등의 실학자들과 사귀며 10여 년 동안 고학(古學)과 상
수학(象數學)을 공부하였다. 이후 과거에의 뜻을 접고 실학에 전념한 홍대용은 1765년 숙부 홍억(洪檍)을 따라
평생의 소원이던 중국을 여행한다. 조선후기 북학파의 선구적 인물이기도 한 그는 『의산문답』을 저술하여 동아시
아 사상사의 한 획을 그었다.

04

문 명 의 길, 경 계 에 선 지 식 인

홍대용(洪大容)의
『을병연행록(乙丙燕行錄)』

박성순 | 동국대학교 강사

문명의 길, 연행

> 생각건대 희망이란 본래 있는 것이라 할 수도 없고 없는 것이라 할
> 수도 없다. 그것은 지상의 길과도 같은 것이다. 본시 땅위에는 길이
> 없다. 걷는 사람이 많으면 그것이 길이 되는 것이다.

근대 중국의 사상가이자 혁명가인 루쉰의 소설『고향』의 마지막
구절은 두려움 속에서 꽃핀 희망과 길에 대한 잠언이다. 마오쩌뚱에
의해 '현대 중국의 최고 성인'으로 떠받들어졌던 루쉰은 해변가의
푸른 모래밭을 거닐듯이 희망의 길을 창조하였다. 그것은 주어지지
않은 길을 뚜벅뚜벅 걸어가야 하는 것이 역사 속에 던져진 이들의 소

명임을 받아들인 결과이다. 그렇게 길은 역사를 창조하고 희망을 주조한다. 그리고 우리는 중세 조선의 질곡을 건너 새로운 문명과 마주하고자 했던 자들이 걸었던 길을 연행(燕行)이라 부른다.

연행이란 조선시대에 나라의 사절로서 중국을 방문했던, 일종의 외교적 업무를 일컫는 말이다. 명나라 때까지는 중국 황제를 배알한다는 뜻으로 조천(朝天)이라 했지만, 청나라 시대에는 북경을 연경(燕京)이라 부른 습관에서 연행으로 바꾸어 주체적인 외교관을 드러냈다. 1644년 청나라의 수도가 북경으로 옮겨지면서 시작된 연행은 1876년 조선이 개항하기까지 무려 673회에 이른다.

연행 사절은 주요 사신인 정사와 부사, 서장관 등을 중심으로, 통역관, 압물관(押物官) 등의 관리들과 그 수행원들로 구성되는데, 한번 내왕하는 사절의 총인원은 많은 때에는 500여 명에 이르렀다. 이 사절단이 서울을 떠나 북경에 이르렀고, 여름 사절은 북경 북쪽의 열하(熱河)까지 갔다. 연행록(燕行錄)은 연행에 참여한 여행자들이 남긴 기록이다.

여행은 일상적 세계에서 벗어나고자 하는 욕망인 동시에 새로운 세계를 발견하고자 하는 충동이다. 여행은 시대의 모순과 위기를 감지하여 새로운 세계를 발견하고 의식을 각성시켜 자아를 새롭게 한다. 자기와 타자에 대한 인식의 전환을 가져오는 측면에서 여행은 '사람의 무늬'〔人文〕에 대한 이해를 새롭게 하는 사유방식이기도 하다.

연행에 오른 조선의 선비들 역시 조선과 중화(中華)라고 하는 타자와의 거리를 가늠하고, 공간을 재배치하고자 시도한다. 하지만

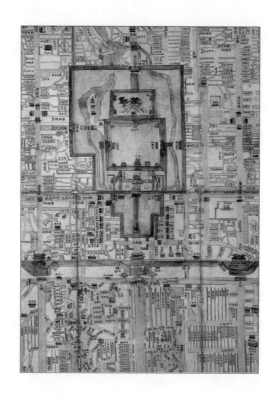

「연경성시도(燕京城市圖)」. 청나라 수도의 번화함을 보여주는 지도다(국립중앙도서관 소장).

여행이 빚어내는 다양한 심적 구조의 변화 가능성에도 불구하고, 18세기 이전의 연행록은 중화와의 동질감을 확인하는 데 대부분 바쳐졌다. 중국과 조선을 둘러싼 세계를 보다 정확하게 인식하여 자신을 돌아보는 계기로 삼으려고 했던 시도는 18세기 중반에서야 비로소 발견되는데, 그 첫 장을 담헌 홍대용이 열었다고 하여도 좋을 것이다.

홍대용(洪大容)의 『을병연행록(乙丙燕行錄)』은 18세기에 한글로 쓴 흔치 않은 기행문학이며, 최장편의 연행일기다. 장서각본 『을병연행록』은 장장 20권 20책 분량이다. 무려 2,600쪽에 이르는 이 놀랄 만한 기록은 보고 들은 바를 기록한 단순한 중국 견문기에 머물지 않는다. 그것은 18세기 조선의 철학적·윤리적 기초를 다시 주조하려는 가장 독창적인 시도 가운데 하나인 것이다. 또한 문명의 길 위에 선 경계인의 기록이며, 문명을 향한 도저한 사유의 모색이자 두꺼운 문화의 보고서이다.

세 편의 연행록

온 가족이 이를 베끼는 데 3년이나 걸렸다는 『을병연행록』은 한글본 외에 한문본 『연기(燕記)』와 『회우록(會友錄)』이 따로 전한다. 『을병연행록』은 여성 위주의 한글 독자층을 고려한 일기체로 되어 있다. 『연기』는 인물, 고적, 문물, 노정 등의 주제별로 편집되었으며, 『회우록』은 북경 유리창(琉璃廠)에서 만난 항주의 세 선비와의 사귐을 기록한 것으로 『건정동필담(乾淨衕筆談)』이라고도 부른다. 이렇게 보면 『을병연행록』은 『연기』와 『회우록』을 한 데 엮은 것이면서도, 한문본에서는 볼 수 없는 여행의 사실적 필치와 풍부한 화폭이 돋보인다. 이 세 편의 연행록 가운데 『회우록』에 붙여 쓴 박지원(朴趾源)의 서문은 동아시아 문화 교류라는 측면에서 홍대용의 중국 여행을 부각시키는 한편, 사상사의 전환과 연계하여 설명하고 있어 주목된다.

박지원은 『회우록』을 다 읽고 나서 홍대용의 벗을 사귀는 도리에 감탄하고 자신도 또한 이제야 벗을 사귀는 도리를 알게 되었다고 고백하였다. 사귐의 말이 "모두 지성과 측은한 마음에서 나온 것"이었다고 하면서, "벗을 삼는 바도 보았고 벗이 되는 바도 보았으며, 자신이 벗하는 바를 그는 벗하지 않음도 보았다"는 말로 끝맺고 있다. 그는 우리나라가 좁은데다 그나마 의론과 파벌이 넷으로 갈려 서로 벗하지 않는다고 하면서, "어찌 벗하지 못하면서 감히 함께 도를 말할 수 있을 것인가"라고 한탄했다. 이『회우록』은 박지원뿐만 아니라 이덕무(李德懋), 박제가(朴齊家) 등 북학파에도 전해져서 연행하는 기회로 이어졌다.

이들 가운데 이덕무는 "감정을 격발하여 눈물을 흘리게 할 만한" 편지와 필담(筆談)들을 간추리고 논평을 붙여 『천애지기서(天涯知己書)』를 엮었다. 그 서문에 『회우록』을 "장엄한 말과 해학적인 말이 잇달아 나오니, 참으로 기서(奇書)요 이사(異事)"라고 하고는, 이를 기록하여 야박한 자들을 경계하는 자료로 삼는다고 하였다. 박제가도 "문득문득 미친 듯하여 밥을 먹다가도 숟가락질하기를 잊고, 세수하려다가도 얼굴 씻기를 잊을 정도였다"고 고백하였다. 이처럼 『회우록』은 이들의 찬탄과 동감 속에서 북학의 길을 마련한다.

『회우록』과 『천애지기서』에 붙여진 서문이 기이한 교우사를 전면에 내세운 반면, 『을병연행록』에는 서문이라고 할 만한 것이 없다. 다만 글의 첫대목인 1765년 11월 2일의 일기 가운데 첫머리를 장식하는 시 한 수를 통해 중국 여행에 대한 그의 동경과 기대를 짐작하게 한다.

진시황의 만리장성(萬里長城)을 보지 못하니
남아의 의기 쟁영(崢嶸)함을 저버렸도다.
미호(渼湖) 한 구비에 고기 낚는 배가 적으니
홀로 도롱이를 입고 이 인생을 웃노라.

　이것은 조선시대 중기의 학자 김창협(金昌協)이 연행 가는 어떤
이에게 써준 시다. 석실서원(石室書院) 시절의 스승 미호(渼湖) 김
원행(金元行)은 연행길에 나선 홍대용에게 이 시를 건네주었다. 홍
대용은 이 시에 이어 "여름 버러지와 더불어 얼음을 말할 수 없다"
고 한 장자(莊子)의 구절을 인용하면서, 조선이 비록 '작은 중화'로
일컬어지지만, 땅이 좁고 나라 안의 선비 또한 좁은 곳을 편안히 여
겨 원대한 뜻이 없음을 염려하였다. 그래서 그는 세상 밖의 큰 일을
살피고 천하의 큰 땅을 보기 원하여, 매일 학문과 마음을 닦고, 한
어(漢語)와 한음(漢音)을 익혔던 것이다. 그렇기에 그는 장도에 오
르기에 앞서 "만일 오랑캐의 땅은 군자의 밟을 바가 아니요, 호복
(胡服)한 인물과는 함께 말을 못하리라 한다면, 이것은 편협한 소
견이요, 인자한 사람의 마음이 아니다"라고 하며 결연히 북학(北
學)의 화두를 펼칠 수 있었으리라.

경계에 선 지식인

홍대용의 중국 여행이 결정된 것은 1765년의 한여름인 음력 6월의
일이었다. 숙부인 홍억(洪檍)이 동지사(冬至使)의 서장관(書狀官)
이 되자 자제군관(子弟軍官)으로 동행할 기회를 얻은 것이다. 군관

은 무관(武官)을 가리키는 말이지만, 자제군관은 삼사(三使)의 친인척 중에서 임명하곤 하였다. 군관이라고는 했지만 대개가 문인학자였고, 행동이 자유로워 중국 사람들과 수시로 접촉하는 한편, 일행에서 벗어나 산천을 유람하고, 거리를 돌아다니며 제도와 풍속을 관찰하였다. 그 관심과 취향에 따라 폭넓게 이루어진 견문과 사유가 '연행록의 문화사'를 구축하게 된 배경이다. 김창업의『노가재연행록(老稼齋燕行錄)』, 박지원의『열하일기(熱河日記)』와 함께『을병연행록』은 대표적인 자제군관의 연행록으로, 연행의 기록이 문화사와 지성사의 담론으로까지 그 지평을 넓힌 경우이다.

  과거를 포기하고 학문에만 몰두하던 홍대용은 오래 전부터 기회를 보며 틈틈이 중국어 공부까지 하고 있던 터라 주저 없이 연행길에 올랐다. 부모님이 또한 평생의 고심이 있는 줄을 아시기 때문에 쾌히 허락하였다. 1765년 음력 11월 27일 홍대용은 35세의 나이로 압록강을 건너게 된다.

> 깊은 겨울의 석양이 산에 내리는 때를 당하여 친정을 떠나 고국을 버리고 만리 연사(燕使)로 향하는 마음이 어찌 궂지 않을 것인가 마는, 수십 년 평생의 소원이 하루아침에 이루어져 한낱 서생으로 군복을 입고 말을 달려 이 땅에 이르렀으니, 상쾌한 의사와 강개한 기운으로 말 위에서 팔을 뽐냄을 깨닫지 못하였다. 드디어 말 위에서 한 곡조 미친 노래를 지어 읊었다.

> 하늘이 사람을 내매 쓸 곳이 다 있도다.

오늘날에도 볼 수 있는 산해관(山海關)의 모습. '천하제일문(天下第一門)'이라는 현판이 걸려 있다.

나 같은 궁생(窮生)은 무슨 일을 이뤘던가?

···

간밤에 꿈을 꾸니 요동 들판을 날아 건너

산해관(山海關) 잠긴 문을 한 손으로 밀치도다.

망해정(望海停) 제일층에 취한 후 높이 앉아

갈석(碣石)을 발로 박차 발해(渤海)를 마신 후에

진시황 미친 뜻을 칼 짚고 웃었더니

오늘날 초초(悄悄) 행색이 누구의 탓이라 하리오.

조선의 편협한 소견을 버리고, 원대한 뜻을 펼쳐보이고자 한 홍대
용의 평생 소원은 1,200리 요동벌을 단숨에 날아가서 산해관을 한

손으로 밀어 열치는 것으로 형상화된다. 그것은 옛날 고조선과 고구려의 영토였던 갈석산을 발로 차고 발해를 다 마셔 가슴에 채우는 장엄한 민족서사시로, 민생의 어려움을 생각지 않고 만리장성을 쌓은 진시황의 미친 뜻을 비웃는 역사의식으로 구현되는 것이다.

이런 감격 속에서 압록강을 건너 구련성(九蓮城)에 도착한 홍대용은 책문(柵門), 봉황성(鳳凰城), 신요동(新遼東)을 거쳐 12월 8일에 심양(瀋陽)에 도착한다. 다시 소흑산(小黑山), 신광녕(新廣寧), 사하(沙河), 산해관(山海關)을 거쳐 12월 27일 북경에 다다른 후 이듬해 2월 29일까지 2개월간 북경에 머문 뒤, 1766년 3월 1일 북경을 떠나 4월 27일 서울로 귀환한다. 의주에서 심양까지가 580리, 심양에서 산해관까지 803리, 산해관에서 북경까지 660리 등 왕복 4,100리 길의 대장정이었다.

천주당의 조선인

1765년 12월 27일 드디어 북경에 입성한 홍대용은 28일 예부에 자문(咨文)을 바치기 위해 자금성에 들어가게 된다. 그에게 북경의 번성함은 시선을 뗄 수 없을 정도로 놀라운 것이었다. 『노가재연행일기』를 통해서 수없이 접했던 풍경이었건만, 그는 눈이 어지럽고 마음이 놀라웠다고 고백한다. 실로 "귀로 듣는 것이 눈으로 보는 것만 같지 못하니 어찌 이 지경에 이를 줄을 생각하지 못하였는가?" 하는 탄식이 절로 나올 지경이었다.

홍대용의 본격적인 북경 구경은 1766년 1월 9일 남천주당을 방문하는 것으로 시작된다. 그는 천주당(天主堂) 안에 들어가자 곧 벽에 걸린 10여 명의 초상화 가운데서 아담 샬(Adam Schall)과 마테오 리치(Matteo Ricci)의 화상을 가려낼 수 있었다고 한다. 그리고 당시 남천주당의 선교사였던 할레슈타인(Augustin Von Hallerstein)과 고게이슬(Anton Gogeisl)을 만난다. 그는 모두 네 차례 천주당을 방문하였는데, 그들의 만남은 오로지 필담(筆談)으로만 이루어졌다. 그럼에도 서양의 천문학과 자연과학에 대해 묻는 그의 진지한 표정을 그 곳 천주당에서 떠올리기란 그리 어렵지 않다. 20대 후반에 이미 천체 관측기구인 혼천의(渾天儀)와 자명종을 만들기로 계획하여 서른을 갓 넘어 2대의 혼천의와 자명종을 만들고, 사설 천문대인 '농수각(籠水閣)'을 고향 수촌에 지었던 그에게, 천주당은 문명화된 공간이었던 것이다.

천주당을 방문하기 위해 서양 선교사들에게 보낸 편지에서 홍대용은 "사는 곳이 궁벽하고 소견이 고루해서 하늘의 도수(度數)와 천문기기의 구조와 양식을 진실로 알 만한 재주가 아닌데, 망령스럽게 스스로 헤아리지 아니하여 배우기를 원하는 뜻이 평생에 맺혔"다고 하였다. 그러니 천주당에서 망원경으로 태양을 관찰하고, 생전 처음 보는 파이프 오르간의 구조를 살펴서 연주하였을 홍대용의 감격이 어떠했을지는 짐작이 가고도 남는다. 이미 서양과학기술이나 상수학(象數學)과 우주론에 전문적인 식견을 갖춘 홍대용으로서도 관상대(觀象臺)에서 본 서양과학기기의 정묘함은 또 다른 충격이었다.

후에 연행길에 오른 박지원 역시 천주당을 찾은 감격을 『열하일기』에서 술회한다. 천주당 바람벽과 천장에 그려져 있는 구름과 인물들은 "번개처럼 번쩍이면서 먼저 내 눈을 뽑을 듯 하는 그 무엇이 있었"고, "꼭 숨을 쉬고 꿈틀거리는 듯 음양의 향배가 서로 어울려 저절로 밝고 어두운 데를 나타내고 있었다"고 하였다. 홍대용 이후에도 중국에 이르면 천주당을 먼저 보지 않은 이가 없지만은 "황홀 난측하여 도리어 괴물 같이만 알고 이를 배척하였다고" 하니, 18세기의 문명을 이해하는 태도는 이렇게 상이했다. 이처럼 홍대용의 북경 여행은 새로운 문물을 접하면서 기존의 이해에 구체성을 더하며 그 사상적 지평을 넓히게 된다. 그 풍부한 사유는 한국문학사에서 가히 견주기 어려울 정도인데, 박지원의 『열하일기』조차도 홍대용의 『연기』에서 수많은 이야기를 취하고 있다.

기실, 서학(西學)이 조선에 유입된 시기는 1603년 마테오 리치의 「곤여만국지도(坤輿萬國地圖)」가 소개된 17세기 초엽이다. 『천주실의(天主實義)』는 유몽인(柳夢寅)의 『어우야담(於于野談)』이나 이수광(李睟光)의 『지봉유설(芝峰類說)』 등에 이미 소개되었는데, 천당·지옥의 설 등으로 세상을 미혹시킨다는 비판을 받았다. 이후 서학은 18세기에 들어와 실학사상가들에 의해 적극적으로 탐구되고 수용되기 시작하였다. 그 가운데에서도 천문학과 지리학은 각별한 관심을 끌게 되는데, 실학자들은 이를 바탕으로 자연관과 윤리관의 혁신을 불러일으킨다. 곧, 천문과 지리에 관한 인식의 변화가 기존의 '천하(天下)'에 대한 관념을 수정케 한 것이다. 이것은 16세기에 접어들면서 소중화(小中華) 의식, 바꿔 말하자면 중화문명과의 동질성을 통해 조선의 문화와 역사를 이해하려 했던 인식의 청산을 요구하는 것이다. 그리고 천주당을 찾은 홍대용과 박지원은 구체적 경험을 통해 그들의 사유를 승인할 수 있었다. 훗날 네 차례 북경을 방문한 박제가는 그의 『북학의(北學議)』에서 '서사초빙론(西士招聘論)'을 주장하기에 이르며, 홍대용보다 18년 뒤인 1783년 연행했던 이승훈(李承薰)은 이듬해 북경 서안문 밖의 북천주당에서 그라몽(Jean-Joseph de Grammont) 신부에게 세례를 받는다.

북경 유리창(琉璃廠), 1776

압록강을 건너 2천 리 길의 대장정에 오른 홍대용의 소망은 "아름다운 수재(秀才)나 마음 알아주는 사람을 만나서 그와 더불어 실컷 이야기를 해 보고 싶은 것"이었다. 그의 소망은 기적처럼 이루어지는데, 만나게 되는 사연부터가 매우 극적이다. 정사(正使)의 비장 이기성(李基成)은 여행 떠날 때에 안경을 사오라는 부탁을 받고 유리창(琉璃廠)에 갔다가 마침 안경을 낀 두 선비를 만난다. 이들에게 그것을 팔 것을 요청하자, 한 사람이 안경을 벗어 주고는 그 값은 굳이 사양했다. 이기성은 그들의 거처를 묻고 돌아와 홍대용에게 전하며, 은근한 선비일 것이니 만나 보기를 청한다. 이것을 계기로 홍대용이 그들을 찾아 가고 천고에 다시 없는 사귐이 시작되었다.

　이들 청나라 선비는 엄성(嚴誠), 육비(陸飛), 반정균(潘庭筠)으로, 멀리 6천 리 밖 항주(杭州)에서 과거를 보기 위해 북경에 머물고 있었다. 두 달이 못되는 기간 동안 일곱 번 만났을 뿐이지만, 이들과의 진정한 사귐은 『을병연행록』의 중심을 이룬다. 이 사귐은 그들 모두의 평생을 지배하는 삶의 전기를 마련해 주었고, 그 만남의 기록은 한 인간의 일기를 넘어 문화사의 증언이 되었다. 그들 사이에 오간 편지는 "한 번 읽고 세 번 감탄하는" 정겨운 것들이었으며, "종이는 짧고 정은 긴" 사연들이었다. 홍대용은 이 만남을 가리켜 "평생에 기이한 모꼬지"라 했고, 육비는 웃을 일을 만나기 어려운 세상에 절로 기쁨을 금할 수 없다고 했다. 이 만남은 그들의 일생뿐 아니라 자손 삼대까지 이어졌다. 홍대용은 고국에 돌아와 이 만남을 정리하여 『회우록』에 쓰기를, 한두 번 만나자 곧 옛 친구를 만난 듯이 마음을 기울이고 창자를 쏟아 호형호제하였다고 했다. 그는 또 친교를 맺어 진실한 맹세가 햇빛같이 밝았으며, 7일 동안의 만남은 거의 즐거워 죽을 지경이었다고도 했다. 그들의 논의는 학문과 문학은 물론이거니와 우주·종교·역사·천문 등에 이르기까지 거침이 없었으며, 진정한 삶의 원리를 회복하기 위한 진지한 토론은 밤을 새워 이어졌다. 그것은 중세 질서를 넘어 상호 이해 속에 펼쳐진, 동아시아에서 달리 유례를 찾기 어려운 순수하고 아름다운 우정이었다.

엄성은 홍대용을 '높은 선비'라고 칭하였는데, 홍대용의 초상화가 실린 『철교전집(鐵橋全集)』에서 그는 홍대용과의 만남을 다음과 같이 기록하고 있다.

2월 12일 내가 묵는 여관으로 그가 다시 찾아왔다. 이번이 세 번째 방문이다. 수만 언의 필담을 나눴는데 다 기록할 수 없다. 그는 이렇게 말했다.
"우리는 이제 영영 다시 만나지 못할 테니 가슴이 아픕니다. 그러나 이는 작은 일이니, 바라건대 각자 노력하여 피차 서로 벗으로 삼은

안목을 저버리는 일이 없도록 합시다. 이것이야말로 대사(大事)이
니, 빈둥빈둥 지내면서 이 생을 잘못 보내는 일이 없도록 합시다. 훗
날 각자 성취가 있다면 서로 만 리나 떨어져 있어도 매일 조석(朝夕)
으로 만나는 것보다 나을 것입니다. 우리나라 사신이 매년 중국에
들어가니 1년에 한 번은 소식을 전할 수 있겠지요. 만일 내 편지가
오지 않는다면, 이는 내가 두 형을 잊어버렸거나 내가 죽은 까닭입
니다."

홍대용은 자기보다 한 살 아래인 엄성과 특히 가까웠다. 엄성은
민(閩)이란 땅에서 병이 위독할 때 홍대용이 선물로 준 조선산 먹을
꺼내어 향기를 맡다가 가슴에 올려놓은 채 운명하였다. 그의 죽음
을 들은 홍대용은 하늘이 자신을 괴롭힘이 너무도 혹독하다며 통곡
하였다. 그가 보낸 애도의 글과 향은 엄성이 죽은 지 두 해째 맞는
제사에 당도하여 항주의 선비들을 경탄시켰다. 1766년 2월 북경의
유리창 거리에서 이루어진 한·중 교류의 새 지평을 여는 천고의 기
이한 만남을, 연암 박지원은 홍대용의 묘지명(墓誌銘)에서 이렇듯
기이하게 기억해 낸다.

> 하하 웃고, 덩실덩실 춤추고, 노래하고 환호할 일
> 서호(西湖)에서 이제 상봉하리니.
> 알괘라 그대는 스스로에게 부끄러움이 없었음을.
> 입에 반함(飯含)을 하지 않은 건
> 보리 읊조린 유자(儒者)를 미워해서지.

박지원과 깊은 교유관계를 맺었던 엄성의 초상화.

　이들의 우정이 신분의 질서에 얽매인 조선의 지식인들에게 커다란 충격이었음은 상상하기에 그리 어렵지 않다. 연행록의 화폭에 화려하게 그려진 교유의 기록은 이로부터 비롯된다고 할 수 있다. 이 교유의 기록들이야말로 조선 후기 실학의 시대를 꽃피우는 자양이었다. 교유에 바탕을 둔 연행의 경험을 계승하고 축적하면서, 조선의 실학은 새로운 학문의 방법을 받아들여 그 학적 면모를 갖추게 되는 한편, 새로운 시대를 이끌 윤리와 철학을 마련하게 된다.

의산에서 길을 묻다
『을병연행록』에서 보여준 홍대용의 지적 호기심은 학문론에서부터 역사, 주자학, 양명학(陽明學), 시론, 화론, 천문학, 수학, 음악, 병법, 과거론, 인격론 등 백과전서적인 편폭을 지닌다. 『의산문답(毉山問答)』으로 이어지는 그의 학문적 넓이는 바로 이곳으로부터 연유한다. 홍대용은 중국 여행에서 의무려산(醫巫閭山)을 중화와 오랑캐의 경계로 보았고, 이는 곧 『의산문답』의 배경으로 설정되었다. 허자(虛子)와 실옹(實翁)의 문답으로 구성된 『의산문답』은 유학자인 허자의 공소함을 드러내면서, 역사, 우주, 만물의 생성과 이치 등을 규명한다.

『의산문답』에서 홍대용은 "하늘이 보면 사람이나 사물이나 마찬가지"라고 하였다. 이를 인물균(人物均)이라 이르는데, 이 사유는 사람과 사물을 상대적인 관계로 이해하는 인식론적 전환이다. 여기서 더 나아가 홍대용은 당대의 지배적인 사상이었던 북벌론(北伐論)이 타자를 지배하고 억압하려는 주체의 욕망이 극단화된 양태임을 간파한다. 역외춘추론(域外春秋論)에서 보이는 "중국이나 오랑캐나 한가지"라는 홍대용의 통찰은 문화적 상대주의에 대한 헌사에 다름 아닌 셈이다.

홍대용의 중국 여행과 교우가 의미 있게 다가오는 것은 서로를 삶의 목적으로 대하고 책임지는 교우의 자세를 견실히 유지하였기 때문이다. 여기에 근대를 넘어서는 새로운 윤리적 자질이 내포되어 있다. 공동체의 규범과 습속을 훌쩍 뛰어넘어 자발적이며, 진정한 대화와 타자에 대한 책임을 기초로 하는 교우론의 윤리야말로 동아시아의 연대와 자유로운 주체를 확립할 수 있는 가능성이다.

남산 기슭에 자리한 홍대용의 집은 '유춘오(留春塢)', 곧 '봄이

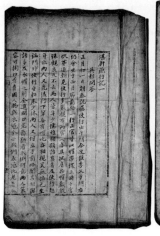

한글로 된 『담헌연행록』과 한문으로 된 『연기(燕記)』.

머무는 언덕'이라고 불리었다. 시대를 잃은 불우한 학인들이 모여 음악과 학문과 마음을 나누던 그 곳에서 홍대용은 "평복차림에 흰 모자를 쓰고 향산루(響山樓) 속에 한가로이 앉아 『회우록』을 마음 내키는 대로 뒤적이"다가 "그 손때를 만져보"곤 하였다고 한다. 마치 주술에 걸린 듯 소환된 교우의 기억은 일상을 규정하는 낡은 규범을 새롭게 변화시키는 한편, 실학의 온전한 방도를 구현할 수 없었던 시대와의 불화를 가슴 저미도록 환기시킨다.

　아름다운 향기를 가슴에 품고 죽은 엄성의 초상화 탓일까? 천하의 큰 땅을 살피고 세상 밖의 큰 이치를 가슴에 품고도, 그 뜻을 펼치지 못하고 살아간 홍대용의 고독에 감염된 탓일까. 붉게 물든 새벽녘. 거문고 소리에 실린 한 조각 노래가 아스라이 번지는 듯하다.

높은 사람 깨끗한 지조를 지녀 / 숲 속 집에서 굳은 뜻 변하지 않네.

홀로 구라파 거문고를 타니 / 청아한 소리가 공중에 가득하네.

다만 먼 생각을 붙이려는 것이 아니라 / 깊은 근심 스스로 없앨 수 없어서라네.

그리운 사람들 멀어 만날 수 없으니 / 부질없이 절강·항주의 서신만 만진다네.

따뜻하고 따뜻한 엄성은 / 평상시의 마음 단아하고 소탕하며

성질이 비범한 육비는 / 연(燕)나라·오(吳)나라에 명예를 떨쳤으며

글 잘하는 반정균은 / 그 기상이 찬연히 맑다네.

하늘가에 지기(知己)를 맺으니 / 살고 죽음에 슬픈 탄식 많았네.

미천한 내가 곁에서 듣고 한탄하며 / 그대의 허전해함을 위로하네.

동방에 한 선비 있어 높으니 / 다만 내가 나를 벗 삼을 뿐이네.

　　　— 이덕무, 「홍담헌(洪湛軒) 대용(大容)의 원정(園亭)」에서

더 생각해볼 문제들

1. 홍대용은 일찍 과거를 포기하고 실학에 전념하면서 중국 여행을 도모하였고, 박지원도 마찬가지였다. 중국에서 탄생하고 우리나라와 베트남으로 전파되어 천 년 이상 지속된 과거는 동아시아의 정치, 사회, 교육, 학술, 문학 등에 이르기까지 다방면에 걸쳐 커다란 영향을 끼친 인재 선발 제도이다. 그런 과거가 중세 후기에 접어들면서 박두세(朴斗世)의 『요로원야화기(要路院夜話記)』나 오경재(吳敬梓)의 『유림외사(儒林外史)』에 보이는 것처럼 동아시아의 중요한 사회문제로 대두되었다. 홍대용은 청나라 선비 엄성의 과거 낙방을 축하하기까지 했는데, 홍대용이 과거를 포기하게 된 까닭은 어디에 있을까?

2. 홍대용은 중국 여행의 경험을 한글본『을병연행록』으로 남겼다. 이것은 국
   문으로 표기된 우리 가요인『대동풍요(大東風謠)』를 그가 엮었다는 점과 함
   께 민족문학사적 가치를 지닌다. 이는 박제가가『북학의(北學議)』에서 중국
   어 사용을 주장한 것이나 박지원의 한글 문학 작품이 발견되지 않은 점에 비
   추어 보면 매우 특이하다. 홍대용의『을병연행록』이 갖는 민족주의적 속성
   과 보편주의적 시각은 어떻게 양립하는 것일까?

3. 홍대용은 중국 여행을 통해 청나라의 문물과 서학(西學)을 객관적으로 인식
   하게 된다. 또한 엄성, 반정균, 육비 등과의 토론을 통하여 조선에서는 이단
   시되었던 양명학과 불교에도 관심을 기울인다. 그의 실학이 북학파를 통해
   구체화되었음에도 불구하고, 현실 정치와 삶의 현장 속에서 실현될 수 없었
   던 이유는 무엇일까?

추천할 만한 텍스트

『산해관 잠긴 문을 한 손으로 밀치도다―홍대용의 을병연행록』, 홍대용 지음, 김태준·박성순 옮김, 돌베
개, 2001.
『을병연행록 주해』, 홍대용 지음, 소재영·조규익·장경남·최인황 주해, 태학사, 1997.

박성순(朴成淳)

동국대학교 강사.
동국대학교 국어국문학과를 졸업하고 동국대학교 한국문학연구소 전임연구원을 지냈다. 실학의 문학과
문화에 대한 연구를 지속적으로 수행 중이다.
『18세기 조선 지식인의 문화의식』(공저), 『연행의 사회사』(공저), 『문학지리, 한국인의 심상공간』(공
저) 등을 지었고, 역서로는『산해관 잠긴 문을 한 손으로 밀치도다』가 있다. 「정전의 창조적 해체와 실학
의 방법」, 「우정의 윤리학과 북학파의 문학사상」, 「우정의 구조와 윤리―한·중 교우론에 대한 문학적 사
유」, 「우화소설의 생성과 민중문화」 등의 논문이 있다.

··· 산기슭이 여전히 가로막고 있어 백탑(白塔)은 보이지 않았다.

말을 더욱 빨리 몰아서 수십 걸음을 채 못 가 산기슭을 막 벗어나자,

눈이 어찔어찔하면서 갑자기 눈 앞에 한 무더기의 흑점들이 어지럽게 오르내린다.

나는 오늘에사 깨달았노라, 인간의 삶이란 본래 의지할 데가 없으며,

오직 하늘을 머리에 이고 대지를 발로 디디면서 살아갈 수밖에 없음을!

말을 멈춰 세우고 사방을 둘러보다가, 저도 모르게 두 손을 들어서

이마에 대어 경례를 올리며 말하였다.

"통곡하기에 좋은 장소로다! 통곡할 만하구나!"

─『열하일기』「도강록(渡江錄)」 7월 8일자 일기에서

박지원 (1737~1805)

조선시대 후기의 저명한 작가이자 실학자로, 호는 연암(燕巖)이다. 한양의 명문 양반가에서 태어났다. 그의 조부
박필균(朴弼均)은 지돈녕부사(知敦寧府事) 등 고위 관직을 지냈으며, 장간(章簡)이라는 시호(諡號)까지 받은 인
물이다. 박지원은 젊은 시절부터 뛰어난 문학적 재능을 드러내어 장래가 매우 촉망되었다. 그러나 혼탁한 정치현
실과 양반사회의 타락상을 혐오해서 과거에 응시하지 않고, 오랫동안 재야의 선비로 지내면서 창작과 학문에만
전념했다. 50대 이후 비로소 벼슬길에 나서 안의(安義) 현감, 면천(沔川) 군수, 양양(襄陽) 부사 등을 역임했다.
그의 문집인 『연암집(燕巖集)』에는, 『열하일기』와 『과농소초(課農小抄)』 외에 「양반전」과 「열녀함양박씨전」 등
의 한문소설을 포함한 주옥같은 산문과 시들이 수록되어 있다.

05

열린 마음으로 드넓은 세계를 보라

박지원(朴趾源)의

『열하일기(熱河日記)』

김명호 ┃ 성균관대학교 한문학과 교수

열하를 찾아서

조선조 1780년(정조 4)에 박지원(朴趾源)은 청나라 건륭(乾隆)황
제의 70세 생신을 축하하기 위한 외교사절단에 참가하여 중국을
다녀올 수 있었다. 그 해 음력 5월 말 한양을 출발해서 압록강을 건
넌 뒤 요동(遼東) 벌판을 거쳐, 8월 초 드디어 북경에 도착했다. 그
런데 예기치 않았던 건륭황제의 특명이 내려, 만리장성 너머 열하
(熱河)까지 갔다가, 다시 북경으로 돌아와 약 한 달 동안 머문 뒤 그
해 10월 말에 귀국했다. 당시 박지원이 세계적인 대제국으로 발전
한 청나라의 실상을 직접 목격하고 이를 생생하게 기록한 여행기가
바로 『열하일기(熱河日記)』다.

　열하는 북경에서 동북쪽으로 약 230km 떨어진 하북성(河北省)

263

「피서산장도(避暑山莊圖)」, 열하에 위치해 있는 피서지 그림이다.

동북부, 난하(灤河)의 지류인 무열하(武烈河) 서쪽에 있다. 열하라는 지명은 무열하 주변에 온천들이 많아 겨울에도 강물이 얼지 않는 데에서 유래했다. 건륭황제는 이곳에다 '피서산장(避暑山莊)'이라는 거대한 별궁을 짓고 거의 매년 행차하여 장기간 체류함으로써, 열하를 북경에 버금가는 정치적 중심지로 발전시켰다. 청나라의 국력이 최고조에 달했던 그의 치세 중에 열하는 황제를 알현하러 모여든 몽골·티베트·위구르 등의 외교사절들로 붐볐다.

박지원을 포함한 일행은 열하를 방문한 최초의 조선 외교사절이었다. 그래서 그는 열하에서 보고 들은 진귀한 견문을 자신의 여행기에 집중적으로 서술했을 뿐 아니라, 그 제목까지도 특별히 '열하일기'라 지었던 것이다.

독특한 유형의 연행록

청나라를 다녀온 여행기인 연행록(燕行錄)에는 대체로 두 가지 유
형이 있다. 첫째는 일기 형식을 취해 여행 체험을 날짜순으로 기록
하는 유형으로서, 김창업(金昌業)의 『연행일기(燕行日記)』를 비롯
한 대부분의 연행록들이 여기에 속한다. 둘째는 비교적 드물지만,
인물·사건·명승고적 등 견문의 내용을 주제별로 나누어 기록하는
유형으로서, 홍대용(洪大容)의 『연기(燕記)』가 대표적이다. 그런데
첫째 유형은 여행의 전 과정을 충실히 기록할 수 있는 반면, 중요한
사항들에 대해 집중적으로 서술하기는 어려우며, 중복되는 내용이
많아 산만하고 지루한 느낌을 주기 쉽다. 둘째 유형은 주제에 따른
집중적인 논의를 할 수 있지만, 그 대신 여행의 전 과정을 제대로
전하기는 어려운 면이 있다.

　『열하일기』는 이와 같은 두 유형의 연행록들이 지닌 장점을 종합
하면서, 아울러 그 나름의 창안을 가미하여 독특한 구성을 갖추고
있다. 우선, 주요 여정은 첫째 유형의 연행록처럼 날짜별로 충실히
기록해 나가되, 해당 일자의 기사에 포함시키기 힘든 중요한 사항
은 독립된 한 편의 글로 서술해 두었다. 이는 둘째 유형의 연행록이
지닌 장점을 부분적으로 수용한 것이다.

　『열하일기』에서 또 하나 주목되는 특색은, 열하나 북경에 장기간
머물 때 얻은 잡다한 견문들을 시화(詩話)·잡록(雜錄)·필담(筆
談)·초록(抄錄) 등 다양한 형식으로 정리하여 소개하고 있는 점이

다.『열하일기』는「도강록(渡江錄)」부터「금료소초(金蓼小抄)」까지 모두 25편으로 구성되어 있는데, 그 중 시화와 잡록에 해당하는 것은「행재잡록(行在雜錄)」,「피서록(避暑錄)」,「구외이문(口外異聞)」,「황도기략(黃圖紀略)」,「알성퇴술(謁聖退述)」,「앙엽기(盎葉記)」,「동란섭필(銅蘭涉筆)」 등이다. 이러한 시화나 잡록을 통해 박지원은 당시 국내에는 잘 알려지지 않은, 청나라 학계와 문단의 최신 동향을 주로 소개하고 있다.

그리고「속재필담(粟齋筆談)」,「상루필담(商樓筆談)」,「황교문답(黃敎問答)」,「망양록(忘羊錄)」,「혹정필담(鵠汀筆談)」 등 중국인들과 나눈 필담도 상당한 비중을 차지하고 있다. 그는 이러한 필담들을『열하일기』에 원고 그대로 싣지 않고, 독자들의 흥미를 끌 수 있도록 현장감을 살린 대화록으로 교묘하게 재구성해 놓았다.

그밖에도 중국 여행 중에 입수한 청나라의 공문서, 도서목록, 비문(碑文), 신간 서적 등 각종의 희귀한 자료를 초록하여 소개해 놓았다. 예컨대『열하일기』의 마지막 편인「금료소초」는 청나라 문인 왕사정(王士禎)이 지은『향조필기(香祖筆記)』란 책에서 의약(醫藥)에 관한 내용을 초록한 것이다.

1830년대 초에 중국을 다녀온 바 있는 김경선(金景善)은 역대 연행록 중 가장 뛰어난 저술로 김창업의『연행일기』, 홍대용의『연기』, 박지원의『열하일기』를 꼽으면서,『열하일기』는 '입전체(立傳體)'적 특징을 지닌 독특한 유형의 연행록이라고 보았다. 그가 말한 입전체란 사마천(司馬遷)의『사기(史記)』이후 중국 정사(正史)의 체제로 계승되어 온 기전체(紀傳體), 그 중 특히 열전(列傳) 형식을

『열하일기』의 행로.

가리킨다. 김경선은『열하일기』가 단순한 여행 기록이 아니라 여행
도상에서 마주친 수많은 인간들을 생생하게 형상화한 일종의 '열
전'이기도 하다는 점을 통찰한 것이라 하겠다.

중국 견문과 실학사상

내용상으로 볼 때『열하일기』는 청나라의 정치·경제·사회·문화 등
다방면의 현실에 대한 풍부한 견문과, 이에 기초한 박지원의 실학
사상으로 이루어져 있다.『열하일기』의 곳곳에서 박지원은 청나라
가 눈부신 번영과 정치적 안정을 이루고 있음을 생생하게 보고하고
있다. 하지만, 동시에 그는 청나라가 한족(漢族)뿐만 아니라 몽골
·티베트 등 주변의 강성한 민족들의 저항을 억누르려고 무척 고심

하고 있음도 놓치지 않고 꿰뚫어본다.

또한 박지원은 상업을 중심으로 청나라의 발전상을 다각도로 증언하면서, 조선의 낙후된 현실을 개혁할 구체적 방안들을 제시하고 있다.『열하일기』에서 그는 도시마다 시장이 번창하고 있으며, 도로와 교량이 잘 정비되어 있어 수레와 선박을 이용한 교통이 원활한 점, 궁전을 비롯한 각종 건축들이 크고 화려하며 벽돌을 사용하여 견고한 점 등을 소개할 뿐만 아니라, 우리도 청나라처럼 벽돌을 널리 활용하고 수레를 전국적으로 통용하게 하자고 주장한다. 더 나아가 청나라와 통상(通商)한다면, 국내의 산업을 촉진할 뿐 아니라 문명의 수준을 향상하고 국제 정세를 파악하는 데도 큰 도움이 될 것이라고 주장한다.

발상을 전환하라

이러한 박지원의 실학사상은 청나라의 선진문물 수용을 통한 부국책(富國策)이라고 할 수 있다. 그런데 당시 조선의 양반들은 경제보다 도덕을 중시하는 유교사상으로 인해 상공업이나 농업의 실무에 무지하고 무관심했다. 또한 청나라는 오랑캐요, 조선은 소중화(小中華)라는 의식이 골수에 박혀 청나라의 선진문물조차 싸잡아 배격했다. 그러므로 실학사상을 받아들이도록 하기 위해서는 이러한 양반들의 고루한 사고방식부터 근본적으로 바꾸어 놓을 필요가 있었다.『열하일기』에서 박지원이 사물을 새롭게 인식할 것을 역설하고 있음은 바로 그 때문이다.

「산장잡기(山莊雜記)」편 중 「일야구도하기(一夜九渡河記)」에서 그는 마음을 차분히 다스림으로써 격류를 무사히 건널 수 있었던 자신의 체험담을 소개하며, 사물을 인식할 때 선입견이나 감각에 현혹되지 말고 주체적으로 사고할 것을 요청하고 있다. 그리고 중국에서 난생 처음 코끼리를 본 충격을 표현한 「상기(象記)」에서는, 이 세계가 우리의 좁은 식견으로는 도저히 이해할 수 없는 현상들로 가득 차 있음을 보여주면서, 이처럼 광활하고 경이로운 현실 세계에 대해 편견을 버리고 개방적인 자세로 탐구할 것을 요청한다.

이와 같이 박지원은 주체적이고 개방적인 인식을 강조할 뿐 아니라, 개인의 제한된 관점을 고집하지 말고 더욱 높은 차원에서 사물을 보도록 촉구하기도 한다. 「일신수필(馹汛隨筆)」편 7월 15일자 일기에서 그는 중국 여행 중에 본 장관(壯觀)을 논하면서, 남들처럼 명승고적이나 산천 풍물, 웅장한 건축과 번창하는 시장 따위를 꼽지 않았다. 그 대신 관점을 완전히 달리하여, 하찮은 '기왓조각'이나 '거름 똥'이야말로 중국의 첫째 가는 장관이라는 역설적인 주장을 편다. 중국인들은 깨어진 기왓조각으로 집의 담과 뜰을 아름답게 꾸미고, 버려진 똥을 남김없이 수거하여 알뜰히 비축하니, 청나라의 문물이 발달하게 된 비결은 이처럼 하찮은 물건이라도 철저히 활용하는 그 실용정신에 있다고 본 것이다.

소설보다 더 소설적인 여행기

『열하일기』에는 유명한 「호질(虎叱)」과 「허생전(許生傳)」이 실려 있다. 이 두 작품은 오늘날 박지원의 대표적 한문소설로 간주되고 있지만, 실은 우언(寓言)에 더 가깝다고 할 수 있다. 「호질」에서는

'범'과 '북곽(北郭)선생', 「허생전」에서는 '허생'과 대장(大將) '이완(李浣)'이라는 다분히 허구적인 존재들이 주고 받는 문답이 작품의 핵심을 이루고 있을 뿐더러, '범'이나 '허생'이 작자를 대신하여 펼치는 도도한 웅변에 작품의 흥미가 집중되어 있기 때문이다. 박지원은 이러한 우언의 형식을 빌어, 가급적 물의를 피하면서도 당시 양반들의 위선과 무능을 통렬히 풍자하는 한편 자신의 실학사상을 더욱 설득력 있게 전달하고 있다.

이와 같이 소설로 알려진 「호질」과 「허생전」에 소설적인 속성만으로는 설명되기 어려운 특징이 다분한 반면, 『열하일기』에는 얼핏 소설과 거리가 먼 형식을 취한 듯한 부분들에서 도리어 소설적인 특징이 뚜렷이 드러나고 있다. 특히 「도강록」 이하 「환연도중록(還燕道中錄)」에 이르는 전반부 7편은 압록강을 건넌 뒤 북경을 거쳐 열하에 갔다가 북경으로 되돌아오기까지의 여정을 기록한 일기임에도 불구하고, 소설식 표현 기법을 종횡무진 구사하여 소설보다 더욱 흥미진진하게 읽힌다.

『열하일기』에 나타난 소설적 특징으로서 첫째로 들 수 있는 것은, 여행 중에 겪은 아무리 사소한 사건일지라도 이를 장면 중심으로 교묘하게 구성하여 매우 풍부하고도 흥미있는 체험담으로 재현해낸 점이다. 또한 이와 같이 장면 묘사를 추구한 대목들에서는 육성을 방불케 하는 생기 있는 대화를 구사하고 있다. 중국인과의 대화는 반드시 구어체인 백화(白話)로 표현하여 실감을 더하고 있으며, 우리말 대화 장면에서는 조선식 한자어와 우리 고유의 속담을 구사하여 토속어의 맛을 살리면서 해학적 효과도 거두고 있다.

뿐만 아니라『열하일기』는 소설처럼 곳곳에 일종의 복선을 설정하여 가급적 사건의 서술을 짜임새 있고 흥미로운 것으로 만든다. 그 한 예로「막북행정록(漠北行程錄)」편 8월 5일자 일기에서 북경에 막 도착한 일행에게 열하로 급히 오라는 황제의 명이 떨어져 소동이 벌어진 대목을 들 수 있다. 여기에서 박지원은 자초지종을 곧바로 밝히지 않고, 먼저 정사(正使) 박명원(朴明源)이 간밤에 열하로 가는 이상한 꿈을 꾸었다고 이야기하는 장면부터 그린다. 그러고 나서, 숙소에 난데없는 소란이 일어나 그 원인을 알지 못한 일행이 법석을 피우고 청나라 통역관들이 허둥대는 우스꽝스런 모습을 묘사하여 독자들의 궁금증을 잔뜩 돋운 뒤에야 비로소 열하 여행이 갑작스레 결정된 경위를 밝힘으로써, 사건을 한층 더 흥미 있게 서술하고 있는 것이다.

이와 아울러,『열하일기』는 소설처럼 정밀한 세부묘사를 통해 대상을 사실적으로 표현하려는 경향도 뚜렷이 보여주고 있다.『열하일기』의 도처에서 박지원은 여행 도중에 보고 겪은 자연 풍경과 기상(氣象) 변화를 자세히 묘사하고 있는데, 이는 이역만리의 낯선 땅을 직접 여행하는 듯한 실감을 자아내게 하는 데 매우 효과적이다. 또한 그는 수레와 기계류, 벽돌을 이용한 건축물, 선박과 교량 등 청나라의 갖가지 문물에 대해서도 과학적인 엄밀성을 갖추어 상세히 묘사하고 있다. 뿐만 아니라 그는 열하에서 구경한 중국의 신비로운 마술들이나 청나라 황제에게 진상한 세계 각국의 기이한 새와 짐승 따위를 여실하게 묘사함으로써, 이 세계가 경이로운 현상들로 가득 차 있음을 충격적으로 보여주기도 한다.

겨울에도 얼지 않는 열하의 온천.

소설식의 사실적인 표현은 여행 도중에 마주친 청나라 각계각층의 인물들과 조선 사행의 구성원들을 묘사한 대목들에도 뚜렷이 드러나 있다. 그 중 특히 주목되는 것은, 각종 상인, 직업적인 연희인(演戱人), 시골 훈장, 점쟁이, 도사, 승려, 창기, 하녀, 거지 그리고 조선 사행 중의 병졸이나 말몰이꾼, 박지원 자신의 하인 등등, 다른 연행록에서는 거의 무시되기 일쑤인 하층 민중들을 자못 애정 어린 시선으로 묘사한 점이다. 그렇지만 그러한 인물들 가운데 가장 탁

272

월하게 묘사되어 있는 인물은 다름 아닌 박지원 자신이라 할 수 있다. 그는 자신의 비대한 몸집이나, 농담 좋아하고 겁 많은 성격조차 솔직하게 그려 보인다. 그리하여 『열하일기』에서 박지원은 청나라의 문물을 탐구하고 개혁 방안을 모색하는 진지하고 사려 깊은 선비일 뿐만 아니라, 소탈하고 인정이 많으며 인간적 약점도 지닌 인물로 매우 개성 있게 부각되어 있다.

해학과 풍자의 재미

『열하일기』는 소설처럼 씌어졌을 뿐더러 해학과 풍자가 넘치기에 더욱 재미가 있다. 박지원은 여행 도중에 목격한 우스운 사건들을 놓치지 않고 기록할 뿐 아니라, 수시로 일행들을 웃기는 자신의 익살스러운 언동에 대해서도 거리낌 없이 그려낸다. 그러나 『열하일기』에서 해학은 그러한 가볍고 유희적인 웃음으로만 나타나 있는 것은 아니다.

그는 자신의 사상을 피력하기 위한 효과적인 수단으로 해학과 풍자를 즐겨 구사한다. 진지한 사상적 논의를 펼 때마다 돌연 우스운 이야기를 덧붙임으로써, 자칫 지루해지기 쉬운 그러한 대목에 여유와 활기를 불어넣는 것이다. 「도강록」편 6월 28일자 일기에서 박지원이 동행인 정진사(鄭進士)를 상대로, 성을 쌓는 데에는 벽돌이 돌보다 낫다고 조목조목 논하는 장광설을 펴자, 그 사이 졸고 있던 정진사가 깨어나, "내 이미 다 들었네. 벽돌은 돌만 못하고, 돌은 잠만 못하다면서"라고 대꾸하여 웃음을 자아내는 대목은 그 대표적인 예라 할 수 있다.

또한 그의 해학과 풍자는 당시 사람들의 고루한 사상을 깨뜨리는 데도 뛰어난 효과를 발휘한다. 「망양록」편에서 왕민호(王民皥)는 박지원이 양고기를 먹지 않는 것을 보고, "선생은 제(齊)·노(魯) 같은 대국(大國)을 즐기지 않습니까?" 하고 농담을 했는데, 이는 고사 (故事)를 이용하여, 박지원이 소국에서 왔기 때문에 대국의 음식 맛을 모른다고 놀린 말이었다. 그러자 그는 즉시 "대국은 노린내가 나서요" 하고 응수함으로써 왕민호를 무안케 하고 만다. "양고기는 노린내가 나서 싫다"는 뜻의 이 해학적인 답변은 "청나라가 비록 대국이지만 노린내 나는 오랑캐의 나라가 아니냐"는 풍자의 의미도 함축한 것이었기 때문이다.

세계화시대에 다시 주목받는 고전

지난 1990년대 이후 『열하일기』는 박지원의 실학사상을 담은 사상 서로서만이 아니라 그의 문학을 대표하는 탁월한 문예작품으로도 재인식되면서, 그에 관한 연구가 학계에서 갈수록 활발해지고 있다. 이와 더불어 언론사에서도 『열하일기』에 주목하고, 압록강을 건너 열하까지 갔던 박지원의 여행길을 추적하는 기획을 다투어 추진했다. 그 결과물로 여행기들이 잇달아 신문에 연재되거나 단행본으로 출간되었고, TV 다큐멘터리도 이미 여러 차례 제작·방영되어 대중의 관심을 모은 바 있다. 그로 인해 『열하일기』 번역본을 찾는 독자들이 날로 늘고 있으며, 열하 여행도 이제 관광코스의 하나로 정착되어가고 있다고 한다.

그러면 이른바 세계화시대인 21세기에 살고 있는 우리에게 『열하

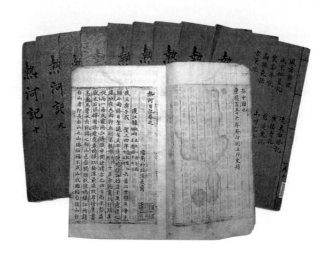

필사본 『열하일기(熱河日記)』(단국대학교 중앙도서관 소장).

일기』는 어떤 현대적 의미를 지닐 수 있을까? 이 글을 시작하기에 앞서 필자는 『열하일기』「도강록」7월 8일자 일기 중의 일부를 소개해 두었다. 광활한 요동 벌판을 처음 대면하고 감격한 박지원이 이곳이야말로 "통곡하기에 좋은 장소"라고 외친 대목이다. 당시 조선의 선비들은 태어나서 죽을 때까지 좁은 국토를 벗어날 수 없었으며 이를 숙명으로 알고 살았다. 그런 실정에서 더욱이 박지원은 일찍부터 조선의 낙후된 현실을 개혁하기 위해 청나라의 선진 문물을 연구해 왔던 만큼, 꿈에도 그리던 중국 여행이 실현되었을 때 그 감격이 어떠했겠는가. 저 요동 벌판과 같이 한없이 드넓은 세계로 나선 해방의 기쁨은 통곡으로밖에는 표현될 수가 없었을 것이다.

물론 우리는 박지원과 달리, 해외여행을 자유로이 할 수 있고, 게

다가 전 세계가 급속히 하나로 통합되어 가는 시대에 살고 있다. 그렇지만 이러한 시대에 살면서도 여전히 우물 안 개구리식의 사고방식에 사로잡혀 있지는 않은가. 반면 세계화의 도도한 물결을 적극적으로 받아들이면서도 그에 표류하지 않고 주인으로서 살아갈 수 있으려면 어떻게 해야 하는가. 이것이 우리 시대의 화두(話頭)라고 한다면, 『열하일기』는 그에 대해 훌륭하게 응답하는 고전이 될 수 있으리라 본다. 열린 마음으로 드넓은 세계를 보도록 깨우치는 『열하일기』야말로 세계화시대에 다시 주목되어야 할 값진 문학적 유산이 아닐까 한다.

더 생각해볼 문제들

1. 박지원은 「황교문답」의 서문이나 '심세(審勢)편'에서 청나라를 여행할 때 중국인에게 취해서는 안 되는 행동과 청나라의 실정을 관찰할 때 유의해야 할 점들을 이야기하고 있다. 오늘날 우리가 낯선 외국을 여행하면서 그 나라의 실정을 관찰할 때에도 참고할 만한 내용이 있는지 알아보자.

2. 박지원이 열하를 방문했을 당시 마침 티베트 불교계의 지도자인 판첸 라마도 건륭황제의 생신을 축하하기 위해 그곳을 방문하여 융숭한 대접을 받으며 묵고 있었다. 『열하일기』에서 티베트 불교와 판첸 라마에 관해 소개한 부분을 찾아보고, 청나라가 이처럼 판첸 라마를 융숭하게 대접한 이유가 어디에 있었는지도 함께 생각해 보자.

3. 박지원의 중국 여행을 상상하기 위해 중국 지도를 펴 놓고 그의 여행길을 짚어 보자. 압록강을 건넌 뒤 요동 벌판을 지나고 산해관(山海關)을 거쳐 북경

에 이르기까지, 그리고 북경과 열하에 장기간 머물면서 그가 보았던 중국의 명승고적들을 조사해 보자.

4. 청나라의 발달된 문물을 처음 접한 소감을 토로한 「도강록」6월 27일자 일기나, 중국의 신비로운 마술을 소개한 「환희기(幻戲記)」에 덧붙인 글 등에서 박지원은 앞을 못 보는 장님이야말로 사물을 제대로 볼 수 있다는 역설적 주장을 펴고 있는데 그 이유는 무엇일까?

5. 「태학유관록(太學留館錄)」등에서 박지원은 새로운 천문학설로서 지구가 둥글 뿐만 아니라 스스로 돌고 있다는 지구자전설(地球自轉說)을 주장하면서, 아울러 지구가 우주의 중심이 아니라 무수한 별들 중의 하나에 지나지 않는다고 주장하고 있다. 그가 중국의 지식인들을 상대로 이와 같은 주장을 한 이유와 근거는 무엇일까?

추천할 만한 텍스트

『열하일기』, 박지원 지음, 이가원 역, 민족문화추진회, 1966.
『열하일기』, 박지원 지음, 윤재영 역, 박영사, 1984.
『열하일기』, 박지원 지음, 리상호 옮김, 보리, 2004.

김명호(金明昊)

성균관대학교 한문학과 교수.
서울대학교 국어국문학과를 졸업하고 동 대학원에서 『열하일기 연구』로 박사 학위를 취득했다.
저서로 『열하일기 연구』(1990), 『박지원 문학 연구』(2001), 『초기 한미관계의 재조명』(2005)이 있고
역서로는 『국역 연암집』1·2(공역, 2004·2005)가 있다.

한국의 고전을 읽는다 1-고전문학 ❷ 신화·민담·여행기

지은이 | 김명호 외 13인

1판 1쇄 발행일 2006년 9월 18일
1판 1쇄 발행부수 3,000부 총 3,000부 발행

발행인 | 김학원
편집인 | 한필훈 이재민 선완규 한상준
기획 | 황서현 유은경 박태근 유소연
크리에이티브 디렉터 | 김영철
마케팅 | 이상용 하석진
저자 · 독자 서비스 | 조다영(humanist@hmcv.com)
스캔 · 표지 출력 | 이희수 com.
조판 | 새일기획
용지 | 화인페이퍼
인쇄 | 청아문화사
제본 | 정민제본

발행처 | 휴머니스트
출판등록 제10-2135호(2001년 4월 18일)
주소 | 서울시 마포구 연남동 564-40 121-869
전화 | 02-335-4422 팩스 | 02-334-3427
홈페이지 | www.hmcv.com

ⓒ 휴머니스트 2006
ISBN 89-5862-130-3 03800

만든 사람들

편집 주간 | 이재민(ljm2001@hmcv.com)
편찬 위원 | 이종묵(서울대 교수) 한형조(한국학중앙연구원 교수)
책임 기획 | 황서현 유은경
책임 편집 | 박환일
표지·본문 디자인 | AGI 윤현이 이인영 신경숙
사진 | 권태균